FAUX-SEMBLANTS

KC Burn

Les contes de Toronto

FAUX-SEMBLANTS

KC Burn

Les contes de Toronto

DREAMSPINNER PRESS

Publié par
DREAMSPINNER PRESS

5032 Capital Circle SW, Suite 2, PMB# 279, Tallahassee, FL 32305-7886 USA
http://www.dreamspinnerpress.com/

Édition e-book en français : 978-1-62798-985-5
Première édition en français : juin 2014
Édition imprimée en français : 978-1-63476-781-1
Première édition françaiseen version papier : septembre 2015
Première édition : décembre 2012

Édité aux Etats-Unis d'Amérique.

Pour tous ceux qui ne sont pas parfaits.

REMERCIEMENTS

Merci comme toujours à mon super groupe de soutien – Alex, Dottie et Chudney. Un merci tout particulier à Dolorianne qui m'a sauvée sur celui-là.

Je dois également remercier le Centre de Soutien de Vol d'Identité Canadien, et particulièrement Heather, qui a été d'une aide très précieuse et a répondu à toutes mes questions. Si quoi que ce soit devait être incorrect, c'est entièrement ma faute.

I

L'INSPECTEUR IVAN BEKKER entra en boitant dans l'immeuble du quartier général de la police. L'opération spéciale avait été un désastre complet depuis le tout premier ordre de commandement. Le responsable de la Lutte contre le Crime Organisé ainsi que son propre patron, à la Brigade des Stupéfiants, avaient foncés tête baissée depuis le début. Le plus étonnant, c'est qu'ils avaient réussi à faire tomber plusieurs acteurs majeurs du réseau de trafic de drogue tenu par la mafia russe. La frappe supposément chirurgicale avait dégénéré en une fusillade désordonnée au milieu du quartier des entrepôts.

Il y avait eu un certain nombre de blessures et de plaies par balles, mais quelque part, aucun des 'bons' n'était mort.

Pas encore.

Ivan balaya l'étage des yeux, son regard portant au-delà des inspecteurs occupés sur leurs ordinateurs, au téléphone ou en train de griffonner sur des papiers, vers les bureaux vides à côté du bureau de l'inspecteur en chef Nadar. Son ami, Kurt avait été emmené en ambulance, recouvert de sang, et son partenaire, Simon, l'avait accompagné. Il n'avait pas fallu longtemps pour comprendre qu'un des leurs avait été le plus durement touché, et il n'y avait pas encore de pronostic quant à son état. Ce n'était pas juste ; Kurt et Simon avaient été dépêchés en renfort par le service des Homicides, et par une malchance extraordinaire un tir avait atteint Kurt.

Il se traîna péniblement jusqu'aux vestiaires et se débarrassa de son équipement. Avant qu'il puisse ôter ses vêtements maculés de sang, l'inspecteur Sergio Martelli, chef de la Brigade des Stupéfiants, se précipita dans la pièce.

— Bekker, mon bureau. Tout de suite.

Toujours aussi bref que d'habitude, aujourd'hui en plus, son patron semblait être également énervé. Super. Juste ce dont Ivan avait besoin. Tout ce qu'il voulait, c'était une douche chaude et une chance d'aller à l'hôpital,

1

prendre personnellement des nouvelles de Kurt. Ivan avait été attiré par Kurt après que le précédent partenaire du mec, Ben, ait été tué dans l'exercice de ses fonctions presque un an plus tôt. Pas attiré au sens physique du terme, mais quelque chose à propos de Kurt avait changé après la mort de Ben, faisant qu'Ivan l'avait remarqué. Quelques semaines plus tôt, ils étaient sortis boire un verre, et Kurt lui avait révélé être gay. La plupart des flics homosexuels gardaient cette information bien cachée, pour eux, et Kurt n'était pas différent, mais Ivan était déjà sorti du placard.

Ils avaient réussi à aller boire un coup ou manger trois fois seulement avant le foutu désastre d'aujourd'hui, mais Ivan le considérait comme un ami. Il ne pouvait vraiment pas mourir maintenant.

Avec un regard funeste vers les douches, Ivan arracha la chemise moite et ensanglantée de son corps.

— Maintenant, Bekker !

La voix de son patron résonna à travers la pièce, comme celle du sergent instructeur auquel tout le monde aimait à le comparer. En fait, il avait entendu dire qu'il n'avait pas fallu longtemps aux autres collègues de Martelli, à l'Académie de Police, pour raccourcir Sergio en Serge puis en Sarge[1]. La plupart des gens pensaient que c'était son rang, et celui-ci semblait apprécier le jeu de mots.

Ivan claqua la porte de son casier et marcha d'un pas lourd vers le bureau de son patron. S'il mettait du sang partout sur les chaises visiteurs du bureau de Martelli, qu'est-ce que ça pouvait bien lui foutre ?

Dehors, dans le couloir, il n'y avait aucun signe de Martelli. Les pas d'Ivan ralentirent à mesure que la lassitude prenait la relève de sa colère momentanée. La voix de Martelli, aussi grave et tonnante fût-elle, n'avait certainement pas pu porter jusqu'ici depuis son bureau.

Deux officiers passèrent à bonne distance de lui alors qu'ils le dépassaient. Ivan ne les blâma pas, il devait ressembler à l'évadé d'un film d'horreur. Bon sang, avec ses cheveux blond foncé et les traits slaves qu'il avait hérités de sa mère, il ressemblait davantage au gangster russe qu'il avait abattu un peu plus tôt. Et dont le sang le recouvrait maintenant. La mort n'était pas une victoire, et même alors que des balles sifflaient et percutaient les murs autour de lui, Ivan s'était précipité pour essayer de sauver le mec. Il avait échoué. La plupart des trafiquants et des petites frappes iraient en prison – certains seraient extradés – mais l'ennemi d'Ivan, lui, se dirigeait vers la

---

[1] Abréviation de sergent.

morgue. Lorsque les ambulanciers étaient arrivés, ils avaient découvert que le nom du jeune homme était Dmitri. Le dicton disait que l'on n'oubliait jamais son premier meurtre, et maintenant il savait pourquoi.

Sans frapper ni même annoncer sa présence d'une quelconque façon, Ivan pénétra dans le bureau de Martelli et se jeta sur la chaise bleue à sa droite. Bien fait pour lui si son patron devait faire retapisser ces fichues choses.

Le nez plongé dans un rapport, Martelli ne sembla pas remarquer son arrivée.

Ivan remua sur sa chaise plusieurs fois. Il aurait déjà pu être douché.

L'irritation et l'impatience eurent raison de lui.

— Merde, qu'y a-t-il de si important que je ne puisse même pas avoir le temps de me changer d'abord, Sarge ?

— Fermez la porte, Bekker.

La colère échauffa ses joues et son cou. Était-il littéralement possible de bouillir ? Parce qu'Ivan en était à deux doigts. Il se leva et claqua la porte si fort qu'il fut assis avant que les réverbérations ne cessent.

Levant un sourcil grisonnant, Martelli lui jeta un regard noir.

— Cela était-il nécessaire ?

Ivan cligna des yeux, d'un air innocent. En cas de doute : ne rien dire qui pourrait être incriminant.

— Que s'est-il passé là-bas ? reprit-il.

Plissant les yeux, Ivan essaya de déterminer l'humeur exacte de Martelli. Définitivement très énervé, mais Ivan ne pouvait pas avoir été le seul à tuer une de leurs cibles. Avec la quantité de balles volant autour d'eux, cela n'avait été rien de moins qu'une zone de guerre localisée. Pas question qu'il soit le seul à écoper d'une enquête dirigée par l'Unité des Enquêtes Spéciales.

Il n'avait pas eu l'intention de tuer qui que ce soit, mais il n'avait rien fait de mal. Il haussa les épaules et relata les événements de la journée, de son point de vue. Martelli et l'UES allaient avoir besoin d'informations de la part de très, très nombreux officiers avant que quiconque puisse pleinement reconstituer les événements qui s'étaient produits aujourd'hui.

— D'accord. Bon travail. Je vais avoir besoin d'une déclaration écrite avant que vous partiez.

— Avant que je parte ?

Bon Dieu, de quoi parlait-il ? Il n'avait aucune intention d'écrire un quelconque rapport aujourd'hui. Pas avec Kurt à l'hôpital, dans un état incertain.

— Oui, je crains de devoir insister.

— Pourquoi, Sarge ?

Ivan frappa ses poings sur les accoudoirs, mais ce n'était pas assez. Il s'élança hors de sa chaise avec suffisamment de force pour la faire vaciller de façon précaire avant qu'elle se rétablisse à nouveau sur ses quatre pieds. Ivan ne lui accorda même pas un coup d'œil alors qu'il se mettait à tourner en rond dans la pièce. Il n'était pas aussi grand que certains autres officiers, mais il utilisait ses muscles durement gagnés pour intimider quand cela était nécessaire. Malheureusement, Martelli y était totalement insensible. Maudit soit-il. Là encore, Ivan n'était pas un de ces idiots empotés de la Brigade. Beaucoup de gens le sous-estimaient à cause de ça.

Son patron connaissait ses capacités, cependant, et même si Ivan marchait nerveusement comme un lion en cage, Martelli l'observait avec indulgence, comme s'il n'était rien de plus qu'un chaton remuant.

Il ne pouvait pas laisser passer ça sans une protestation. Pivotant sur lui-même, il poussa la chaise d'un coup sec et la regarda déraper jusqu'à heurter le mur. Il lui jeta un regard mauvais, les poings serrés de chaque côté du corps. Balancer son poing dans quelque chose l'aurait fait se sentir mieux pour… une fraction de seconde. Il n'y avait rien dans le bureau qui ne lui aurait pas cassé les jointures s'il avait essayé, et comme il frappait normalement avec la main qui tenait son arme, eh bien... brandir son pistolet ou tirer avec des jointures éclatées, ce n'était pas la joie.

— Ça va mieux ? demanda Martelli.

Ivan desserra les poings et se laissa tomber sur l'autre chaise. Il eut un moment de vicieuse satisfaction à mettre du sang et de la crasse partout sur les deux chaises, mais ce n'était pas une compensation suffisante pour lui faire faire de la paperasse aujourd'hui.

— Et maintenant, curieux de savoir pourquoi j'ai besoin que vous fassiez cela ?

La nuance de reproche dans le ton de Martelli était sans équivoque.

Ivan gratta un filet de sang séché sur le dos de sa main qui avait échappé à son premier nettoyage.

— Ouais.

Sa mère l'aurait frappé derrière la tête s'il lui avait répondu sur ce ton, mais Martelli n'était pas sa mère, merci, Seigneur.

— Vous, Kessel, et Gillespie êtes en congé administratif, le temps de l'enquête de l'UES. Je ne sais pas combien d'agents des autres divisions sont concernés, mais il n'était pas censé y avoir de victimes. Et au dernier

4

décompte, il y en a eu dix. Tout ça va me revenir en pleine figure et m'en faire baver.

— Putain, Sarge, comment me faire faire de la paperasse va-t-il aider en quoi que ce soit ?

Jetant un regard furtif sur son département, Martelli baissa tellement la voix qu'Ivan dut se pencher pour l'entendre.

— J'ai un travail pour vous, complètement officieux.

Le choc fit se rasseoir Ivan au fond de sa chaise. Martelli avait de grands projets pour entrer en politique une fois qu'il aurait terminé ses vingt-cinq ans dans les forces de police, soutenu par la riche société de son épouse. En conséquence, Ivan savait que son patron ne se pliait jamais aux règles, et maintenant, il lui proposait... quoi, exactement ?

— Quel genre de travail ?

— Vous êtes l'un de mes meilleurs inspecteurs, Bekker.

Vraiment ? Ivan était sacrément bon dans son travail, mais découvrir que Martelli pensait qu'il était l'un des meilleurs le surprit. Peut-être que là encore, Martelli estimait inconfortable de lui montrer un quelconque favoritisme puisqu'il était gay. Il était un chef efficace, mais il était habituellement sourd aux calomnies et aux insultes dont Ivan faisait l'objet de manière régulière de la part d'autres officiers et inspecteurs – en cela, il avait envié Kurt. L'inspecteur Nadar, des Homicides, semblait beaucoup plus politiquement correct que Martelli, réprimandant ceux qui agissaient ou parlaient agressivement. La plupart des gars étaient bien avec ça ; il y avait seulement une poignée de pommes pourries dans le lot.

Ceci étant... Comment devait-il répondre ?

— J'écoute.

Martelli hocha la tête, comme s'il avait attendu une sorte d'acceptation de la part d'Ivan. Bizarre ça aussi.

— Nous savons tous les deux que nous avons eu de la chance aujourd'hui. Un seul flic blessé dont la vie est en danger. Considérant…

La voix de Martelli baissa encore à nouveau.

— Considérant ? reprit Ivan.

Un froncement de sourcils accentua les plis sur le front tanné par endroits de Martelli.

— Considérant que nous avons une fuite. Peut-être même pire.

Les narines d'Ivan s'évasèrent. Merde. Il avait essayé de ne pas y penser, mais il avait connu plus d'une opération de ce genre au cours de sa carrière, et c'était la première fois qu'ils avaient rencontré ce degré de résistance organisée.

— Pire ?

— Je ne veux pas spéculer pour l'instant. Ce que j'attends de vous en revanche c'est une mission d'infiltration pendant que vous êtes en congé administratif. Je déteste vous demander cela, mais nous avons une piste qui a besoin d'être vérifiée, et j'ai besoin de vous là-dessus.

S'effondrant dans son fauteuil, Ivan regarda attentivement Martelli. Cela allait tellement à l'encontre des règles que ça n'en était même pas drôle. Si cela venait à se savoir, Ivan pouvait perdre son job. Mais le travail de la police n'était pas toujours propre et correct, peu importait combien tout le monde pouvait souhaiter qu'il en soit ainsi. Et s'il perdait son poste à cause de cette mission, eh bien, ce n'était pas la première fois qu'il envisageait de changer de secteur d'activité. Il avait voulu être flic pour arranger des choses, pour les améliorer, mais il n'avait jamais réalisé qu'il devrait renoncer à sa vie privée.

— De quoi s'agit-il ?

— Nous avons appris que l'un des suspects montant dans l'organisation de Razhin avait passé une annonce pour un colocataire. Je veux que vous alliez sur place et voyez : un, si la connexion est réelle ; et deux, si vous pouvez trouver des informations de première main sur Razhin. Si nous ne parvenons pas à le faire tomber, nous aurons encore plus d'incidents comme celui d'aujourd'hui.

En tant que chef de la mafia Russe de Toronto, Viktor Razhin était le responsable numéro un de tout le trafic de drogue ou d'êtres humains dans lequel les Russes avaient main mise.

Martelli tapota un doigt sur son bureau.

— D'après les informations que je possède, ce nouveau gamin possède deux propriétés et a passé les derniers mois à mettre son nez dans le marché de la marijuana.

— Marijuana ? C'est un peu bas de gamme pour lui, non ?

— D'après ce que je peux dire, le gamin est un opérateur indépendant, et l'herbe est moins dangereuse et nécessite moins de capital pour démarrer que des opérations ayant trait à la coke, le crack, ou les méths[2].

---

[2] Abréviation de la méthamphétamine. C'est une drogue de synthèse psycho-stimulante hautement addictive.

— Et maintenant, il a pris assez d'ampleur pour que Razhin s'intéresse à lui ? Un petit entrepreneur avisé. Mais pourquoi un mec comme lui aurait-il besoin ou même *voudrait-il* d'un colocataire ?

Levant les yeux au ciel, Martelli lui tendit une feuille de papier.

— Aucune idée. Fouillez un peu de ce côté-là si vous en avez l'opportunité, mais la connexion avec Razhin est votre principale préoccupation. Vous avez là toutes les informations essentielles. Assurez-vous de déchiqueter tout ça avant de quitter le bureau.

— Pas même un fichier ? demanda Ivan en fronçant les sourcils.

— Je ne peux pas me le permettre. Je crains même qu'entrer ces informations dans le système alerte la taupe.

Ivan parcourut la feuille, mais à part quelques noms, des adresses, et des numéros de téléphone, il y avait trop peu de données pour qu'il se fasse une opinion. Parker Wakefield. Pas de photo, pas de permis de conduire, pas de relevé scolaire ni même de rapport portant une quelconque mention. Pas la moindre chose exceptée une annotation mentionnant qu'il fréquentait l'Université de Toronto, avait vingt-deux ans et un petit ami du nom de Neil Travers. Ivan essaya de garder sa grimace pour lui. Vraisemblablement, Martelli lui faisait confiance, mais la connerie à propos d'être l'un des meilleurs inspecteurs n'était rien de plus que ça. Il l'avait choisi pour cette opération parce qu'il était le seul membre de l'équipe ouvertement gay. Ivan en connaissait un autre, et en soupçonnait deux de plus, mais pas question pour Martelli de mettre un connard homophobe sur l'affaire.

— Je suis un peu vieux pour être étudiant à l'université ou pour avoir besoin d'un colocataire. Comment voulez-vous que je gère ça ?

— Homme divorcé que sa femme a plumé. J'espère qu'il aura une certaine compassion pour vous, mais de toute façon, la personne en charge de l'affectation des logements à l'université me doit une faveur. Vous serez présenté comme le candidat potentiellement le plus acceptable.

— Ma femme ?

Génial. Retour dans le placard pour une autre putain de mission d'infiltration.

— Est-ce que ça veut dire que Trish est ma couverture ?

Sa partenaire jouerait parfaitement la femme méprisée. La plupart des gars du département pensaient que Trish était une salope royale, mais Ivan appréciait son franc-parler, sa capacité à discerner l'hypocrisie, et sa vivacité d'esprit. Ils s'entendaient très bien.

Martelli secoua la tête, et une bande serrée lui comprima le cœur. Si Trish était mouillée, Ivan le saurait, bon sang.

— Si je n'ai pas Trish pour couvrir mes arrières, pourquoi ne puis-je y aller en tant qu'homosexuel qui vient de rompre avec quelqu'un ?

Rien de mieux que la foutue vérité pour vendre une histoire d'infiltration.

Martelli renifla avec mépris.

— Ne soyez pas ridicule. La dévastation n'a pas la même force qu'un divorce. Nous voulons qu'il soit compatissant et confiant.

Si Ivan n'avait pas été assis, il serait tombé. Il en perdit le souffle comme s'il avait été frappé à l'estomac. Il avait vécu avec Colin plus longtemps que duraient la plupart des mariages du département. Et pourtant, d'une certaine manière, sa relation en était moins fondée ? Bien sûr, Colin et lui ne s'étaient jamais mariés. Ivan n'était pas sûr de la façon dont iraient les choses pour un flic gay, mais Colin ne l'avait jamais poussé, et Ivan avait été satisfait de leur relation telle qu'elle était. Jusqu'à ce qu'il rentre plus tôt chez lui un jour, l'automne dernier et surprenne Colin en train de baiser quelqu'un d'autre dans leur lit. Comment sa douleur, son sentiment de trahison, pouvaient-ils ne pas être aussi valables ?

Pourquoi être gay était-il toujours une bataille si ardue ? Cette mission tout entière l'usait, aujourd'hui plus que jamais. En particulier depuis que l'urgence de Martelli signifiait qu'il était peu probable qu'il puisse faire un détour par l'hôpital pour savoir comment allait Kurt... Savoir s'il allait même pouvoir survivre.

— Donc, je suppose que vous n'avez pas besoin de moi sur ce coup-là pour le séduire ?

Ivan essaya de refouler la note d'amertume de son sarcasme, mais n'y réussit pas complètement vu le regard perplexe que Martelli lui dirigea.

— Non ! Je veux dire, non. Même si cette méthode de 'confidences sur l'oreiller' marchait entre deux hommes, il est bien trop jeune pour vous.

Les sourcils d'Ivan se soulevèrent aux paroles franches et énergiques de Martelli et à son rougissement intense. Il avait à moitié plaisanté en disant cela, mais il n'était pas certain de savoir pourquoi son patron était contre un piège impliquant le flirt, voire plus. Si ce n'était à cause de ses trente-quatre ans, ce qui était pratiquement un âge canonique pour la plupart des standards gays, il aurait pu s'offenser que Martelli pense qu'il n'ait pas ce qu'il fallait pour draguer un jeune de *vingt*-deux ans. Bon sang, vu son état actuel, il n'était même pas sûr de pouvoir attirer un mec à demi-aveugle de *quatre-vingt*-deux ans.

Il avait été tellement en manque ces derniers mois – jusqu'à en perdre son bon sens – mais sa récente pratique avec des coups d'un soir ne demandait pas les mêmes compétences requises pour réussir un piège amoureux. Pour être honnête, la plupart des opérations n'en requerraient aucune pour coucher avec quelqu'un pour le boulot. Trop facile de perdre la perspective.

— Peu importe. Qu'en est-il de l'enquête de l'UES ? Comment suis-je supposé participer ? Et mon arme ?

Martelli sortit un téléphone portable banal et bon marché et le fit glisser sur le bureau.

— Utilisez ça. Je vous appellerai depuis un autre téléphone anonyme et je vous tiendrai au courant de vos rendez-vous. Ce n'est pas comme si ce job attendait de vous que vous traîniez toute la journée à la maison.

Rendez-vous. Avait-il perdu son travail en même temps que son épouse hypothétique ? Où allait-il sérieusement avoir à traîner quelque part toute la journée, à prétendre bosser ? Cette mission empirait de minute en minute, mais il n'était pas exactement impatient de rentrer dans son appartement à moitié vide.

— Et une voiture ?

S'il acceptait la mission d'infiltration, il ne pouvait pas prendre sa propre voiture. C'était l'un des rares petits plaisirs qu'il avait, et ce n'était pas la seule raison pour laquelle il était peu enclin à en faire une cible de tir, il ne pouvait permettre aux gars de Razhin de découvrir sa véritable identité grâce à sa voiture.

Martelli secoua la tête.

— Pas de voiture.

Non, bien sûr que non. Pourquoi diable obtiendrait-il le droit d'avoir une voiture ? L'opération tout entière n'était pas autorisée. La crainte et le malaise qui avaient commencé à tournoyer dans son estomac dès qu'il avait réalisé que son projectile avait abattu ce gamin, passèrent au niveau supérieur. Bon sang, mais pour quelle raison faisait-il donc tout cela ? Risquer son travail – la seule chose qui lui restait – pour une opération d'infiltration foireuse et un patron qui pensait que ses relations n'étaient pas dignes de regrets ou de traumatisme émotionnel quand elles finissaient.

— Monsieur, je...

— Vous le devez.

Martelli lui jeta un regard suppliant.

— Je n'ai personne d'autre à qui me fier.

Bon Dieu. Comment avait-il pu oublier la taupe ? Son inconfort et la possible réprimande n'étaient rien comparés au fait de protéger ses collègues d'un traître. Kurt pouvait bien être un nouvel ami, mais il ne méritait rien de moins que l'entière attention d'Ivan dans cette affaire. Surtout quand la fuite dans le département pouvait être la raison pour laquelle Kurt venait de se faire descendre.

— Très bien.

Il ne pouvait même pas demander à être tenu informé de l'état de Kurt. Trop d'interférences avec sa vraie vie ne seraient que plus dangereuses pour toutes les personnes impliquées, et il ne voulait pas que quelqu'un puisse retracer les numéros sur son téléphone anonyme. Et puis, si Kurt ne s'en sortait pas, tout ce qu'Ivan aurait à faire serait d'ouvrir un journal.

— Je vais aller préparer votre rapport avant de partir, Sarge. Autre chose dont j'ai besoin ?

Une clé et un bout de papier avec une adresse et un numéro de téléphone inscrit dessus vinrent rejoindre le téléphone quelconque.

— Liz a tout arrangé, vous pouvez emménager demain.

— Liz ? Qui est Liz ?

— La personne qui se charge de l'affectation des logements à l'université. C'est grâce à elle que j'ai découvert cette ouverture.

Le regard de Martelli dévia vers son bureau, se concentra, apparemment sur l'agrafeuse avec laquelle il n'avait pas cessé de jouer ces dernières minutes. Seigneur. Cette personne, Liz, était-elle sa nouvelle petite amie ? Pour un homme qui dépendait de l'argent et des relations de sa femme pour lancer une carrière politique, il était étonnamment incapable de garder son pantalon fermé.

— Peu importe. J'ai un rapport à écrire.

Ivan jeta la feuille de renseignements sur le bureau, ramassa ses maigres possessions et sortit en coup de vent, claquant la porte derrière lui.

Après son entrevue, les autres officiers et inspecteurs lui semblèrent soudain beaucoup plus sinistres. Son chez lui avait cessé d'être un refuge après la trahison de Colin, et maintenant il avait perdu le réconfort de son travail. Il était trop vieux et usé pour ces conneries.

IVAN déverrouilla tranquillement la porte et entra dans la maison. Cette mission avait été montée rapidement et facilement. Beaucoup trop facilement.

Ivan était en partie suspicieux et en partie impressionné. Peut-être que c'était ce qui se passait quand les coups montés de ce genre n'avaient pas besoin d'autorisations signées en trois exemplaires et d'être approuvées par Dieu lui-même. Hier encore, il était assis dans le bureau de Martelli, acceptant cette opération sous couverture peu orthodoxe, et aujourd'hui, il était un divorcé hétéro. Malgré le manque d'appui du département, il avait été en mesure d'utiliser une fausse identité, confisquée lors de sa dernière descente clandestine ; il n'avait donc pas besoin de se présenter avec sa propre carte d'identité sur laquelle figurait son adresse réelle.

Secouant la tête, il ferma la porte derrière lui. Parker avait, apparemment sur un coup de tête, passé une annonce pour trouver un colocataire. Était-ce de la chance ? Où était-ce le signe que cette opération allait droit dans le mur, avec Ivan au cœur du vortex ? Ces années en tant qu'inspecteur lui avait appris que la facilité aboutissait souvent à un piège. Un dangereux trompe-l'œil. Mais Martelli était moins superstitieux. Ou simplement plus optimiste quand il s'agissait de la sécurité d'*Ivan* qui était en ligne de mire. D'ailleurs, c'était peut-être ce qui arrivait avec les opérations officieuses.

— Il y a quelqu'un ? lança Ivan.

Il n'avait pas encore rencontré Parker, le propriétaire de la maison. La personne chargée de l'attribution des logements sur le campus avait facilité l'ensemble de la transaction. Il l'avait appelée pendant qu'il rédigeait son rapport, et elle lui avait confirmé qu'elle avait averti Parker de son emménagement immédiat. Ivan rencontrerait vraisemblablement le petit ami de Parker, mais il ne voulait pas les rencontrer ensemble. Il avait besoin d'établir une relation avec son futur colocataire, car Martelli soupçonnait que Parker aurait un faible pour le perdant qu'Ivan avait l'intention de jouer.

— Il y a quelqu'un ? lança-t-il de nouveau, mais il n'entendit rien.

La régisseuse lui avait assuré que son emménagement dans un délai aussi court n'était pas un problème, et cela avait été confirmé par la clé que son patron lui avait remise la veille. Ivan s'attendait donc à un accueil quelconque. Une indication de plus que Parker n'était pas un homme convenable. Comme si le trafic de drogue n'était pas suffisant pour le convaincre. Peut-être que le petit ami pourrait être sauvé des aspirations dangereuses de Parker.

Ivan jeta un rapide coup d'œil dans le salon et la cuisine. Tout était propre et bien rangé, il n'y avait même pas un plat dans l'évier. Quelque peu inattendu, mais même les dealers pouvaient avoir des standards de propreté.

Apparemment, Parker allait à l'université, mais cet endroit ne ressemblait à aucune des fraternités étudiantes qu'il avait pu voir jusqu'à présent. Malgré l'absence d'éléments dont disposait la police, Martelli pensait que Parker n'avait pas un cursus chargé de cours, et il n'avait pas de source connue de revenus. Le défaut de revenus pouvait expliquer le besoin d'un colocataire, mais il n'expliquait pas pourquoi Parker possédait une maison, ni pourquoi un petit nouveau dans l'organisation de Razhin aurait besoin ou voudrait d'un colocataire durant le semestre d'été. En plus de découvrir qui étaient les associés de Parker, Ivan voulait trouver la réponse à cette question. Quelque chose clochait ici et Ivan voulait savoir ce que c'était avant de baisser les yeux sur le canon d'une arme à feu.

La maison mitoyenne, d'à peu près une centaine d'années, était minuscule. Une petite cuisine, une salle à manger, et un salon transformé en pièce multimédia constituaient le rez-de-chaussée, ainsi qu'une petite salle de bain à laquelle Ivan ne s'était pas attendu. La plupart des maisons comme celle-ci n'avaient qu'une seule salle de bain à l'étage au même niveau que les chambres. Les installations du rez-de-chaussée n'étaient donc pas d'origine, et il y avait une quantité incroyable de boiseries – vraisemblablement d'origine pour le coup – peintes en blanc dans une sorte de parodie de décoration. Une porte menait au sous-sol, mais Ivan aurait suffisamment de temps pour l'explorer plus tard.

— Il y a quelqu'un ? répéta-t-il à nouveau.

Ivan monta l'escalier étroit, le tapis ne faisant rien pour étouffer le craquement des marches. Vivre dans cette foutue baraque aurait été l'enfer pour un adolescent voulant se faufiler chez lui après le couvre-feu.

Personne ne répondit.

En haut des escaliers, une petite surface, trop étroite pour être considérée comme un palier, menait à trois chambres et une seconde salle de bain.

L'une des chambres sur la gauche contenait un futon, plusieurs étagères et un bureau avec un ordinateur. Ensuite, Ivan trouva une chambre stérile et quelconque, dépourvue de tout caractère. Probablement la sienne. On lui avait assuré qu'il était le seul colocataire, mais cela pouvait être une chambre d'amis, et il pouvait très bien être logé au sous-sol. Néanmoins, il laissa tomber son sac de sport à côté du lit et jeta un rapide coup d'œil à la salle de bain fonctionnelle et étonnamment propre avant de s'arrêter devant la seule porte fermée. Quand personne ne répondit à son léger coup, Ivan entrouvrit la porte et passa la tête dans la chambre principale.

Le lit était gigantesque. Foutrement immense. Un de ces lits king-size californien. Ou était-ce une sorte d'illusion d'optique renforcée par l'étroitesse de la chambre ? De toute façon, il n'avait jamais connu d'étudiant possédant un lit king-size. Deux petites tables de chevet flanquaient les bords du lit, et elles devaient avoir été graissées pour glisser dans l'espace entre le matelas et le mur.

Et puis, il y avait le foutoir. Ne disposant pas de temps pour faire la moindre recherche, tout ce qu'il put faire fut d'observer les lieux. Après un moment, le fouillis s'organisa de lui-même en simple... désordre. Beaucoup, beaucoup de désordre. Des oreillers douillets et des tentures richement chamarrées accentuaient le caractère de la chambre, mais des boîtes en carton drapées de tee-shirts et de jeans se mêlaient à une coiffeuse très féminine et un paravent asiatique des plus exotiques. La tête de lit ressemblait à du fer forgé, mais était de qualité standard, sortant d'un catalogue IKEA. Elle ne cadrait pas avec l'armoire et la commode, toutes deux possédant une touche asiatique distincte qui s'harmonisait avec le paravent. La chambre ne criait pas trafiquant de drogue universitaire, c'était le moins qu'on puisse dire. Ivan n'avait pas la moindre idée de ce que cela signifiait, excepté que cela allait être une vraie gageure de chercher la cachette de Parker. Dieu seul savait ce que dissimulait tout ça, mais Ivan devrait le découvrir de toute façon.

Il battit silencieusement en retraite et referma la porte. Il devrait trouver le temps d'inspecter minutieusement la chambre de Parker, mais plus tard. Il n'avait aucune idée du moment où son colocataire pouvait revenir, et se faire prendre en train de fouiner durant sa première heure passée dans la maison ne serait pas synonyme de réussite de sa mission.

De retour au rez-de-chaussée, Ivan était toujours seul, il s'aventura donc en bas.

Le sous-sol était humide et inachevé. Un vieux four se terrait comme une bête dans un coin d'ombre. Quelques ampoules nues pendant des poutres du plafond illuminaient le gris dépressif des murs en parpaings. À part le four, qu'Ivan avait peine à croire qu'il fonctionnait, le sous-sol ne contenait rien de plus que quelques cartons assombris par l'humidité, une machine à laver, un sèche-linge et un ensemble d'étagères.

Il remonta à l'étage d'un pas lourd et défaisait son sac quand la porte s'ouvrit.

— Il y a quelqu'un ? entendit-il dire.

Bon dieu, c'était qui ça ? La voix rauque comprima l'estomac d'Ivan comme si quelqu'un venait juste de lui caresser les parties. Ivan ferma le tiroir, se demandant s'il devait répondre.

— Ivan, vous êtes là ?

Oh, merde. Parker ? Pourquoi personne ne l'avait-il prévenu que la voix de Parker était comme du miel sombrement ambré distillé de sexe ?

— Je descends dans une minute.

Ivan n'était pas sûr de savoir si sa couverture fonctionnerait comme il fallait, mais ce n'était pas le meilleur moment pour avoir des doutes. La Fac était depuis bien longtemps derrière lui. Ivan paraissait plus jeune que ses trente-quatre ans, mais Parker était douze ans plus jeune que lui. Comment allaient-ils s'entendre suffisamment pour qu'il lui fasse confiance ? Et lui fasse confiance peut-être plus qu'à son petit ami, Neil ?

Relâchant un profond soupir, Ivan essuya les paumes de ses mains sur son jean et passa mentalement en revue sa couverture. Il commençait à détester les missions d'infiltration. Où était-ce juste la Brigade des Stupéfiants qu'il détestait ? Chaque rôle devenait plus pénible à jouer.

Ivan entra dans la cuisine où Parker était en train de ranger les courses dans le réfrigérateur. Il portait un tee-shirt vert détendu et très usé sur un jean lâche. Il était grand et mince, probablement plus grand de quelques centimètres que le mètre quatre-vingt d'Ivan.

— Salut, dit Ivan doucement.

Parker ne se retourna pas, continuant sa tâche tandis qu'Ivan prenait note de ce qu'il pouvait voir de lui de derrière. Ses cheveux étaient brun foncé, hérissés de pointes dorées semblant provenir d'un travail de teinture blonde et qu'il laissait pousser, un look pour lequel Ivan avait un léger penchant.

— Salut, répondit Parker en plaçant le dernier pot de yaourt sur une étagère et en fermant la porte. Là. Terminé. J'avais espéré finir avant que tu arrives.

Parker se retourna.

Ivan s'agrippa au comptoir.

Oh bon sang. Ivan s'était attendu à des complications, mais pas comme celle-là. Parker était sacrément superbe. Presque androgyne, avec des traits bien définis et des lèvres pleines qui semblaient douces. Et ses yeux. Des yeux qui ressemblaient aux pierres lisses du lit d'une rivière. Gris, vert, parsemés de taches d'or, entourés par les cils les plus longs et épais qu'Ivan avait jamais vus chez un homme. Il aurait pu regarder ces yeux-là pendant des heures. Les cheveux lui seyaient parfaitement. Ils convenaient à ce bel homme. Qui pourrait être un putain de mannequin s'il le voulait.

Seigneur. Ivan devait vivre avec lui ? Essayez de faire ami-ami avec lui ? Garder ses mains loin de lui et prétendre être un foutu hétéro ?

— Désolé, je suis Parker.

Parker lui tendit la main, son doux sourire adoucissant les traits de son visage comme les vieilles étoiles du grand écran vues à travers des lentilles imprégnées de vaseline.

Ivan se rapprocha du comptoir et serra la main de Parker, reconnaissant que le comptoir soit assez haut pour cacher le renflement croissant dans son pantalon.

— Je suis Ivan.

Sa voix était rauque, donnant probablement une impression de brusquerie. Du moins, l'espérait-il. Si Parker savait à quel point Ivan le trouvait attirant, il serait impossible de découvrir ce qu'il avait besoin de savoir. Faire des avances au petit ami de quelqu'un n'était pas très ingénieux, surtout quand il ne s'agissait pas d'un paramètre établi de l'opération. Même si Martelli croyait que les hommes gays baisaient au lieu de se serrer la main, il serait difficile pour Ivan d'attirer ce jeune canon dans son lit. Il était plutôt séduisant, mais rien à voir avec un tel Adonis. Et il n'était pas assez vieux pour satisfaire une quelconque tendance sexuelle que Parker pourrait avoir envers une figure 'paternelle'.

— Ravi de te rencontrer.

La voix de Parker gronda au travers de son étroite poitrine. Il n'était pas maigre ni osseux, mais cette voix profonde ne cadrait définitivement pas avec son physique.

— Est-ce que tu bois ? demanda Parker.

— Oui, bien sûr, à peu près de tout.

C'était vrai, mais le dire le faisait ressembler à un ivrogne.

— Oh, parfait. J'espérais que ce serait le cas. J'ai apporté des bières à la maison. Je pensais que nous pourrions commander une pizza, boire quelques bières, et apprendre à nous connaître.

Ivan regarda Parker. Tout cela était plus prévenant qu'il ne s'y était attendu de la part de son trafiquant de coloc connecté au crime organisé.

— Euh. Si tu veux, bien sûr.

Le sourire de Parker s'estompa face à la longue pause d'Ivan, remplacé par un regard hésitant. Ivan eut l'impression d'avoir, à lui seul, tiré les nuages devant le soleil. Comment un sourire pouvait-il faire une telle putain de différence ?

— Bien sûr. Ça m'a l'air bien. C'est moi qui invite.

Ivan essaya de rattraper le terrain perdu. Un Parker malheureux ne serait pas un Parker communicatif.

Parker inclina la tête de côté, comme un oiseau.

— Oh. Mais je pensais...

Ses joues rosirent et il baissa les yeux.

Seigneur. Sa foutue couverture. Il devait se mettre dans l'esprit d'Ivan Baker, le perdant.

— Hé, c'est bon. Ma femme m'a à peu près tout pris dans le divorce, mais je peux me permettre d'offrir une pizza sans retourner les coussins du canapé pour trouver de la petite monnaie. Je le jure.

Parker gloussa, et son grand sourire revint. C'était une friandise dont Ivan voulait se gaver. Pourquoi, mais pourquoi, Parker ne pouvait-il pas ressembler aux foutus voyous qu'il arrêtait tout le temps ? Aucun criminel ne l'avait jamais rempli du désir de glisser ses doigts dans leurs cheveux, désespéré d'attirer leurs lèvres sur les siennes.

Putain !

PUTAIN ! Quelque chose contrariait le nouveau colocataire de Parker. La nervosité lui tordait l'estomac. Il aurait peut-être dû demander une femme. Parker ne savait pas comment se faire des amis de sexe masculin, et encore moins avec des mecs sexy, hétéros, et plus âgés qui avaient probablement une cargaison d'expérience personnelle dans la vie et... de quoi allaient-ils parler ? Il ne savait pas grand-chose sur le sport, les voitures ou le sexe avec des femmes. Bon sang, il n'avait eu des relations sexuelles avec quasiment personne, bien qu'il ait renoncé à sa virginité six ans plus tôt.

Neil pensait qu'il était stupide de vouloir un colocataire. La gentille dame du département des affectations des logements de l'université lui avait dit que le mi-semestre était le pire moment pour en chercher un. Quand elle l'avait appelé en lui disant qu'elle avait un candidat, bien que non étudiant, Parker avait été extatique. Un homme récemment divorcé pouvait être aussi solitaire qu'il l'était, parce que le vide de son chez lui était en train de l'écraser, et Neil refusait d'emménager avec lui. Il ne s'était certainement pas attendu à trouver le mec en question attirant.

— Alors, bière ? offrit Parker en tendant la bouteille fraîche et en espérant que l'alcool faciliterait les choses.

Il ne voulait pas que Neil ait raison. Le désespoir de prouver que Neil avait tort s'intensifia alors que les lèvres d'Ivan s'étiraient et qu'il tendait la main vers la bouteille.

— Merci. Y a-t-il une pizzeria que tu aimes dans le coin, ou dois-je simplement appeler Pizza-Pizza ?

— Pizza-Pizza c'est parfait.

C'était la préférée de Parker, de toute façon. Être capable d'appeler un simple numéro de téléphone, peu importe où vous vous trouviez en ville, et être livré d'une bonne pizza était une aubaine pour les étudiants autant que pour les camés.

— J'ai vu que tu avais une télé sympa là-bas. Tu veux mettre quelque chose pendant que j'appelle ? proposa Ivan.

— Euh, bien sûr.

Qu'était-il censé mettre ? Il était clair qu'ils n'allaient pas parler. C'était probablement trop demander. Ils ne sortaient pas ensemble. Parker grimaça. Il présumait que les hétéros utilisaient la télévision comme un mécanisme d'évitement, tout comme les hommes gays qu'il connaissait.

Avec un soupir, il se laissa tomber sur le canapé. Neil l'avait persuadé d'acheter un ensemble hi-fi vidéo, mais il n'avait pas fallu longtemps à Parker pour réaliser que ce n'était pas pour son propre bénéfice. Il joua avec la télécommande de la télé, repoussant le moment de l'allumer.

— Qu'est-ce que tu veux sur ta pizza ? demanda Ivan depuis la cuisine.

Parker se frotta le ventre et fronça les sourcils.

— Des peppéronis.

Il ne put dire ce que le grognement d'Ivan signifia, mais le grondement bas et continu qui suivit était à l'évidence la voix de l'homme en train de commander une pizza, même si Parker ne pouvait distinguer aucun mot en particulier.

Quelques minutes plus tard, alors que Parker fixait la télécommande qu'il tenait dans les mains, Ivan sortit de la cuisine et se laissa lui-même tomber dans un fauteuil. La pièce sembla plus petite, en quelque sorte, bien qu'Ivan soit plus petit de quelques centimètres que Parker. Sa carrure toutefois, était assez large pour couper le souffle de Parker, et sous le polo de golf bleu quelconque, il y avait un corps en super forme. Non pas qu'il aurait essayé quoi que soit si Ivan s'était assis à côté de lui sur le canapé. La proximité d'hommes attirants le rendait stupide et remuant.

17

Ivan tendit une main, et Parker la fixa un moment avant de laisser échapper un petit rire embarrassé et de lui remettre la télécommande.

— Voyons voir ce que l'on peut faire pour que cette télé en vaille la peine.

Ivan alluma la télévision d'une main experte de vétéran. La vaste étendue de chair sur l'écran immense renseigna Parker sur ce que Neil avait regardé en dernier tandis que la pièce s'emplissait de gémissements et du son glissant d'une baise correctement lubrifiée. La caméra recula pour faire un gros plan sur un sexe géant en train de pilonner le cul de quelqu'un. Le corps entier de Parker se figea alors que tout le sang se précipitait vers son visage – probablement pas le résultat escompté par le cinéaste. Il bondit par-dessus la table basse, cognant son tibia contre celle-ci ce faisant, et appuya à tâtons sur les boutons du lecteur DVD. Connard de Neil.

Faisant de son mieux pour bloquer l'écran de son corps, Parker attendit une éternité que le disque s'éjecte. Après ce qui lui sembla plusieurs minutes d'un enfer interminable, l'écran béni du menu bleu remplaça le sexe surdimensionné, la paire de couilles et le cul aussi rond qu'une pleine lune. Il arracha le disque du lecteur et le jeta derrière le téléviseur. Bien fait pour Neil s'il se cassait. Il était probablement piraté de toute façon.

Avec effroi – et un visage en feu – Parker se retourna vers Ivan. Avait-il remarqué qu'il s'agissait de deux mecs en train de baiser ? Quand Parker avait demandé un colocataire, il ne lui était pas venu à l'idée de préciser qu'il était gay, mais tout à coup cela lui sembla une énorme erreur. La courbe dure des biceps d'Ivan dépassant furtivement de ses manches courtes était la preuve de la puissance que ce dernier pourrait donner à un coup de poing. Le tibia de Parker le lança, lui rappelant combien un corps pouvait être vulnérable.

— Euh…

Abasourdi ne voulait pas dire dégoûté, non – ou n'exprimait pas une envie d'homicide – n'est-ce pas ? Ou dans ce cas, d'homo-cide ?

Les lèvres d'Ivan bougèrent, mais il ne dit rien.

— Ce n'est pas à moi.

Parker voulut ravaler les mots aussitôt qu'ils lui eurent échappés. Sérieusement, aurait-il pu paraître plus coupable ?

Ivan détourna le regard vers le canapé, et le visage de Parker s'enflamma encore plus qu'avant. Était-il en train d'imaginer Parker assis là, à se branler ? Serait-il moins embarrassant – ou dégueu – d'expliquer que c'était Neil ? Parce que Parker ne voulait pas penser à ça non plus. Indubitablement, Ivan était heureux de ne pas s'être assis dans le canapé. Il allait falloir un

18

effort suprême de volonté à Parker pour retourner s'asseoir dessus avant de lui faire subir un traitement complet antitache.

— D'accord, murmura Ivan.

Il donnait presque l'impression de croire Parker.

— Tu veux... ? dit-il en agitant la télécommande vers lui afin qu'il bouge, et un nouveau flot d'humiliation inonda Parker alors qu'il se déplaçait de sa position protectrice et obstructive de devant l'écran de télé.

Essayant de ne pas paraître trop évident, Parker inspecta le canapé. Il ne put voir aucune nouvelle tache, et il boita autour de la table de salon pour s'y asseoir avec précaution.

Ivan zappa pour retourner sur le canal vidéo avant de se tourner vers lui. Parker n'avait pas vraiment pris le temps de regarder son nouveau colocataire dans la cuisine, mais maintenant il le fit. Ivan avait les yeux écartés et les pommettes bien définies que Parker associait aux hommes d'Europe Orientale, similaires aux mecs que Neil avait ramenés à l'occasion, mais si rude et magnifique que ça en faisait mal. Des cheveux blond doré, des yeux bleu foncé et un corps sans une once de graisse... Même si Parker ne verrait aucun inconvénient à faire une inspection minutieuse de ce corps nu pour en être certain. Au moment où une partie de son sang quittait son visage – enfin – pour une destination plus au sud, Ivan leva un sourcil interrogateur.

Parker toussa et jeta un œil au film qui se jouait sur l'écran. Il ne le reconnut pas, mais il y vit tout un tas de cheveux décolorés et en épis. Il n'aurait pas dû détailler son nouveau colocataire comme ça, en supposant qu'il ne l'ait pas déjà assez effrayé. Même si Ivan n'était pas hétéro, il était hors de portée de Parker et de loin. Ivan pensait probablement qu'il n'était rien de plus qu'un idiot de gamin allant à l'université, passant tout son temps libre à se masturber sur le canapé.

Le silence s'étendit à l'infini, ponctué par les hurlements distinctif de la musique électronique des années quatre-vingt. Ivan ne devait pas avoir réalisé que le DVD avait montré deux mecs en train de baiser, sinon il aurait dit quelque chose, non ? Et puis, son regard déterminé avait été très semblable à celui de l'un de ses professeurs essayant d'attraper quelqu'un en train de mentir, ce qui était un peu bizarre.

— As-tu, euh, trouvé ta chambre ? Elle te convient ? On peut y déplacer certains des meubles. Tu peux faire ta lessive en bas, et nous pouvons faire un planning pour nettoyer et faire les courses et des trucs et...

Parker s'interrompit. Ses paroles s'étaient accélérées, mais il n'avait pas été en mesure d'y mettre un frein jusqu'à ce que son souffle lui manque et que les yeux d'Ivan se soient agrandis au beau milieu de sa tirade. L'embarras s'épanouit sur son visage – encore – et il se mordit la lèvre pour s'empêcher de dire un mot de plus. C'était pour ça qu'il n'avait pas beaucoup d'amis en dehors de Neil. Neil était le seul qui avait bien voulu traîner avec le gamin obèse et rester dans les parages après que Parker ait perdu du poids, mais qui avait également conservé son inaptitude sociale.

Ivan fronça les sourcils, et Parker fit de même en retour, pas très sûr de savoir quoi faire maintenant. Il bougea ses jambes et se cogna à nouveau le tibia sur le bord de la table basse.

— Aïe ! Merde !

Une douleur lancinante explosa à l'endroit où il s'était heurté la jambe durant son saut disgracieux par-dessus la table, et il enroula une main autour d'elle, se balançant et se mordant la lèvre pour se garder de laisser sortir le moindre gémissement.

— Laisse-moi regarder.

Ivan quitta son fauteuil pour se laisser tomber à genoux à côté de Parker, le faisant se figer net.

Avec des doigts doux, Ivan déplaça la main de Parker et releva son jean le long de sa jambe. Il pressa ses doigts autour de la contusion, la douleur faisant siffler Parker.

— Tu vas avoir un vilain hématome, et tu t'es éraflé la peau, mais ce n'est pas méchant. Il n'y a pas de fracture, je pense. Est-ce que tu as une trousse de premiers soins ?

Ivan leva les yeux vers son visage, et Parker eut un peu de mal à reprendre son souffle.

— Oui, euh, dans la salle de bain. Sous l'évier.

Parker agita la main vers l'avant de la maison.

Ivan tapota son genou et se leva, se dirigeant vers la salle de bain.

— La plupart des vieilles maisons comme celle-là ne possèdent pas de salle de bain au rez-de-chaussée.

Le carrelage dans la pièce d'eau fit légèrement gazouiller la voix d'Ivan.

— Vrai. Mais après que ma mère soit tombée malade, nous avons fait installer une salle de bain pour qu'elle puisse rester à la maison et ne pas s'inquiéter des escaliers.

Une boîte en plastique blanc à la main, Ivan sortit de la salle de bain et dévisagea Parker. De nouveau.

— Ta mère a vécu ici ?

Ivan jeta un œil autour de lui, et Parker hocha la tête.

— Ouais. Vers la fin, elle avait du mal à se déplacer, donc nous avons fait installer la salle de bain et nous avons aménagé cette pièce en chambre à coucher.

— Où vit-elle aujourd'hui ?

Parker laissa tomber son regard vers la bosse violacée et légèrement ensanglantée de son tibia et haussa les épaules. Sa mère avait été sa meilleure amie, et même s'il avait eu quelques années pour se préparer à sa mort, cela l'ébranlait toujours. Encore maintenant, près de six mois plus tard, il l'appelait parfois quand il rentrait à la maison. Au moins Neil ne l'avait jamais entendu le faire.

— Oh, quand est-ce... Je veux dire... Je ne savais...

La voix hésitante d'Ivan cherchant ses mots comme Parker le faisait habituellement lui fit lever les yeux. Ceux-ci le brûlèrent à la vue de la compassion sur son visage.

— Je n'avais pas réalisé, Parker, dit Ivan en se rapprochant de lui.

— Pourquoi l'aurais-tu su ?

Reprendre le contrôle de lui-même fut plus facile quand Ivan reporta son attention sur le nettoyage de sa jambe. Parker ravala son offre de le faire lui-même. Cela aurait été la manière la plus virile et autonome de le faire, mais il y avait si longtemps que personne ne l'avait pas touché tendrement, de façon désintéressée, et avec une véritable envie de prendre soin de lui.

Le passage d'un tampon imbibé d'alcool sur l'éraflure le fit flancher, mais la sensation de fraîcheur inattendue alors qu'Ivan soufflait sur la plaie amena la chair de poule sur sa nuque. Avait-il des enfants ? Était-ce la façon dont il prenait soin de blessures mineures comme celle-ci ?

Ivan continua de lui administrer les premiers soins.

— Cela fait combien de temps ?

— Six mois. Cancer, répondit Parker qui n'eut besoin d'aucune clarification pour répondre à la question d'Ivan.

— Je suis désolé.

Ivan plaça deux sparadraps sur la coupure, ses doigts chauds glissant sur la peau de Parker.

— Merci, dit Parker en s'éclaircissant la gorge.

Alors qu'il réajustait la jambe de pantalon, Ivan releva la tête. Parker n'avait jamais vu d'aussi beaux yeux bleus avant, et la compassion qui les emplissait le réchauffa de l'intérieur.

La sonnette retentit, et Ivan fit un bond en arrière, basculant presque à en tomber sur les fesses.

— Ce doit être la pizza, dit Ivan en se dirigeant vers la porte et en sortant son portefeuille.

Soudain refroidi, Parker enroula ses bras autour de lui. Il ne put décider si le fait de vivre avec Ivan allait être le paradis ou l'enfer.

II

APRÈS AVOIR payé pour les pizzas, Ivan apporta les boîtes dans la cuisine en prenant garde de ne pas regarder dans le salon. Cette mission était déjà tellement compromise, et pas étonnant que ce gamin ait volé sous les radars de tout le monde. Il semblait si innocent, en deuil de sa mère. Personne le rencontrant ne penserait qu'il vendait de la drogue. Ivan allait avoir besoin d'être prudent, sinon il se trahirait avant de découvrir quelle partie des renseignements qu'ils avaient sur ce mec était du vent et quelle partie concernait le véritable Parker.

Quoi qu'il en soit, il avait besoin de se reprendre et de commencer à entrer dans les bonnes grâces de Parker, et non pas de trouver un moyen de le mettre dans son lit. Il s'était fait des films plutôt chauds dès qu'il avait vu Parker, et le porno grandeur nature qui était apparu sur l'écran de télévision n'avait pas aidé. Il n'avait jamais vu personne rougir comme ça avant, et aussi tentant que cela avait été de faire un commentaire pour le garder dans cet état troublé et embarrassé, celui-ci aurait pu faire une attaque cérébrale si plus de sang lui était monté à la tête.

Entre s'occuper de la blessure de Parker et l'imaginer assis nu sur le canapé en train de se faire plaisir en regardant un film porno, Ivan avait été distrait comme jamais au cours d'une enquête. Une raison de plus pour lui de réévaluer sa vie et sa carrière une fois son congé administratif terminé.

Alors qu'Ivan cherchait des assiettes, il dressa une liste mentale de toutes les raisons pour lesquelles il ne pouvait même pas commencer à penser au sexe avec Parker. C'était un criminel, il pensait qu'Ivan était hétéro, il était beaucoup trop jeune, et, par-dessus tout, il avait un petit ami. Ivan n'avait pas vu beaucoup de criminels qui soient inflexibles à propos de la notion de fidélité, mais après en avoir fait l'expérience de première main avec Colin, il n'avait aucun intérêt à prendre parti en ce qui concernait la question. Heureusement, sa couverture excluait qu'il ait à faire quoi que ce soit de la sorte. Fichue situation étrange. La dernière fois qu'il avait cohabité avec un parfait inconnu, c'était à l'université, mais il avait l'impression que cela faisait des lustres depuis qu'il avait eu cet état d'esprit insouciant, et il n'était pas sûr de savoir comment le retrouver suffisamment pour s'entendre avec un mec de douze ans plus jeune que lui.

Une fois qu'il eut rassemblé tout ce dont il avait besoin, y compris son sang-froid, il plaça le tout sur les boîtes de pizza et emporta la nourriture jusque dans la pièce principale.

Fixant la télévision sans relâche, Parker ne s'était pas détendu d'un pouce. Ce qui n'arriverait pas. Ils devaient trouver un terrain d'entente, une manière d'être amis, ou ce job ne serait pas seulement une simple perte de temps, il pourrait même le faire tuer.

— Je nous ai apporté quelques bières supplémentaires.

Ils pouvaient tous deux utiliser l'alcool.

— Oh, merci.

Parker fixa les boîtes à pizza.

— Je ne m'attendais pas à ma propre pizza.

Ivan haussa les épaules et fit glisser la boîte avec les peppéronis dessus. Parker ouvrit la boîte et fronça les sourcils.

— Est-ce qu'il y a une erreur dans la commande ? demanda Ivan.

— Euh, non, dit Parker en se frottant le ventre. Qu'est-ce que tu as commandé ?

— Poulet et brocolis.

Cela n'avait jamais été un choix très populaire auprès des autres inspecteurs, mais c'était une option des plus saines, et il n'avait jamais été capable de renoncer totalement à la pizza. Quand il avait découvert cette combinaison, il l'avait trouvée plutôt plaisante, et c'était devenu sa commande régulière. D'ailleurs, maintenant qu'il se faisait plus vieux, trop de graisse lui pesait et irritait souvent son estomac. Le café du poste de police était une agression suffisante pour ses entrailles.

— Poulet et brocolis ? Je ne savais même pas qu'on pouvait avoir des brocolis sur une pizza.

— Cela vaut mieux pour le corps que des peppéronis, dit Ivan en étouffant un grognement.

Rien de tel que d'avoir l'air d'un prêcheur ou d'un parent pour faire faire marche arrière à un enfant. Mais Parker eut l'air plus intrigué que têtu.

— Ah ouais ?

— Tu veux goûter ?

Il fit tourner la boîte de sorte qu'elle s'ouvre face à Parker.

Avec un sourire timide, il tendit la main vers la boîte et s'empara d'une part de pizza. Ce mec était un putain de grand acteur. Il serait même capable de tromper la mère d'Ivan, et elle avait une tolérance encore plus faible envers les mythomanes que n'importe quel flic qu'il n'avait jamais rencontré. Bien sûr, être professeur dans un lycée expliquait sans doute pourquoi.

Le souvenir de sa mère le fit gémir. Il avait oublié de lui téléphoner avant de venir ici. Manquer des dîners de famille lui arrivait, mais les manquer sans préavis était totalement hors de question. Il devrait trouver le temps de filer et de le lui faire savoir avant dimanche.

— Qu'y a-t-il ?

— Oh, rien, je viens juste de me souvenir que j'ai un coup de fil à passer.

— Tu peux utiliser le téléphone de la maison.

Parker pointa la petite table à côté du canapé.

— Non, merci, ça concerne mon... Euh... Mon divorce, et je ne veux pas penser à ça pour l'instant.

Parker ne répondit pas, il prit juste une bouchée et mâcha. Ivan faillit tout avouer à la vue du sourire de compassion que Parker lui adressa, complété d'une minuscule tache de sauce tomate au coin des lèvres. Bon sang, mais depuis quand les missions d'infiltration étaient-elles devenues si ardues ? Était-ce Parker ? Le mec pourrait facilement être un foutu mannequin, mais il avait le tempérament d'un chiot impatient. Ce gamin devait être un sociopathe jouant un rôle à son attention, sinon il n'était pas seulement le plus stupide criminel existant, mais Razhin allait le mettre en pièces avant de s'approprier le commerce, quel qu'il soit, qu'il avait réussi à bâtir pour son propre compte.

Il devait se rappeler qu'il était un pauvre homme divorcé, et que Parker était un étudiant universitaire naïf. C'étaient les rôles qu'ils avaient tous deux choisi de jouer, et qu'ils joueraient aussi longtemps qu'il le faudrait. Ivan avait au moins l'avantage de savoir que Parker jouait la comédie, alors que Parker n'avait aucune raison de soupçonner qu'Ivan faisait de même.

Ivan saisit une part de sa propre pizza.

— Tu aimes ? demanda-t-il à Parker.

— Est-ce que je peux partager la tienne ? Je vais mettre l'autre au frigo. Pour... Euh, pour plus tard.

— Bien sûr.

Ils mâchèrent en silence pendant quelques instants. On aurait dit le plus inconfortable des rendez-vous, avec absolument aucune chance de tirer un coup au final. Dommage que toutes ses manœuvres d'amorçage de conversation puissent facilement flanquer la trouille à quelqu'un ayant quelque chose à cacher. En fait, tout ce qui ressemblerait à une interrogation ne serait pas perçu comme ayant un lien avec leur colocation. C'était de loin l'opération sous couverture la plus insolite sur laquelle il avait jamais été missionné.

— Vas-tu apporter des meubles ? On peut faire de la place.

Ivan résista à l'envie de poser son pouce sur le visage de Parker pour enlever la sauce tomate qui y traînait.

— Non, vraiment rien. J'ai quelques petites choses dans le garage d'un ami que j'irai chercher dans les prochains jours, mais ce que ma femme n'a pas pris, je n'en veux pas vraiment non plus.

— Oh. Je suis désolé. Est-ce que ça va ? Tu as des enfants ? Ou bien tu préfères ne pas en parler ? À part les parents de quelques personnes, je ne connais personne qui soit divorcé.

— Pas d'enfant.

Merci, Seigneur, il n'avait pas besoin de feindre ça.

— Je préfère ne pas en parler, si ça ne te dérange pas.

Parler peu de sa couverture signifiait qu'il avait peu de chance de voir ses mensonges lui revenir en pleine figure.

Comment ce gamin simulait-il ce regard blessé ? La came mise à part, ce gosse pourrait escroquer les mamies de leurs économies de toute une vie avec quelques clignements de ses longs cils généreusement fournis.

— Excepté du divorce… Et de ma femme, nous pouvons parler de tout ce que tu veux.

Avec ces quelques mots, le sourire de Parker retrouva son éclatante puissance. Damné soit-il, damné soit Martelli et damné soit la putain de taupe responsable de tout ça.

Parker fit un geste en direction de la télévision avec une part de pizza à moitié mangée.

— C'est le genre de musique que tu écoutes ? Je ne pensais pas que tu étais si vieux.

Ses yeux s'écarquillèrent quand il réalisa ce qu'il avait dit, et un autre rougissement l'envahit jusqu'à la racine des cheveux.

La propre peau d'Ivan rougit légèrement en réponse. La plupart de ses amis étaient encore dans la musique grunge et le rock des années quatre-vingt-dix qui avait si intensément influencé leurs années lycée, mais Ivan avait deux sœurs aînées qui aimaient la musique new-wave electronica[3], et regarder des vidéos avec elles, pleines de beaux mecs portant de l'eye-liner et des vêtements serrés... Ivan avait découvert très tôt qu'il était gay. Son premier coup de foudre avait été pour tous les membres du groupe Duran Duran. Mais il ne pouvait pas admettre ça ici, pas quand il prétendait être hétéro.

— J'ai deux sœurs plus âgées que je peux blâmer pour ça.

Il mâchouilla l'intérieur de sa lèvre pour s'empêcher de sourire. Peut-être que c'était exactement ce qu'il ferait la prochaine fois qu'il réussirait à se rendre à un dîner de famille. Il ne serait pas à la hauteur de son rôle de petit frère s'il n'embêtait pas un peu ses sœurs.

— Je vois. Je n'en ai pas vraiment beaucoup entendu parler. Je ne sais même pas qui sont la plupart de ces groupes.

Parker cilla à nouveau, et Ivan fut capable de pardonner, pendant un instant, le rappel additionnel involontaire de son âge avancé.

— Quels sont les cours que tu suis ?

Seigneur. On aurait dit le père de quelqu'un. Encore. Pas étonnant que Parker ait demandé s'il avait des enfants.

Le regard du jeune homme dériva au loin.

— Oh, juste quelques petites choses. Rien d'intéressant.

Les cours pouvaient ne pas être intéressants, mais la réaction de Parker était certainement aussi fascinante que suspecte. Mais approfondir le sujet maintenant serait une erreur.

— Et ton père ? Où vit-il ?

Le regard blessé revint puissance dix et prit Ivan aux tripes. Bordel, mais qu'est-ce qui n'allait pas chez ce mec et ses yeux à fendre l'âme ? Ivan voulait sauter sur le canapé, l'enlacer et lui dire que tout irait bien. Complètement à l'opposé de son propre caractère. Même s'il était sorti du placard – dans sa vie réelle – Colin s'était souvent plaint de son manque d'affection et le lui avait jeté au visage quand Ivan avait découvert sa tromperie.

— Je ne sais pas. Je ne sais pas qui c'est.

— Oh. Je suis désolé.

Ça n'allait pas bien. À quoi avait-il bien pu penser en plongeant dans une situation comme celle-là seulement quelques heures à peine après avoir tué Dmitri, un jeune homme qui aurait très bien pu être Parker ? Tuer

---

[3] Genre musical, de la grande famille de la musique électronique tournée vers l'expérimentation et qui n'a pas comme vocation première la danse.

quelqu'un, même en état de légitime défense, avait un prix. Il y avait une raison pour délivrer un congé administratif, en dehors de tout cet aspect de l'enquête, et quelque part, cela avait été négligé par lui et son supérieur. Mais il était là maintenant, et se morfondre au sujet de sa propre maison vide n'allait pas aider l'état d'esprit dans lequel il se trouvait.

Sa main eut un tremblement.

— Écoute, Parker, je suis crevé. Tu ne vois pas d'inconvénient à ce que j'aille me coucher ? Je nettoierai tout ça demain matin.

— Non, vas-y. Je peux ranger avant de commencer à faire mes devoirs.

Une bonne nuit de sommeil ferait des merveilles et avec un peu de chance, le remettrait d'aplomb. Bon sang, il n'avait même pas encore décidé de sa profession factice. Et si Parker lui avait demandé ce qu'il faisait dans la vie, pour l'amour de Dieu ? Ce dont il avait besoin, c'était d'un job lui permettant de justifier des horaires flexibles, mais pas aussi souples que d'être au chômage. Cela ne faisait-il pas de lui le colocataire de l'année ? Chômeur, divorcé, hétéro et vieux. Comme le putain de rêve de Parker devenant réalité.

Ivan serra un poing en se traînant dans les escaliers grinçants. Il devait arrêter de se demander si Parker voyait en lui plus qu'un ami ou une connaissance. Rien d'autre ne comptait.

LE CLAQUEMENT non familier d'une lourde porte réveilla Ivan, et il s'assit dans son lit, le souffle court, prenant note de la pièce inconnue dans laquelle il se trouvait. Il s'était réveillé dans une quantité de lits étrangers, mais dans celui-ci, il avait assurément dormi seul, rien qu'à voir l'étroitesse du lit, celui-ci ne laissait place à personne d'autre que lui-même.

C'est ça. Il était en mission sous couverture. C'était la chambre qu'il louait chez Parker.

La lumière du soleil se diffusa sans entrave à travers les fenêtres, rendant la pièce à la fois chaude et brillante comme Ivan l'aimait. Un coup d'œil sur le réveil lui confirma qu'il avait sommeillé jusqu'à une heure avancée de l'après-midi. Il avait dormi lourdement et longtemps, mais il n'était pas sûr d'avoir bien dormi. Des fragments de rêves s'accrochaient, encore vivaces dans son esprit, la plupart centrés autour de Parker. Dès le début, ils avaient été sensuels – une échappatoire sûre pour la forte attraction qu'il avait ressentie pour cet homme plus jeune – mais ils s'étaient transformés en quelque chose de plus sombre et de plus douloureux. La dernière chose dont il se souvenait était de Parker à la place de Dmitri, le sang bouillonnant au coin de ses lèvres et jaillissant d'entre les mains d'Ivan alors qu'il essayait de le sauver du coup de feu qu'il avait reçu.

Ivan passa une main lasse sur son visage. Il ne voulait rien d'autre que de courir dans la chambre de Parker pour s'assurer qu'il allait bien, mais c'était stupide. C'était un job, et Parker était un criminel. Quand Ivan aurait des preuves, il irait en prison, et lui pourrait retourner à sa vie normale. Et si ses rêves étaient d'une quelconque indication, le plus tôt serait le mieux.

Il vérifia son téléphone, mais il n'avait aucun appel manqué et aucun message de Martelli. Gagner la confiance de Parker était la première étape. Jusqu'à ce qu'il apprenne son planning et sache qu'il pouvait commencer à fouiner sans se faire prendre, il ne pouvait pas entamer son enquête. Mais il y avait quelques autres petites choses qu'il pouvait faire dans l'intervalle, comme aller chercher quelques cartons de vêtements et de livres chez lui pour au moins donner l'impression qu'il allait réellement emménager. Il n'avait même pas apporté de pyjamas. Il dormait généralement nu, mais c'était différent quand on vivait avec quelqu'un qu'on ne baisait pas. Il réajusta son slip et sauta hors du lit.

Ce dont il avait vraiment besoin était une douche, mais il n'avait même pas eu la bonne idée d'emporter une serviette. Qui emménageait dans un nouvel endroit sans même apporter une serviette ? Seigneur. Si Ivan se faisait tuer sur cette opération, ce serait à cause de sa propre bêtise.

Parker avait certainement une serviette qu'il pourrait emprunter pour un jour ou deux jusqu'à ce qu'il s'organise. Ivan ouvrit la porte de l'armoire à linge. Le placard ressemblait exactement à celui que sa mère aurait pu avoir – propre, bien rangé et le linge plié. Sa propre armoire n'était pas aussi soignée. Rien concernant cet endroit ne ressemblait à ce à quoi il s'attendait tant de la part d'un trafiquant de drogue que d'un étudiant à l'université. Parker ne correspondait pas non plus à ce à quoi il s'attendait, et il devait assimiler cette information au plus tôt. Une serviette blanche, douce et moelleuse à la main, il ferma la porte, une autre porte en bois d'origine, peinte en blanc. Que ne donnerait-il pas pour décaper et refaire les finitions du bois dans cette maison. Repeindre les murs d'une couleur plus en harmonie avec les boiseries. Mais alors, cela ressemblerait encore moins à un logement étudiant.

APRÈS DEUX heures et demie passées dans le taxi, le métro, le tramway et le bus, Ivan arriva à son appartement sans avoir été filé. Ne pas avoir de voiture le faisait chier, un max. Comment allait-il suivre quelqu'un en cas de besoin ?

Il avait un petit plaisir motorisé dans le parking du bâtiment, mais sa nouvelle voiture était trop caractéristique, trop voyante, et surtout, enregistrée au nom d'Ivan Bekker, pas sous celui d'Ivan Baker.

Il déverrouilla la porte de son appartement et entra. Passer mentalement de Baker à Bekker était merdique. Surtout parce que ce n'était pas une opération d'infiltration ordinaire. Il jouait deux rôles différents – même sa vie réelle n'était pas vraie en ce moment. Garder la trace de ces mensonges sur les deux tableaux allait être un défi. Un qu'il ne se sentait pas capable de relever, malheureusement.

Après avoir appelé le poste de police, il obtint le numéro du portable de Simon. Si quelqu'un pouvait lui donner une info sur l'état de santé de Kurt, ce serait son partenaire.

Le téléphone collé contre l'oreille, il se laissa tomber sur le canapé d'exposition que Colin avait choisi et qu'inexplicablement il n'avait pas voulu emporter quand il avait déménagé.

Simon décrocha après deux sonneries.

— Trent, répondit une voix d'un ton sec.

— Hé, Simon. C'est Ivan.

Il s'arrêta un moment.

— Bekker. De la Brigade des Stupéfiants.

Simon rit, et son ton se réchauffa considérablement.

— Je sais de quel Ivan on parle. Kurt est sorti de chirurgie, il est tiré d'affaire, et il est éveillé. Enfin, il était éveillé. Il est en train de dormir en ce moment.

Le soulagement le submergea.

— C'est super.

— Je suis content que tu aies appelé. Je sais que Kurt aime traîner avec toi.

Hein ? Ivan n'avait pas beaucoup parlé à Simon, mais le précédent partenaire de Kurt, Ben, avait fait partie de la Brigade des Stups avant d'être transféré aux Homicides. En un appel, Simon avait clairement fait comprendre qu'il était un tout autre genre d'homme, très différent. Ben avait toujours été très à l'écart. Bon flic, mais pas du tout social.

D'une certaine manière, Ivan n'avait pas été surpris d'apprendre que Ben avait un amant caché. Avant sa mort en service, juste un an plus tôt, Ben avait été le cas d'école typique d'un homme gay inavoué. Il avait été beaucoup plus surpris en revanche quand il avait découvert que Kurt était tombé amoureux de l'amant de Ben, Davy. Il avait également été heureux quand Kurt s'était rapproché de lui en tant qu'ami après que les choses aient mal tourné concernant sa relation naissante avec Davy.

— Moi aussi. Je suis content qu'il aille mieux. Écoute, je vais être injoignable pendant un certain temps, mais fais savoir à Kurt que je viendrai lui rendre visite dès que je le pourrai.

— Pas de problème. Je ne suis pas sûr de savoir quand il sera autorisé à sortir, mais il emménagera avec Davy quand ce sera le cas.

— Davy ? Vraiment ?

Kurt s'était langui de cet homme pendant des mois. Ivan ne connaissait pas tous les détails, mais il savait que Kurt était profondément épris.

— Ouaip. Ils ont raccommodé les choses.

— C'est bien. Je suis content.

Et il l'était. Il était heureux que la relation de quelqu'un fonctionne. Personne ne le méritait plus que Kurt.

— Comment vas-tu, Ivan ? Plusieurs gars sont venus rendre visite à Kurt et ils nous ont dit que tu étais sur la touche.

— Ça va. Ou ça ira.

Dès qu'il aurait terminé cette enquête, il irait bien.

— Excellent. Je sais que cela inquiétait Kurt.

— Je dois y aller, Simon. Mais je parlerai à Kurt dès que je le pourrai.

— À plus tard, Ivan.

Après avoir raccroché, Ivan poussa un soupir de soulagement. Simon n'aurait pas été si détendu si Kurt n'avait pas été en voie de guérison. Ivan jeta son téléphone sur la table et se leva.

Qu'avait-il besoin d'emballer ? Ivan erra dans son appartement, évaluant ses biens. Cela faisait-il vraiment huit mois que Colin avait déménagé ? Il y avait toujours des emplacements vides aux endroits où il avait enlevé ses meubles et bibelots. Merde, la bibliothèque était à moitié vide, et il y avait une nette démarcation dans son placard là où les vêtements de Colin s'étaient autrefois trouvés. Pathétique. C'était comme s'il attendait que Colin revienne et se glisse à nouveau dans la vie d'Ivan comme s'il n'était jamais parti. Non pas qu'il voulait que ce connard infidèle revienne, mais le fait qu'il n'ait pas comblé les espaces laissés par des affaires faisait moins ressembler l'appartement à un foyer. Cela avait-il été un foyer même quand Colin était là ? Ivan ne pouvait pas vraiment s'en souvenir. Les mois précédents leur rupture catastrophique avaient été... tendus et inconfortables, alors qu'ils réalisaient lentement que leur relation ne se développait peut-être pas dans la direction vers laquelle chacun d'eux l'espérait. Ivan aurait eu beaucoup plus de respect pour Colin s'il avait juste mis un terme à leur histoire avant de se mettre à coucher à droite et à gauche.

Il était étrangement désireux de retourner chez Parker, malgré son ras-le-bol des missions d'infiltration. Le stress et la pression de constamment devoir faire attention aux paroles et aux actions, de se souvenir des mensonges qu'il avait racontés... Eh bien, c'était beaucoup plus facile quand le mec à qui vous mentiez n'avait pas l'air si doux et si innocent.

Ivan attrapa plusieurs cartons et emballa quelques affaires essentielles. Il hésita devant sa table de chevet. Lubrifiant. C'était tout ce qu'il devrait emporter, mais il jeta néanmoins une boîte de préservatifs dans le carton. Mieux valait prévenir que guérir, même si ceux-ci le tentaient de s'accorder un petit plaisir là où il ne devrait pas. Pas de sex-toy, cependant. C'était évident. Ils seraient un indice mortel si Parker ou ses associés en venaient à décider de fouiner un peu autour du nouvel arrivant. Les hommes hétéros ne gardaient pas de godes ou autres appareils du même genre dans leur table de chevet, il était certain de ça. Sauf s'ils voulaient que quelqu'un s'interroge sur leur orientation, et Ivan ne voulait pas soulever de questions.

Ses paquets faits, il prit quelques minutes pour appeler sa mère et lui faire savoir qu'il serait indisponible pendant une période indéterminée.

— Ouais, m'man, je sais. Non, je n'ai rencontré personne.

Il soupira et poussa l'un des cartons du bout de sa chaussure, n'écoutant sa mère que partiellement.

— Non, je ne mens pas. Je te le promets, si je rencontre quelqu'un et que c'est sérieux, je l'amènerai pour dîner.

Parker ne comptait pas comme 'rencontrer quelqu'un', et pas question qu'il laisse un nouveau venu dans l'organisation de Razhin s'approcher à distance raisonnable de sa famille.

Il fronça les sourcils vers les quatre cartons qu'il venait d'emballer.

— Quoi ? Non, maman, je dois y aller.

Il éteignit son portable, coupant sa mère au milieu d'une phrase. Il en entendrait parler plus tard, il pouvait en être certain.

Bon sang, comment allait-il emporter ces cartons chez Parker maintenant ? Tous ses amis étaient flics, mais il ne pouvait laisser aucun d'entre eux savoir ce qu'il faisait. Il ne savait pas à qui il pouvait faire confiance. S'ils n'étaient pas compromis, l'un d'eux pouvait rapporter à la mauvaise personne ce que lui et Martelli essayaient d'accomplir, et cela pourrait être tout aussi préjudiciable. Les amis de Colin étaient partis avec lui, et louer une voiture pouvait être dangereux. Sa famille était hors de question ; il ne voulait pas d'elle à proximité de son travail.

Il pianota sur son téléphone, mais au moment où il finissait de faire défiler sa liste entière de contacts, son 'nouveau' téléphone sonna, le faisant sursauter.

— Allô ?

— Ivan, êtes-vous en train d'emménager ?

Il lui fallut un moment pour reconnaître la voix de son patron.

— Ouais, plus ou moins.

— Bien, bien. Vous avez un rendez-vous auquel vous devez vous présenter. Demain, au 31 Bloor, Suite 1912 à 15 heures.

Ivan leva les yeux au ciel. Le rendez-vous avec l'UES devait avoir lieu au quartier général de la police, donc ce rendez-vous-là devait être celui avec le psy, un cadeau mandaté par le département. Qui diable voulait déballer sa vie un vendredi après-midi ? Il gribouilla l'adresse et l'heure sur le bloc de papier à côté de son lit.

— Très bien. J'y serai. Et pour l'UES ?

— Dans le courant de la semaine prochaine. Soyez prudent.

— Bien sûr, Sarge.

Ivan raccrocha, toujours incertain quant à la façon dont il allait emmener ses cartons chez Parker sans créer un intérêt excessif sur ses mouvements.

— VOTRE CHAR est avancé, s'exclama le blond élancé en sautant hors du siège conducteur.

— Merci, Rick, j'apprécie vraiment.

— Oh, pas de soucis. C'est le moins que je puisse faire.

Rick posa la hanche en avant et lui adressa un clin d'œil suggestif. Ivan se mit à rire. Il l'avait rencontré peu de temps après avoir rompu avec Colin. Ils avaient passé une soirée très agréable et avaient couché ensemble plusieurs fois – alors qu'Ivan se vantait d'être célibataire – au cours desquelles il avait découvert qu'il aimait bien le mec. Il avait rencontré un couple d'autres amis de Rick, mais seulement brièvement. Ils allaient généralement ensemble dans des clubs ou des bars et partaient avec d'autres personnes. Il n'avait pas vu Rick depuis plusieurs semaines à cause des heures supplémentaires passées sur la préparation de la récente opération, mais leur amitié commençait peu à peu à sortir du cadre des bars. Ils ne sortaient pas ensemble, cependant. Il était super au pieu, mais ils n'étaient pas compatibles, et Rick n'était pas intéressé par une relation durable de toute façon. Ivan l'avait appelé parce que c'était un ami qui ne pouvait pas facilement être associé avec Ivan Bekker ou la police.

Ivan chargea ses cartons dans la voiture de Rick, puis recula et évalua le véhicule du regard. Rick était un des gays les plus flamboyants qu'Ivan connaissait, ce qui renforçait d'autant plus l'incongruité de sa voiture ridiculement discrète. Certainement un bonus pour ses besoins.

— Alors, tu veux me dire de quoi il s'agit, mon grand ? Je pensais que ton petit copain en titre avait déménagé.

— Hum, je ne peux vraiment pas en parler. Mais veux-tu bien me faire une faveur et faire un détour en rentrant chez toi ?

Il saisit le téléphone de Rick et enregistra son nouveau numéro de portable, sous le nom de Baker.

— Appelle-moi à ce numéro si tu remarques quoi que ce soit d'inhabituel, mais s'il te plaît, je t'en prie, ne me contacte que si c'est une urgence.

Rick leva un sourcil.

— Je suppose que tu ne parles pas d'une urgence du genre 'je vais mourir si je ne peux pas baiser ce mec'.

Il regarda son téléphone.

— Baker ?

— Ne pose pas de question. S'il te plaît.

Avec un haussement d'épaules, Rick replaça son téléphone dans son jean moulant.

— C'est toi le patron. Prêt à partir ?

— Juste une minute.

Ivan saisit une poignée de boue sur le côté du jardin provenant des rosiers récemment arrosés et en barbouilla les deux plaques d'immatriculation. Pas trop pour que Rick soit contraint par la police de s'arrêter, mais suffisamment pour masquer le numéro de la plaque lors d'une éventuelle inspection, en particulier en roulant.

— Incognito. Super. Mais tu ferais mieux de bien t'essuyer les mains avant de monter.

Rick s'installa du côté conducteur et démarra la voiture.

Ivan s'essuya les mains dans l'herbe et fixa l'entrée de son immeuble.

— Attends une seconde, dit-il à Rick avant de retourner chez lui en courant.

Cela pouvait être une énorme erreur, et il espéra que ce ne serait pas dangereux pour Rick, mais Ivan était désespéré.

Quand il revint à la voiture, il laissa tomber son portable et son chargeur sur le siège entre eux.

— Rick, s'il te plaît garde ça chargé pour moi, et si je t'appelle pour te voir, prends-le avec toi.

— Bien sûr, mon grand.

— Et n'y réponds pas.

Rick leva les yeux au ciel puis hocha la tête.

— On peut y aller maintenant ?

— Une dernière chose. Ne parle de ça à personne, d'accord ?

— Oh, chéri, ne sois pas ridicule. On ne me croira jamais de toute façon.

IL PRENAIT un risque en demandant à Rick de l'aider, mais ne pas avoir d'ami serait suspect, surtout s'il réussissait à retourner chez Parker avec quatre cartons, sans aucune trace d'un véhicule quelconque. Il avait demandé à Rick de garer la voiture assez loin de la maison pour recueillir ses plaintes sur la distance qu'il était censé parcourir en transportant les cartons, mais la voiture ne pouvait pas être vue de la maison, et par conséquent, ne pouvait donc pas être facilement identifiée. Jusqu'ici, Ivan n'avait pas vu le moindre indice mettant en évidence que Razhin surveillait la maison de Parker, mais cela pouvait changer à tout moment, en particulier si la taupe avait vent de ce qu'il faisait.

— Eh bien, cet endroit n'est pas si mal. Où veux-tu mettre tout ça ?

Ivan déposa ses cartons au pied de l'escalier.

— Ici c'est très bien. Je les monterai plus tard.

Rick laissa tomber ses cartons à l'endroit indiqué et épousseta ses vêtements.

Un grondement audible attira son attention. Et celle de Rick par la même occasion.

— Il y a quelqu'un ? demanda Rick en le dépassant pour entrer dans le salon avec Ivan sur les talons.

Parker était étendu sur le canapé, profondément endormi, et il ronflait. Sans ses rougissements et sa maladresse, il avait encore l'air adorable, mais ce n'était pas du tout à la façon d'un petit frère. En fait, la pose décontractée ne ressemblait à rien d'autre qu'à celle d'un mannequin prêt pour une séance photo. L'homme était époustouflant. Époustouflant. Et il était sur le point de ruiner sa putain de vie entière en se mettant au lit – métaphoriquement – avec Razhin.

Rick inspira profondément et parla d'une voie feutrée et respectueuse.

— Est-ce ton nouveau petit copain, chéri ? Pas étonnant que tu emménages si vite. Je ne voudrais pas laisser cette petite chose hors de ma vue, moi non plus.

— Ce n'est pas ce que tu crois, chuchota Ivan.

Il ne voulait pas réveiller Parker, mais il ne voulait pas non plus cesser de le regarder.

— Oh, vas-tu me présenter alors ?

Le regard de Rick devint sauvage et carnassier. Ou peut-être qu'Ivan imaginait des choses.

Tous ses muscles se tendirent. Plutôt mourir que de présenter Parker à Rick. Il y avait tellement de raisons de ne pas le faire, du coup la protection de Rick perdit brusquement de son importance. Et il devait se sortir ces conneries de la tête le plus vite possible, parce que la jalousie à propos d'un mec qu'il avait rencontré à peine 24 heures plus tôt était ridicule, sans parler que Parker était un criminel sur lequel il était censé enquêter.

— Dépêche-toi, Rick. Il vaudrait mieux que tu t'en ailles avant qu'il se réveille.

— C'est ce que tu dis, répondit Rick en remuant les sourcils.

Ivan poussa Rick vers la porte.

— Rappelle-toi. Appelle-moi s'il se passe quoi que ce soit d'étrange.

— Plus étrange que ce qui est arrivé jusqu'à présent ?

— Et essaye d'oublier cette adresse, d'accord ?

Rick accorda à la dernière question d'Ivan toute l'attention qu'elle méritait, c'est-à-dire un équivalent de rien du tout.

Rick lui adressa un petit clin d'œil salace.

— Je me tire. Vas-y fonce, le tigre[4].

— Arrête. Ce n'est pas ce que tu crois. Mais merci pour ton aide.

Rick l'étreignit, et Ivan s'autorisa à apprécier le contact. Cela faisait trop longtemps qu'il n'avait pas serré le corps chaud d'un homme contre lui.

— Bonne chance, murmura Rick.

---

[4] Tiger : utilisé par quelqu'un d'au moins un an plus vieux comme petit nom sexuel pour décrire une personne plus jeune qui a de grandes compétences au lit ou pour se moquer de son énergie, immaturité, dynamisme...

L'ODEUR DE sauce tomate réveilla Parker. Il cligna des yeux, essayant de retrouver ses repères. Avait-il laissé quelque chose sur le feu ? Tout ce dont il pouvait se rappeler, c'était d'une longue journée et d'être resté assis devant la télévision qu'il n'avait même pas pris la peine d'allumer.

— Neil, c'est toi ?

Parker s'extirpa du canapé pour se rendre dans la cuisine.

— Oh, salut, tu es réveillé, constata Ivan en lui souriant.

— Hum, ouais.

Ivan était rentré à la maison et avait commencé à cuisiner sans le réveiller ? Il devait avoir été sérieusement dans les vapes. Il avait mal dormi la nuit précédente et s'était réveillé avec un mal de tête qui n'avait fait qu'empirer après sa sieste involontaire.

— Le dîner est presque prêt. Veux-tu bien mettre la table ?

Parker fronça les sourcils. Il se demandait s'il n'était pas préférable qu'il retourne simplement se coucher pour la nuit, mais il ne pouvait se souvenir de la dernière fois où quelqu'un avait cuisiné pour lui. Bon, Ivan n'avait pas cuisiné *pour* lui, mais il avait préparé le repas et était prêt à le partager. Le battement sourd dans son crâne l'empêchait de prendre une décision, et il se massa la tempe.

— Est-ce que ça va ?

Ivan posa la cuillère de sauce et se tourna vers lui.

— Ouais, juste un mal de tête.

— À quand remonte la dernière fois où tu as mangé ?

Quand était-ce ? Il était à la bourre quand il s'était réveillé ce matin.

— Pizza la nuit dernière, je suppose.

Les yeux d'Ivan s'agrandirent de surprise.

— La nuit dernière ? Pas étonnant que tu aies mal à la tête. Prends un peu d'eau et assieds-toi.

Parker fit ce qu'on lui dit, mais il ne put se défaire de sa confusion.

Affalé sur la table, la tête posée dans une main, il n'entendit pas Ivan approcher jusqu'à ce qu'une assiette de spaghettis glisse devant lui. Il releva les yeux pour voir Ivan s'installer sur la chaise en face de lui avec un sourire.

— J'espère que tu aimes les pâtes.

Parker lui sourit en retour. Sa mère avait l'habitude de faire des spaghettis pour lui quand il était enfant. Il plongea sa fourchette et engloutit une pleine bouchée avant d'en savourer le goût. Les pâtes remplissaient leur double fonction de 'facile à faire pour pas cher', mais il s'inquiétait de leur effet sur son poids. Une fois ne ferait pas de mal, cependant.

— Oui, merci.

— Alors, qui est Neil ?

La chaleur qui s'était répandue en lui coagula légèrement à la mention de Neil. Ils étaient amis depuis le collège, et Neil représentait encore une part importante de sa vie, même si dernièrement, ils ne partageaient plus vraiment le même point de vue.

— C'est... Euh... Un ami.

Neil avait également été son premier petit ami, mais il n'était pas sûr de savoir comment Ivan réagirait à cette information. Parker n'avait jamais eu l'occasion d'avouer son homosexualité à un homme comme lui, et quand cet homme était son colocataire, cela rendait les choses encore plus délicates. Il voulait qu'Ivan l'apprécie et il ne voulait pas que cette situation soit inconfortable. Pour aucun d'eux.

Un silence flotta dans l'air avant qu'Ivan parle.

— Comment s'est passée ta journée ?

— Euh, la mienne ?

Ivan rit.

— Oui, la tienne. Qui d'autre y a-t-il ici ?

Le visage de Parker s'échauffa. Il devait vraiment contrôler ses bredouillages. Il n'avait jamais eu de colocataire avant. Un qui était sexy, lui faisait à dîner et lui posait des questions à propos de sa journée, c'était complètement inattendu.

— Très bien. J'ai eu deux cours aujourd'hui, et je suis allé à la bibliothèque.

Il fourra une autre fourchette débordante de pâtes dans sa bouche et essaya de ne pas gémir. Comment se faisait-il que les plats cuisinés par quelqu'un d'autre avaient toujours meilleur goût ?

Ivan mâcha et avala avant de se lécher les lèvres, et Parker se retrouva le regard rivé sur sa bouche.

— Qu'est-ce que tu étudies ?

— En ce moment, la sociologie, principalement.

Il voulait être physiothérapeute, mais il avait d'abord besoin de sa licence.

— Principalement ? N'as-tu pas déjà décidé de ta matière principale ?

Parker remua sa fourchette dans son assiette, créant des tourbillons dans la sauce. Il ne devrait probablement pas manger davantage.

— Je suis un peu en retard. J'ai pris un peu de temps libre pour m'occuper de ma mère, et quand je suis revenu, je n'étais pas sûr de pouvoir gérer un programme de cours à plein temps, donc je suis seulement revenu à temps partiel.

Ce qui avait été une erreur. S'il avait pris plus de cours, peut-être qu'il n'aurait pas remarqué à quel point la maison était vide, ou qu'il n'aurait pas été dans le coin trop souvent pour entendre Neil lui demander pourquoi il prenait même la peine de perdre son temps avec l'université. Bien sûr, si Neil savait où Parker avait commencé à passer la plupart de son temps, il piquerait probablement une crise.

— C'est compréhensible. Tes cours se passent bien ?

Parker sourit.

— Oui, en fait. Aussi bien que possible jusqu'ici.

Ivan sourit en retour.

— Tant mieux pour toi. Oh, j'ai oublié de demander. Veux-tu un verre de vin ?

— Nous n'avons pas de vin.

— Eh bien, j'ai apporté quelques bouteilles dans mes affaires.

Ivan inclina légèrement la tête.

— Tu es assez vieux, n'est-ce pas ?

— Oui, bien assez. J'ai vingt-deux ans.

— Oh, vingt-deux ans, se moqua gentiment Ivan alors qu'il quittait la table pour attraper une bouteille dans l'armoire. Un vieil homme.

— Pourquoi, quel âge as-tu ? demanda Parker, curieux.

Plus âgé que lui certainement, mais pas 'vieux'. Certainement pas.

— Trente-quatre ans.

Parker eut l'impression d'être un enfant sans éducation devant la façon expérimentée dont Ivan déboucha la bouteille.

Le liquide écarlate fut versé dans deux verres à vin que Parker ne se souvenait pas de posséder. Il ne comprenait pas la vague grimace qu'Ivan arborait sur le visage. Trente-quatre ans n'étaient pas vieux, surtout pas avec son physique, mais vingt-deux ans le faisaient passer pour un novice en comparaison.

— Au fait, je ne t'ai pas demandé… ce que tu faisais dans la vie ?

Si Liz au bureau du logement en avait parlé, il n'y avait pas prêté attention.

— Courtier en assurances.

Hein ? Ivan était bien trop beau pour être un vendeur d'assurances, mais d'un autre côté cela le faisait davantage ressembler à un mec normal.

Ivan s'assit et lui tendit un verre avec un grand geste. Parker le prit et le renifla. Il n'avait jamais vraiment bu de vin auparavant, mais il sentait bon.

— Qu'est-ce que c'est ?

— C'est un merlot léger. Je n'y connais rien en vin, mais il y en a quelques-uns que j'aime. Et celui-ci en fait partie.

Le commentaire indifférent détendit Parker et il prit une gorgée. Il ne put sentir aucune des choses dont il avait entendu parler pour décrire un vin, mais il aima l'explosion de saveur et la chaleur qui lui brûla la gorge.

— C'est bon.

Ivan leva son verre pour porter un toast.

— À un nouveau colocataire.

La douce chaleur au creux de son ventre avait peu à voir avec le vin, mais tout avec la gentillesse attentionnée d'Ivan. Il savait que ce n'était pas un rencard, il savait qu'il était hétéro, mais il pouvait faire semblant pendant un court moment, non ?

— À un nouveau colocataire, murmura Parker en levant son propre verre pour trinquer avec Ivan avant de prendre une autre gorgée.

Contrairement à ce que Neil pensait, son annonce pour trouver un colocataire était la meilleure idée qu'il ait eue depuis longtemps.

— Alors, quel genre de films aimes-tu ? Peut-être que nous pourrions regarder quelque chose après le dîner.

Parker eut un grand sourire. Ce n'était pas un rencard, mais tous les rencards *devraient* se passer comme ça.

III

Ivan réussit à se trouver une place assise au fond du bus dans un coin. Avoir son dos et son flanc protégé lui convenait très bien cet après-midi. Quatre heures dans les transports en commun à tourner en rond pour une heure de rendez-vous avec un psychiatre semblaient difficilement en valoir l'effort. Surtout depuis qu'il devait dépenser plus d'efforts intellectuels qu'il l'avait prévu pour cacher ce qu'il faisait au nom de Martelli et du département. Le psy déplorerait sans aucun doute la vérité, mais le Dr Sanchez n'avait pas été tellement impressionné de ses réponses évasives et à demi foireuses. À ce rythme, il serait en congé administratif pour des mois.

N'était-il pas suffisant qu'il revive la fusillade dans ses rêves ? Devait-il également ressasser tout ça pendant son rendez-vous ? C'était là, bien sûr, que l'esquive commençait. Parce qu'il ne voyait pas Dmitri dans ses rêves, il voyait Parker. Il l'avait rencontré à peine quelques jours plus tôt et déjà il rêvait qu'il tuait Parker, essayant désespérément d'enrayer l'hémorragie, de stimuler son cœur pour qu'il batte à nouveau. Comment pouvait-il dire ça à Sanchez ? Il n'était pas supposé le connaître et Ivan ne parvenait pas non plus à s'expliquer pourquoi Parker avait envahi ses rêves comme ça. Il était un job comme un autre.

Ensuite, Sanchez avait fourré son nez dans sa vie privée. L'homme n'avait pas exprimé le moindre signe de désapprobation au sujet de son orientation sexuelle – après les problèmes qu'Ivan avait traversés depuis la fusillade, cela lui aurait valu un coup de poing éclair dans la figure, docteur ou pas. L'absence de compagnon ne devrait pas empêcher ses progrès le moins du monde, même s'il ne pouvait nier que la pensée de rentrer à la maison et de s'affaler sur le canapé, et peut-être de regarder un autre film avec Parker, recelait un attrait indéniable. En gros, tout ce qui n'impliquait pas de parler de ses putains de sentiments, bon sang.

Le rendez-vous l'avait laissé écorché et vulnérable, et il voulait que quelqu'un lui cherche des noises – en dehors de la brusquerie normale des transports publics – pour qu'il puisse se défouler un peu. Asséner un coup de poing ou deux. Faire plaisir aux chaudes vapeurs de la colère qui l'envahissait aux moments inopportuns. Mais il était trop proche de chez Parker. Attirer l'attention de la police serait stupide et dangereux.

Ivan leva le bras et appuya sur le bouton d'arrêt. Le bus fit une embardée à un stop et il sauta de son siège, se frayant un chemin à travers la foule du vendredi soir.

Un homme trapu avec des cicatrices d'acné sur les joues lui lança un regard noir, qu'Ivan lui renvoya.

— Regarde où tu vas, grogna l'homme, un épais accent russe occultant presque ses mots.

Ivan fronça les sourcils et continua d'avancer, ne sachant pas si le renflement qui l'avait heurté provenait d'une arme dissimulée ou non. Il sortit, mais se retourna pour regarder à l'intérieur du bus. Le Russe l'observait à travers la fenêtre, son regard ne le quittant pas alors que le véhicule se remettait en mouvement.

Merde. Coïncidence ? Ou avait-il été suivi ?

Ivan referma ses doigts soudain froids et sans vie en un poing. Arpentant la rue, il aperçut un café et se précipita à l'intérieur, commandant le plus grand café du menu, et réquisitionnant un des fauteuils à côté de la fenêtre. Tandis qu'il le sirotait, il observait l'extérieur, jaugeant chaque passant en quête de menaces. Il ne pouvait se permettre d'amener une personne suspicieuse jusque chez Parker. Si les associés mafieux de Parker le connectaient aux flics, ou décidaient qu'il était une menace, l'un d'entre eux, ou même tous les deux, mourraient.

— Voulez-vous un autre café, Monsieur ?

Ivan leva les yeux. Une serveuse se tenait debout à côté de sa table, un regard inquiet sur le visage.

— Non, merci, j'ai juste…

Il fronça les sourcils. Le gobelet autour duquel il avait enroulé ses mains était presque froid. Le liquide déborda quand il le souleva ; il en avait à peine bu.

— Quelle heure est-il ?

— Dix-neuf heure trente.

Il était resté là deux heures. Bon sang, comment cela était-il possible ?

— Merci.

Il jeta un peu d'argent sur la table et se précipita vers la porte. Personne ne sembla lui accorder la moindre attention et il marcha les deux derniers blocs vers la maison de Parker en jetant quelques coups d'œil occasionnels par-dessus son épaule.

UNE FOIS rentré, il claqua fermement la porte et s'appuya contre elle, les yeux fermés. Perdre sa concentration comme ça, ou plus précisément, se concentrer si intensément qu'il avait perdu la vision du monde qui l'entourait, ne lui ressemblait pas. Pas du tout. Était-ce comme cela que tout finissait ? Rien de néfaste, non, mais son propre esprit se rebellant contre la fiction et les mensonges et faisant de lui son pire handicap.

— Tu rentres tard. Journée chargée au bureau ?

Ivan sursauta au son de la voix inattendue, mais quand il ouvrit les yeux pour voir le doux visage de Parker et son chaud sourire, sa tension disparut. Il pouvait être en train de devenir fou, mais au moins il faisait des progrès avec une partie de sa mission. Parker le traitait déjà comme un ami.

— Euh, oui. Chargée. J'ai perdu du temps dans les transports en commun.

Ivan se concentra pour respirer régulièrement et uniformément. Il n'y avait aucune raison de transmettre sa perception accrue des choses qui l'entouraient à Parker – tout à fait ce qu'il fallait pour rendre les criminels soupçonneux.

— Je suppose que oui. Personnellement cela ne me dérange pas vraiment, mais je pense que si tu as l'habitude de conduire, ça ne doit pas être marrant.

Parker haussa les épaules avant d'enchaîner.

— Il y a des restes de macaronis au fromage si tu as faim. Cela n'a rien de comparable avec tes pâtes, mais c'est là tout ce que je peux cuisiner. Tu es le bienvenu si tu en veux.

Macaronis au fromage. Il n'était pas le moins du monde intéressé pour aller faire des courses, pas sans voiture, mais des pâtes deux nuits d'affilée, c'était un peu trop. Il devait certainement y avoir quelque chose d'autre dans le garde-manger. Pourtant, quelque chose dans les mots de Parker toucha une corde sensible.

— Tu as vécu ici toute ta vie ?

Ivan prit une autre profonde inspiration, se redressa, et se dirigea vers la cuisine, Parker sur les talons.

— Oui, maman et moi vivions ici. C'était la maison de ma grand-mère.

Hum. Cela expliquait que la maison appartienne à Parker. Un petit mystère de résolu.

— Et tu ne conduis pas ?

Parce que dans ce cas, il serait assez difficile pour lui de distribuer de la marchandise où que ce soit, à moins que son unique mode de distribution soit de prendre un sac à dos sur le campus universitaire. Si c'était le cas, le coup du colocataire servant de couverture serait sacrément excessif. Parker n'était même pas assez costaud pour être un petit revendeur à la sauvette.

Parker s'adossa contre le comptoir, donnant l'apparence décontractée d'un mannequin de magazine, à l'aise pour un shoot de photos, le bassin poussé suffisamment en avant pour attirer l'œil sur son entrejambe, mais pas assez pour être vulgaire. Le jeune homme semblait inconscient de sa posture, mais la pose gracieuse ne pouvait être un accident. Il devait être délibérément en train de séduire Ivan, ce qui voulait dire qu'il n'avait pas réussi à jouer son rôle de mec hétéro aussi bien qu'il le pensait. Aussi fort qu'il veuille accepter l'offre non dite de Parker, il n'aimait pas l'idée que celui-ci puisse s'offrir lui-même avec une telle désinvolture à son nouveau colocataire plus âgé.

— Je n'aime pas vraiment conduire dans les bouchons du centre-ville, mais j'ai toujours la voiture de ma mère.

Donc Parker avait une voiture. Il faudrait qu'Ivan découvre où il la gardait, parce qu'il aurait besoin d'y jeter un coup d'œil, là aussi.

Ivan fouilla dans le frigo pour trouver les ingrédients nécessaires pour une omelette toute simple, puis commença à couper les légumes.

— Tu ne veux pas les macaronis au fromage ?

La voix de Parker contenait une intonation blessée, et quand Ivan leva les yeux, un léger soupçon de douleur assombrissait ses yeux.

— J'en prendrai avec mon omelette.

Écœurant, mais Parker ressemblait à un jeune chiot et il n'aimait pas le fait d'avoir l'impression de le rembarrer.

— Je suis assez affamé ce soir. Il n'y a pas assez avec ça pour le dîner.

Juste comme ça, le sourire radieux de Parker revint, et Ivan sourit en retour, de manière automatique.

— Oh, d'accord alors. Donc, comment s'est passé ta journée, à part le fait qu'elle ait été longue et chargée ?

La mâchoire d'Ivan se desserra légèrement. Il se rappelait d'avoir déjà fait ça – partager sa journée – avec Colin. Cela avait été une manière agréable de se détendre – en préparant le dîner, en parlant de leur journée – même si

Ivan ne pouvait pas vraiment parler des dossiers en cours. Cela lui avait manqué davantage que les huit mois qu'il venait de passer séparé de Colin depuis qu'ils avaient rompu, cependant. S'il pouvait se rappeler le moment exact où ils avaient cessé de s'intéresser l'un à l'autre, il serait probablement capable de déterminer à quel moment leur relation s'était brisée et classer l'information pour sa prochaine incursion sur les montagnes russes d'une future relation. Mais il ne se serait jamais attendu à recréer cette interaction avec un suspect.

— Oh, seulement beaucoup de discussions, le patron qui râle à propos des quotas. Dans ce climat économique, c'est difficile de convaincre les gens de dépenser leur argent sur quelque chose qui ne leur apporte pas de résultats immédiats et tangibles.

Voilà. Cela avait l'air complètement crédible. Devait-il s'acheter une mallette ? Ou Parker trouverait-il cela bizarre qu'il n'en ait pas déjà une ? S'il lui posait la question, il pourrait sûrement dire qu'il avait laissé ses affaires au bureau. Si seulement il avait eu du temps pour penser à ce qu'il aurait besoin d'emporter pour son boulot. Il devrait…

— Ne devrais-tu pas mélanger ça ?

Ivan cligna des yeux et regarda l'oignon qui commençait juste à fumer dans la casserole.

— Oh, ouais, bien sûr. Désolé, j'étais un peu distrait.

Ce qui était dangereux et pas seulement à cause de la possibilité que la cuisine prenne feu. Il avait besoin de sacrément se reprendre en main.

— Comment s'est passée ta journée ?

Ivan jeta un nouveau coup d'œil à Parker, incapable d'écarter son regard très longtemps du magnifique jeune homme.

— Rien de spécial. Juste apprendre et étudier.

Ivan assembla rapidement l'omelette avec les oignons presque carbonisés et Parker le suivit jusqu'à la table.

— As-tu des plans pour le week-end ? demanda Parker alors que son regard se verrouillait sur le dîner qu'Ivan venait de préparer.

— Nan. Rien de prévu. Est-ce que tu en veux un peu ?

Le gamin ne mangeait pas assez. Peut-être avait-il des difficultés à joindre les deux bouts, ce qui pouvait expliquer pourquoi il voulait un colocataire et rejoindre la bande de Razhin. Les banques ne cautionneraient pas un second prêt immobilier – qui lui permettrait d'acheter de la drogue, même si la valeur de revente de ce produit était bien supérieure à la plupart d'autres marchandises.

Un bref éclair de nostalgie apparut sur le visage de Parker avant qu'il ne secoue la tête.

— Non, merci.

— Et toi ? Tu as des plans ? lui demanda Ivan.

Les lèvres pleines de Parker étaient sur le point de former une réponse, mais le bruit de la porte d'entrée s'ouvrant et se fermant l'interrompit, faisant sursauter Ivan qui se raidit, prêt à affronter l'intrus.

— Y'a quelqu'un ?

— Par ici, lança Parker.

Ivan grimaça. Ne venait-il pas juste de se dire à lui-même qu'il devait se reprendre en main ? Il était nerveux, mais il ne savait pas pourquoi. Il s'obligea à se détendre puisqu'à l'évidence Parker connaissait suffisamment l'étranger pour ne pas s'en faire sur le fait qu'il se balade dans la maison.

Un petit homme musclé entra dans la cuisine en se pavanant, et Ivan analysa instantanément la démarche arrogante et les muscles comme une compensation de sa taille. Il y avait eu des fois, quand il était plus jeune, où il aurait donné à peu près n'importe quoi pour grandir de deux centimètres supplémentaires et atteindre cette cible idéale du mètre quatre-vingt. Il ne pouvait qu'imaginer la frustration d'être dix centimètres trop court, mais il avait rencontré tellement de mecs qui avaient laissé cela affecter leur personnalité. Celui-là en était un de plus. Malgré sa taille, le nouveau venu était beau et attirait probablement beaucoup l'attention dans les clubs, mais à côté de Parker, il paraissait simplement hirsute et inachevé. Comme une célébrité prise en photo à l'improviste sur la plage alors que Parker était la célébrité prête pour un shoot publicitaire.

— N'est-ce pas mignon ? Qui est-ce, Parker ?

L'arrogance pondérait son ton, et Ivan résista à l'envie de se redresser de toute sa hauteur. Avec ses propres muscles en comparaison, il serait aussi imposant face à ce mec que Parker l'était avec sa haute taille.

Il reposa toutefois sa fourchette.

— C'est mon colocataire, Ivan.

La fierté contenue dans la voix de Parker obligea Ivan à se tourner vers lui pour le regarder. Parker lui souriait joyeusement et il ne put s'empêcher de lui rendre son sourire.

— Ivan, c'est mon… ami, Neil.

Alors c'était lui son petit ami ? Ivan le regarda attentivement alors qu'il lui tendait la main. Comme prévu, Neil serra plus fermement sa main que d'ordinaire dans ces cas-là, essayant de prouver quelque chose qu'il passait probablement bien trop de temps dans sa vie à tenter de prouver.

— Ravi de te rencontrer, Neil.

Neil grogna une réponse. Parker ne leva pas exactement les yeux au ciel, mais quelque part, Ivan sut qu'il n'en était pas loin. À l'évidence, ceci n'était pas un comportement inattendu ni inhabituel.

— Alors, Ivan, tu es un petit peu vieux pour retourner à la fac.

Les mots antagonistes de Neil n'altérèrent pas l'état détendu de Parker, donc Ivan choisit de ne pas s'en préoccuper non plus.

— Je n'y vais pas, déclara-t-il.

Mais ce n'était pas une mauvaise idée. À un moment ou à un autre, il devrait filer Parker. Prétendre suivre un cours ou deux lui donnerait une raison plausible de se trouver sur le campus.

Neil fronça les sourcils ce qui lui jeta un air perplexe manifestement faux et exagéré.

— Dans ce cas pourquoi as-tu besoin d'un colocataire ?

— Parce que ce n'est pas cher. Ma femme a tout obtenu lors de notre divorce.

Les sourcils levés, Neil parla à nouveau sur le même ton sarcastique.

— Oh ? Et pourquoi ça ? Tu la trompais ? Tu la maltraitais ?

Parker sursauta et posa une main sur l'épaule de Neil.

— Tu ne devrais pas demander ces choses.

— Pourquoi pas ? Je sais que tu n'as pas demandé, et tu aurais dû, avant de laisser un étranger emménager. Je veux juste savoir comment, à notre époque, un homme comme Ivan se laisse plumer par une simple femme.

Ivan prit un moment pour tempérer la soudaine poussée de colère qui l'avait embrasé en entendant le venin dans le ton de Neil et dut résister à l'envie de se lever et de se tenir bien droit, juste pour qu'il se sente inférieur. Contrarier le petit ami ne lui ferait gagner aucun bon point avec Parker.

— Ma femme a tout obtenu parce qu'elle avait d'excellents avocats.

Ivan n'allait pas se lancer dans un match sans intérêt avec Neil à ce sujet.

— Ivan, je suis désolé. Tu n'as pas à répondre.

— Ne t'excuse pas pour moi, bordel, aboya Neil.

Une rougeur de colère embrasa les joues de ce dernier.

— Parker, laissons ton nouveau colocataire prendre son repas.

— Mais…

— J'ai besoin de te parler.

Parker lui jeta un regard plein d'excuses avant de quitter la pièce, et Ivan ne put s'empêcher d'observer ce qui devait être le cul le plus sexy du monde. Que Dieu lui vienne en aide, mais Parker et cette opération allaient le rendre complètement cinglé.

Comme si Neil avait senti que le sexe d'Ivan revenait à la vie, il enveloppa un bras protecteur autour de la taille de Parker. Le grincement désormais familier des marches de l'escalier annonça leur progression à l'étage, et dès que la porte de la chambre se referma, Ivan regarda son dîner. Son appétit avait complètement disparu, mais il se força à prendre quelques bouchées supplémentaires avant d'abandonner et de jeter le tout dans la poubelle.

NEIL S'AFFALA sur le lit de Parker tandis que celui-ci prenait une des chaises qu'il gardait dans sa chambre.

— Était-ce nécessaire ? Tu aurais pu être plus sympa.

— Pourquoi faire ? Je ne sais toujours pas pourquoi tu perds ton temps avec un colocataire. Ce n'est pas comme si tu en avais besoin.

Parker haussa les épaules. Il avait essayé d'expliquer à Neil depuis des mois combien la maison lui paraissait vide, à quel point il détestait rentrer chez lui, vers l'inhumanité d'un lieu qu'il ne partageait avec personne. Il avait espéré un autre corps, une personne avec laquelle il pourrait s'entendre, mais il ne s'était pas attendu à avoir un colocataire qu'il aimait autant, sans parler du fait qu'il était assez sexy pour susciter quelques – plusieurs – pensées érotiques.

— Seulement pour avoir un peu de compagnie, enfin tu sais.

Neil souffla.

— Bien joué ! Tu récoltes un vieux gars ennuyeux. C'est probablement un pervers.

— Ce n'est pas un pervers, bon sang. Et il n'est pas vieux.

Plus vieux que Neil et lui l'étaient, bien sûr, mais pas *vieux*.

— Comment sais-tu que ce n'est pas un pervers ? Il te matait carrément le cul.

Le choc l'empêcha de prononcer un seul mot, même son visage s'enflamma.

— Il était marié.

48

— Ça ne veut pas dire qu'il n'est pas gay. Et il a un penchant pour ton gros cul. Probablement le plus proche qu'il ait pu être de celui d'un minet depuis une décennie.

Neil tira un joint et s'agita pour l'allumer, complètement indifférent à la réaction de Parker qui enfonça ses doigts dans le tissu des bras du fauteuil, essayant de reprendre son souffle après la myriade d'émotions que Neil lui avait impitoyablement jetée au visage en quelques courtes phrases.

Le mépris désinvolte avec lequel Neil l'avait traité de minet était précisément la raison pour laquelle il n'aimait pas l'ensemble de la scène gay. Il voulait parler, apprendre à connaître quelqu'un avant de se mettre au lit avec lui. Il voulait un petit ami, pas un coup unique, mais à chaque fois que Neil l'emmenait quelque part, c'était comme si les étiquettes étaient l'aspect le plus important de l'approche sexuelle.

Le pire, cependant, c'était l'espoir. L'espoir qu'Ivan puisse, en fait, être gay. Puisse, en fait, être en lui. Il aimait déjà rentrer à la maison pour lui et espérait qu'il ne s'en irait jamais. Il balança son pied – un tic nerveux dont il n'avait jamais été capable de se défaire – faisant grincer la vieille chaise presque aussi fort que le vieil escalier. Tous les deux étaient des sons familiers et réconfortants.

Après quelques bouffées du joint, Neil leva les yeux vers lui.

— Oh, Bon Dieu. Tu en pinces pour lui, n'est-ce pas ?

Avec les rideaux fermés et la nuit s'infiltrant à l'intérieur, la seule lumière douce et orangée provenait de la lampe de chevet. Neil ne pouvait donc certainement pas le voir rougir.

— C'est mon colocataire. Et jusqu'à présent, il a était un bon colocataire. Je pense que nous pouvons être amis.

— Amis.

Neil déforma le mot en quelque chose de laid et d'encore plus méprisant que minet.

— Ne sois pas stupide. Même s'il est aussi ennuyeux qu'il le paraît, et qu'il n'est pas un tueur en série aux mœurs bizarres, comment pourriez-vous être amis ? Tu n'as jamais voyagé ou eu de vrai travail. Tu es encore étudiant. Que pourriez-vous bien avoir en commun ?

La jambe de Parker se balança un peu plus vite, le craquement devenant une indication audible de son agitation.

— Mais…

Lever les yeux au ciel et prendre une autre bouffée en même temps nécessitaient des compétences, mais Neil y parvint. Il retient la fumée dans ses poumons pendant un moment et la laissa s'échapper ; pendant tout ce temps Parker chercha ses mots pour réfuter les arguments de Neil.

— Mais rien du tout, dit Neil, finissant sa phrase.

Trop tard.

— Je parie que c'est un de ces mecs flippants qui n'ose pas s'avouer qu'il en est et qui espère que tu lui briqueras la tige le temps qu'il sorte se trouver une nouvelle femme. D'ailleurs, où as-tu déniché ce gars-là ?

Parker ne pouvait pas arrêter le balancement de son pied.

— La responsable des logements de l'université. Elle lui a fait passer un entretien.

— Elle lui a fait passer un entretien ? Et tu te contentes de sa parole ? Tu es un idiot, Parker.

L'humiliation contracta son estomac. Avait-il fait une erreur en faisant confiance à Liz ? Elle semblait compétente et gentille. Ivan avait été si prévenant, et pas une fois il s'était trop approché de lui ou l'avait touché de façon inappropriée comme la moitié des amis de Neil. Bien sûr, il savait qu'ils le faisaient tous pour coucher avec lui, lui permettant ainsi de dire non, mais quand même.

— Je l'aime bien.

Parker jeta un regard noir à Neil. Comment le mec qui l'avait protégé tout au long de ses études, qui était resté avec lui durant la maladie de sa mère et sa mort, qui l'avait aidé avec toutes les règles, règlements et paperasses, réussissait-il à le faire se sentir pareil à un idiot incompétent et sans attrait ? Non pas qu'il ait jamais dit cela à Neil. L'expression favorite de son ami était 'aie des couilles mec, sois un homme' et Parker l'avait entendue bien trop souvent au cours de ces dernières années.

Neil secoua la tête.

— Tu vas regretter de le laisser vivre ici.

— Eh bien, tu ne voulais pas emménager.

— Pas question, mec. J'ai besoin de mon propre espace. Tu sais ça.

Parker haussa les épaules.

— Je sais. Mais j'aime partager mon espace.

Il n'avait pas réalisé à quel point la maison était vraiment vide jusqu'à ce qu'il soit seul.

— Je ne pouvais vraiment pas attendre de vivre par moi-même. Et cet endroit pouvait être idéal pour faire la fête, mais avec le vieux qui a emménagé, tu ne pourras plus jamais prendre ton pied. Ne viens pas pleurer sur mon épaule quand tout partira aux quatre vents.

Cela n'allait pas partir aux quatre vents. Peu importait ce que Neil pensait, Ivan n'était pas gay. Ou, s'il l'était, il n'était pas attiré par Parker. Personne ne l'était, de toute façon. Neil et lui avaient tous deux été la première fois l'un de l'autre, plusieurs années auparavant, quand ils avaient réalisé qu'ils étaient gays. Mais ils étaient de meilleurs amis que des petits amis. Depuis lors, Neil avait probablement baisé dix gars pour chaque mec que Parker avait aimé, mais il n'arrivait pas à se résoudre à coucher avec un seul. Le sexe était trop intime pour lui pour qu'il se livre avec désinvolture, même si ça le faisait paraître 'girly', comme Neil le disait souvent. Gras et girly. Pas du tout un mec chaud et sexy pour lequel Ivan serait intéressé, même s'il était apparemment le mec le plus gentil du monde.

— Très bien, Neil, je ne le ferai pas.

La jambe de Parker n'avait cependant pas arrêté son mouvement de balancement.

— Il ne reste que quelques bouffées. Viens en tirer une. Tu as clairement besoin de te détendre.

Il agita le bout incandescent de son joint vers la jambe de Parker.

— Non, je ne peux pas.

Ses yeux s'écarquillèrent davantage pour appuyer son refus. La fumée indirecte serait bien suffisante pour qu'il relâche son esprit en fait, mais avec sa condition, trop planer pouvait le tuer. Neil semblait penser qu'il exagérait, mais il avait fait la peur de sa vie à sa mère une fois ou deux au lycée, et il ne lui avait pas fallu longtemps pour être absorbé par cette saleté. S'il avait été seul à la maison, il en serait probablement mort.

Neil inspira sa dernière taffe et écrasa le joint dans le cendrier que Parker laissait dans sa chambre pour lui.

— Tu as changé d'avis à propos de m'accompagner ce soir ?

— Tu sais que je n'aime pas ces boîtes.

Tous ceux qui cherchaient à l'emballer rendaient Parker mal à l'aise. Il ne pouvait jamais vraiment croire que les mecs qui l'approchaient étaient sérieux. Il n'aurait pas été surpris d'apprendre que Neil les payait pour lui 'donner un coup de main'. Et les regards. Tout le monde le regardait, et chacun de ses défauts semblait amplifié sous ces lumières stroboscopiques colorées.

— Mon Dieu, quelle mauviette.

— Pourquoi ne resterais-tu pas à la maison avec moi ? Nous pourrions regarder un film.

Avant que sa mère meure, et juste après, ils avaient fait ça très souvent. Parker avait été reconnaissant de la compagnie qu'il lui procurait, mais Neil s'était fait une quantité de nouveaux amis durant les derniers mois, et Parker ne cadrait pas avec eux. Comme toujours.

— Pas moyen. J'ai des affaires dont je dois m'occuper ce soir. Si je veux ouvrir mon propre club, j'ai besoin de parler à certaines personnes quand les boîtes sont ouvertes.

Cette logique semblait toujours étrange à Parker. Comment quiconque pouvait-il tenir une réunion de travail convenable avec un niveau de décibels aussi élevé ? Super pour danser. Terrible pour discuter. Mais Neil était certainement plus au courant que lui. Dès qu'ils avaient mis les pieds dans leur première et ahurissante boîte de nuit, Neil avait voulu la sienne.

— Mais si tu projettes de rester à la maison, fais quelque chose à propos de ces cartons.

Neil frappa du poing le carton le plus proche.

— Et ne passe pas ton temps à souhaiter que ton nouveau coloc s'insinue dans ton pantalon.

Neil lui lança un oreiller qui le heurta en pleine face.

Parker sursauta, et Neil se contenta de rire.

— Oh, Parker… Je veux ta queue…

Neil parla avec une étrange voix de fausset un peu voilée que Parker interrompit en lui renvoyant l'oreiller avant de s'élancer hors de la chaise et de plaquer Neil sur le lit.

Neil éclata simplement d'un rire dopé.

— Je n'arrive pas à croire que tu en pinces pour ton colocataire. C'est tellement cliché.

— Cliché. C'est un bien grand mot pour toi. Sais-tu seulement ce qu'il signifie ?

Neil gloussa bêtement et frotta ses jointures sur le sommet du crâne de Parker. Ils se laissèrent tomber sur le dos dans le lit, regardant le plafond.

— Mets un peu de musique, tu veux ? J'ai un peu de temps avant de devoir y aller.

Neil tira un autre joint alors que Parker saisissait la télécommande de la station d'accueil de son MP3, la programmant en lecture aléatoire et pas trop fort. Il n'avait pas eu l'occasion de discuter des règles de base avec Ivan, comme du niveau sonore de la musique et du fait de recevoir des gens à la maison

— Tu peux venir ici après, si tu veux.

Parker se détestait de demander. Ivan offrait des possibilités, mais Neil était devenu un incontournable dans sa vie. Son ami représentait une certaine stabilité à des moments où il avait semblé n'en avoir aucune.

— Pas question. Je me tape quelqu'un ce soir. En plus, tu sais que je ne peux pas dormir ici.

Parker passa un bras sur sa tête, laissant l'odeur douceâtre de la fumée de Neil le détendre alors qu'il imaginait que le corps chaud à côté de lui était celui de quelqu'un d'autre que son meilleur ami. Quelqu'un avec qui il pourrait partager sa vie. Quelqu'un qui voudrait coucher avec lui. Mais s'il ne pouvait même pas obtenir de son ami qu'il passe la nuit ici, alors comment pouvait-il s'attendre à ce qu'un petit ami potentiel le fasse ?

IVAN ALLUMA la télé et s'affala sur le canapé. Il zappa sur plusieurs chaînes, mais ne put rien trouver pour le distraire de l'image de Neil enveloppant son bras autour de Parker et le guidant dans l'escalier. Ce n'était encore que le début de soirée. Ils n'étaient sûrement pas en train de baiser, non ? Pas déjà. Neil était habillé pour sortir. Mais bon, il pouvait s'être habillé pour impressionner son petit ami super sexy. Cela demandait certainement beaucoup de travail, même pour un gars aussi bien foutu que Neil, de jouer dans la même ligue que Parker.

Un léger grincement au-dessus de sa tête lui fit mettre la télé en sourdine. Merde. La chambre de Parker était juste au-dessus de lui. Ce qu'il devrait faire, là tout de suite, c'était d'en profiter pour chercher des preuves au rez-de-chaussée pendant que Parker était occupé, mais l'insoutenable brutalité de l'avoir laissé monter pour qu'il puisse baiser fit virer la couleur de ses oreilles au rouge de colère. Certes, il n'était pas un invité, ni rien de ce genre, mais quand même ! Il ne vivait même pas ici depuis une semaine entière ! Un peu de considération aurait été de mise, non ?

Il se mit à fouiller dans le tiroir de la table basse mais constata qu'il ne pouvait pas se concentrer. Il avait besoin de foutre le camp d'ici. Peut-être d'aller courir. Il n'avait pas fait d'exercice depuis… Depuis le jour où il avait tué ce gamin. C'était la période la plus longue qu'il avait traversée sans bosser depuis qu'il avait rejoint les forces de police. Pas étonnant qu'il soit agité.

Dommage que toutes ses fringues soient à l'étage.

Ivan se tint debout au bas de l'escalier. Ces deux-là l'entendraient-ils s'il grimpait les marches ? Cela ferait-il une différence si c'était le cas ?

53

Un léger craquement, puis un autre et encore un autre provoquèrent des images dans la tête d'Ivan. Des images dont il ne voulait pas. Le désespoir le poussa dans l'escalier, essayant d'être aussi silencieux que possible.

Changeant de vêtements en un temps record, il quitta sa chambre, mais l'odeur caractéristique de la marijuana lui frappa les narines. Il se rapprocha de la porte de la chambre à coucher, pas très sûr de savoir quel était son objectif. Il ne voulait pas entendre ce que Neil et Parker faisaient. Ce n'était pas ses affaires. Même s'il voulait fracasser la porte et leur dire de ne pas faire les idiots. Leur dire que les drogues ruineraient leurs vies. Mais ce n'était pas son travail. Il ne pouvait même pas prétendre le faire par amitié. Aussi à l'aise qu'il se sente avec Parker, il pouvait difficilement se définir comme un ami.

Le grincement rythmique et régulier le mit en colère, l'excita et l'embarrassa tout à la fois.

Ses précédentes opérations sous couverture n'avaient jamais déclenché aucun sentiment autre qu'une colère abstraite au nom de tous ceux qui étaient blessés par le commerce des drogues. Mais jamais cette douleur personnelle et poignante qui l'emplissait du désir de briser la porte et de jeter Neil par la fenêtre. Quelques minutes passées en compagnie de Neil l'avaient convaincu que quels que soient les plans de Parker avec Razhin, Neil avait dû être celui qui l'avait initié au monde de la drogue.

Un bruit sourd et un petit rire surprirent Ivan et le poussèrent dans l'escalier puis hors de la maison avant qu'il ait une chance d'entendre les sons que Parker émettait quand il jouissait. C'était le genre de choses que vous ne pouviez pas faire semblant de ne pas entendre. Et s'ils en avaient presque terminé, la dernière chose qu'il voulait, c'était de se trouver face à l'un d'eux juste après qu'ils aient couché ensemble. Embarrassant pour chacune des parties.

Sur la pelouse devant la maison, Ivan se dépêcha de faire quelques étirements. Avec effort, il réussit à s'échauffer suffisamment sans regarder vers les fenêtres de la chambre de Parker. Cela ne pouvait pas faire de mal de faire un tour de reconnaissance personnelle et rapprochée des environs, de vérifier discrètement si quelqu'un de suspect gardait un œil sur la maison.

Après une profonde inspiration, il s'élança dans la chaleur de la soirée.

IV

NEIL regarda sa montre et jura.

— Merde, je dois y aller. Tu es sûr que tu ne veux pas venir au club ce soir ? J'ai des amis qui aimeraient te rencontrer.

L'énergie frénétique soudaine de Neil dispersa l'agréable léthargie dans laquelle se trouvait Parker provoquée par le troisième joint que Neil avait fumé, additionnée des deux taffes qu'il l'avait convaincu de prendre.

— Non, vas-y, toi. Amuse-toi.

Neil et lui n'avaient vraiment pas les mêmes goûts en matière d'hommes, et presque tous ceux avec lesquels Neil essayait de le brancher ne lui convenaient pas, pour une raison ou pour une autre. Peut-être qu'Ivan accepterait de regarder un film avec lui.

Parker se traîna à la suite de Neil et attendit près de la porte qu'il attrape sa veste et l'enfile.

— Je sais pourquoi tu ne veux pas venir. Tu espères que ton nouveau coloc pourrait vouloir un morceau de ton gros cul, pas vrai ?

Neil saisit le derrière de Parker à pleines mains pour ponctuer ses dires, le faisant sursauter.

— Qu'est-ce qui te prend, Neil ? Ce n'est pas la raison.

— Mais oui, bien sûr ! Tu ne peux pas me mentir, Park. Nous sommes amis depuis trop longtemps. Une bonne chose qu'il ne soit pas là. Il ne t'apportera que des ennuis, n'oublie pas ça.

— Où irait-il ?

La porte de la chambre d'Ivan n'était pas fermée, il n'entendait pas la machine à laver au sous-sol, et à moins qu'il soit assis dans le noir dans le salon, Neil avait raison : Ivan n'était pas là.

Neil lui tapota la joue.

— C'est vendredi soir. La plupart des gens ont des plans, ils sortent. Peut-être qu'il a un rendez-vous galant.

55

Parker déglutit avec difficulté. Ivan n'avait pas à lui rendre de comptes à propos de ses allées et venues, mais soudain, sa belle soirée à la maison allait se transformer en une autre nuit solitaire dans une maison vide. Et il savait par expérience que c'était exactement l'humeur à ne pas avoir pour accompagner Neil en boîte. Il n'en serait que plus déprimé.

— Ouais, ouais, peu importe. Je te vois demain ?

— Hé, peut-être. Tout dépendra de comment iront les affaires aujourd'hui.

Neil n'était pas toujours de bonne compagnie et Parker était assez facile à vivre, suffisamment pour ne presque pas s'en faire de se retrouver seul à nouveau. Il alluma la télévision, mais les choix proposés mettaient en évidence – et de façon très claire – que la compagnie du câble devait penser que tout le monde était dehors en train de s'amuser ou en rendez-vous torrides et qu'en conséquence, elle pouvait diffuser des navets sans aucun intérêt.

Pendant une nouvelle publicité stupide – encore – il fureta dans les armoires de la cuisine et le frigo, mais rien ne piqua son intérêt.

Chaque petit bruit lui faisait jeter un œil vers la porte, se demandant si Ivan était rentré à la maison. Ce qui était vraiment trop pathétique. S'il n'était pas partant pour sortir s'amuser et prendre du plaisir, autant travailler un peu sur ses cours. Après avoir saisi son ordinateur portable, il éteignit la télé avec l'intention de rejoindre sa chambre. La dernière chose qu'il voulait, c'était qu'Ivan rentre à la maison pour voir à quel point son colocataire était un perdant. Trop humiliant. Après coup, il se pencha et ramassa le DVD du porno qu'il avait jeté derrière le téléviseur le jour où Ivan avait emménagé. Pas question de le regarder dans leur espace commun, mais ses révisions pouvaient bien attendre jusqu'à demain.

S'arrêtant devant la porte de sa chambre, Parker lança un regard par-dessus son épaule vers celle d'Ivan, vers la porte entourée d'ombres. Sous l'emprise d'une intense curiosité – probablement due à l'herbe – il jeta l'ordinateur et le DVD sur son lit et se dirigea dans celle de son colocataire.

Après seulement quelques jours, la chambre était déjà imprégnée de l'odeur d'Ivan. Bien, vraiment bien. Différente de la senteur sèche et désaffectée de néant que la chambre diffusait avant son arrivée. Il renifla à nouveau. Elle sentait bon, en fait. Il alluma l'interrupteur près de la tête de lit. Ivan ne mentait pas. Il n'avait pas beaucoup d'affaires. Sa femme devait être une vraie salope.

Assis sur le bord du lit, il ramassa le thriller posé sur la table de chevet et jeta un œil à la quatrième de couverture. Ça avait l'air sympa ; peut-être demanderait-il à l'emprunter plus tard. Quelques autres livres et bibelots étaient disposés sur l'étagère à côté de l'armoire. Une mallette était posée sur le bureau avec rien d'autre dessus. Se mordillant la lèvre, il passa un doigt sur la poignée du tiroir en laiton de la table de chevet. Il ne pouvait pas l'ouvrir, n'est-ce pas ? Voulait-il vraiment une preuve de l'hétérosexualité d'Ivan sous la forme de photos de seins nus ?

Au lieu de cela, il se leva et ouvrit le placard en grand. Deux boîtes étaient empilées sur le sol, et malgré la petite taille du placard, les quelques chemises et costumes qu'Ivan possédait ne remplissaient pas tout l'espace.

Après avoir regardé rapidement les tailles – pourquoi, il ne savait pas – Parker passa à la commode. Il sentit la lotion après-rasage. Rien de spécial, rien d'extravagant, mais c'était assurément la source du parfum irrésistible d'Ivan. Ça devait être difficile de recommencer sa vie à trente-quatre ans, à partir de rien. Si Ivan se révélait être un bon colocataire, Parker pourrait reconsidérer le loyer, peut-être même le diminuer pour lui laisser une chance de retomber sur ses pieds. Comme Neil était si fier de le dire, ce n'était pas comme si Parker avait réellement besoin d'un colocataire. L'assurance de sa mère avait été plus que suffisante pour payer ses dépenses, ainsi que les services publics et les taxes foncières. Il n'avait aucune hypothèque puisque tant sa maison en ville que celle qu'il possédait à la campagne étaient dans la famille depuis longtemps. À vingt-deux ans, grâce au sens avisé de sa mère en matière de finances, il était en bien meilleure position qu'Ivan.

De retour à côté du bureau, il écouta attentivement si un bruit de pas se faisait entendre dans l'escalier. Rien qui ne sort de l'ordinaire : il y avait beaucoup de bruit de fond, car l'endroit était situé à la fois à proximité du centre-ville et du campus universitaire.

Son insatiable curiosité à propos de son colocataire emporta la bataille sur son sentiment de honte, et Parker ouvrit la mallette. Contre toute attente, elle ne contenait pas d'ordinateur, simplement un désordre anarchique de dossiers, de contrats vierges, et de tables actuarielles. Ennuyeux. À quoi s'attendait-il de toute façon ? Le truc le plus intéressant devait se trouver dans la table de chevet, et un chant de sirène résonnait dans son cerveau. Il voulait regarder, mais savait qu'il serait déçu s'il le faisait.

Il remit les papiers dans la mallette et jeta un nouveau regard vers la table de nuit, mais les aboiements du chien du voisin le convainquirent de sortir de la chambre d'Ivan. Irriter son nouveau colocataire n'était pas dans ses intentions, en supposant qu'Ivan ne panique pas en découvrant que Parker était gay. D'ailleurs, il faudrait probablement qu'il ait cette conversation et rapidement.

Se repliant dans sa chambre, il referma rapidement la porte derrière lui et attendit. Après plusieurs minutes de patience durant lesquelles la porte d'entrée resta close, un bâillement le prit soudain par surprise. Vraiment pathétique d'être si fatigué à dix heures du soir, mais l'herbe le rendait généralement léthargique, même malgré le peu de taffes qu'il avait prises. Ivan pouvait être dehors en charmante compagnie ou en train de faire tout autre chose et pouvait très bien être parti pour des heures. Ou il avait pu sortir prendre l'air jusqu'à la supérette la plus proche et être de retour d'une minute à l'autre.

Avec un soupir, il se déshabilla et s'assit sur le lit, à côté de sa table de chevet. Le second tiroir, celui du bas, contenait du lubrifiant et des préservatifs. Il n'avait jamais acheté de magazines – cela semblait un peu ridicule alors qu'il pouvait trouver de bien meilleurs supports pour ses fantasmes sur Internet, de sorte que le seul indicateur potentiel de son orientation sexuelle était le plug et le gode. Son historique sur Internet racontait une histoire beaucoup plus détaillée. Certains jours, cela valait la peine de faire usage de ses jouets, mais la plupart du temps, c'était juste déprimant. Il sortit la boîte de préservatifs du tiroir. Scellée et sans date d'expiration, mais aussi sans risque d'être utilisée non plus. Déprimant, ça aussi.

Il devrait probablement considérer l'offre de Neil et se faire présenter des mecs, mais les hommes qui intéressaient Parker – son esprit évita de former une image d'Ivan – ne se trouvaient pas dans les clubs que son ami fréquentait et il ne savait pas comment en draguer un. Il passa un doigt sur le contenu simple et minimaliste de son tiroir à sexe. À l'intérieur, il avait toujours l'impression d'être le gamin obèse, ennuyeux et socialement maladroit qu'il avait été et les sex-toys n'allaient pas changer ce fait.

Avec un froncement de sourcils, il ferma le tiroir en le claquant et ouvrit celui du dessus. Il y avait beaucoup plus de choses permettant de comprendre qui il était là-dedans, mais rien de bon ou d'intéressant. Son contenu était la raison pour laquelle il avait toujours été seul, pourquoi il n'avait jamais eu de petit ami convenable, et pourquoi son meilleur ami ne pouvait pas supporter de passer la nuit avec lui.

D'une certaine manière, il avait toujours imaginé qu'être plus mince aurait, comme par magie, amélioré sa vie. Manger peu durant les dernières années de la vie de sa mère avait fait fondre la plupart de ses kilos en trop, mais il était vraiment loin d'être maigre. Il essayait de ne pas trop manger, de manger sainement, mais il avait toujours des poignées d'amour, et avec elles – ironiquement – il n'avait pas trouvé quelqu'un qui l'aimerait. Même Neil plaisantait sur ses fesses grasses et sa bouée de sauvetage.

Même avec sa perte de poids, il avait encore des apnées du sommeil. Il avait toujours besoin du redoutable appareil qui lui fournissait une ventilation assistée pendant son sommeil pour être sûr qu'il ne s'arrête pas de respirer au beau milieu de la nuit. Comment pouvait-il s'attendre à ce qu'un homme supporte le bruit, sans parler du fait que Parker ressemblait à un pilote de chasse toute la nuit ? Ce n'était pas exactement propice aux câlins ou aux fellations surprises au milieu de la nuit ni même au fait de simplement partager un lit avec quelqu'un. Toutes les choses qu'il désirait et espérait connaître un jour.

Sa mère avait toujours semblé heureuse qu'ils soient simplement tous les deux, mais Parker voulait une relation. Il voulait partager sa vie avec quelqu'un, mais avec ses problèmes de poids et son inaptitude sociale, il n'y avait aucune chance sur terre qu'il puisse l'obtenir. Peut-être avait-il besoin de revoir ses standards sur les 'coups d'un soir' ; il ne devait certainement pas se souvenir d'à quel point ils étaient mauvais.

Parker plaça le masque sur son nez et enclencha l'appareil avant d'éteindre la lampe. Même avec ça, il savait que ses ronflements étaient parfois insupportables. S'il oubliait de le porter pendant qu'il dormait ou faisait la sieste, il se réveillait habituellement avec un simple mal de crâne. Mais après avoir complètement fait flipper sa mère plusieurs fois, il essayait de ne pas l'oublier, même quand elle n'était pas dans les parages pour le lui rappeler. Il était particulièrement important qu'il le porte après avoir fumé, même si son médecin lui avait fortement recommandé de ne pas se défoncer.

Allongé sur le dos, il fixa les ombres vacillantes qui se dessinaient sur le plafond et qui provenaient des lampadaires de la rue, et laissa le bruit blanc uniforme de sa machine le bercer pour qu'il s'endorme, comme elle le faisait toutes les nuits depuis des années et des années.

IVAN TRÉBUCHA dans la maison sombre, frissonnant alors que l'air froid frappait son corps trempé de sueur. Il avait couru sur un sacré long trajet, beaucoup plus long qu'il l'avait prévu au départ, mais il n'avait pas remarqué l'ombre d'une surveillance quelconque. Pas vraiment une surprise. Les barons de la drogue avaient plus de ressources que les flics, mais même eux n'avaient pas les effectifs nécessaires pour surveiller un dealer de seconde zone à plein temps, à moins qu'Ivan ne leur donne une raison d'être soupçonneux. Que l'incident du bus soit une coïncidence ou non, il était peut-être anodin.

Il envoya valser ses chaussures de course avant d'attraper une bouteille d'eau dans le réfrigérateur. La moitié de la bouteille disparut en une gorgée, puis il se pencha au-dessus du comptoir, haletant. Ses jambes tremblaient, mais il avait couru assez loin et assez vite pour s'assurer de dormir toute la nuit. Il avait besoin d'une bonne nuit de sommeil.

Avec le bruit rapide de son pouls battant encore dans ses oreilles, il ne pouvait entendre aucun son provenant de la chambre à l'étage. Rien ne lui indiquait si le couple s'était endormi ou s'ils étaient sortis. Il avait dépassé l'envie de sortir après dix heures du soir à moins de chercher à s'envoyer en l'air, mais Neil et Parker étaient assez jeunes pour sortir vers 22 heures plutôt que ce ne soit l'heure de leur couvre-feu.

Cela seul suffit à affaisser ses épaules. Cela ne devrait pas importer qu'un criminel de seconde zone ait plus d'énergie et une meilleure vie sociale que lui, et peut-être qu'après avoir pris une nuit décente de repos, il arrêterait de s'en faire.

Le lit d'Ivan et une douche furent les seules choses qui le convainquirent de grimper l'escalier grinçant. Sinon, il aurait été heureux de s'écrouler nu sur le canapé. Arrivé sur le palier, il se figea. Il ne se souvenait pas d'avoir entendu ce léger vrombissement auparavant. Se rapprochant de la porte fermée de la chambre de Parker, le son s'intensifia légèrement. On aurait dit… non. Cela ne pouvait pas être ça. Un vibromasseur ? Ils ne pouvaient pas encore être en train de baiser, si ? Ivan se précipita dans sa chambre et ferma la porte. Un essuyage vite fait avec une serviette ferait l'affaire pour ce soir. Il ne quitterait pas sa chambre jusqu'au matin.

Le clair de lune inondant sa chambre lui fournissait suffisamment d'éclairage pour qu'il n'ait pas besoin d'allumer la lumière. En quelques secondes, il avait lancé ses vêtements trempés de sueur dans le panier et attrapé une serviette pour essuyer les pires traces de sa course. Il s'allongea sur le lit, un bras derrière sa tête, capable de se détendre maintenant qu'il ne pouvait plus rien entendre des frasques sexuelles de Parker. La sueur qui séchait sur son cuir chevelu le démangeait, mais il l'ignora. Il pourrait se doucher demain matin, une fois que ses muscles auraient récupéré de sa course.

Quel genre de sexe aimait Parker ? Il n'avait pas vraiment eu le temps de s'en rendre compte lors de la courte vision du porno qu'il avait été si rapide à éteindre, mais bon, les préférences en matière de pornos ne traduisaient pas toujours les préférences au lit. La peau de Parker était d'une texture fine, faite pour être léchée. Les sourires timides, si contradictoires avec ce qu'Ivan attendait d'un trafiquant de drogue, disaient qu'il réagirait probablement bien à quelques douces succions et de petits mordillements autour de l'oreille et dans le cou. Lentement, il ferait descendre ses lèvres sur la clavicule proéminente qui dépassait de ses tee-shirts. Les disques plats de ses mamelons seraient-ils de la même couleur pêche soutenue que ses lèvres, ou quelques coups de langue seraient-ils nécessaires pour faire ressortir leur couleur ?

Alors que sa verge commençait à gonfler, il enroula ses doigts autour d'elle et tira. Parker le saisirait-il fermement ou avec hésitation ? Ses longs doigts seraient-ils frais sur sa peau surchauffée, ou brûlants, comme des tisons ? Neil ne semblait pas être un amant attentionné – y avait-il quelque chose dont Parker ait manqué ? Anulingus, peut-être ? À quoi ces yeux innocents ressembleraient-ils quand il contemplerait le corps mince de Parker presque plié en deux alors qu'il enfouirait sa langue entre ses fesses rebondies ? Parker se répandrait-il juste avec cela ? Ou lui-même ?

Ivan cracha dans sa main et pompa son sexe maintenant complètement dur, appliquant une légère torsion sur le bout à chaque mouvement ascendant. Il avait du lubrifiant dans son tiroir, mais même cela demandait plus d'énergie qu'il en avait.

Provoquerait-il un orgasme chez Parker avec une langue glissant le long de sa raie ou sucerait-il sa verge jusqu'à la dernière goutte, juste pour la sentir fléchir contre sa langue au moment où il jouirait ? Non, il voulait le voir se répandre partout sur lui-même, impuissant contre le raz-de-marée de son orgasme ; il voulait en observer chaque seconde.

Le souffle d'Ivan devint haletant et il arqua le dos alors que son propre orgasme explosait sans avertissement. Et il se répandit presque exactement comme il avait imaginé Parker le faire, même s'il se l'était dépeint imberbe. Haletant, il utilisa la serviette qu'il avait laissé tomber à côté du lit pour se nettoyer du sperme collant. Demain matin il s'en voudrait sérieusement, mais entre l'orgasme et l'exercice physique, il était trop comblé pour s'en soucier maintenant.

Alors que ses paupières de fermaient, il examina sa chambre une dernière fois et se redressa, le sommeil s'évanouissant dans un flot d'adrénaline. Il alluma la lampe de chevet et sortit du lit. Sa mallette avait été déplacée. Ou non ? Parker s'était-il glissé dans sa chambre pour la fouiller pendant qu'il était sorti courir ? Scrutant le bureau, il essaya de se rappeler comment il l'avait laissée. Pas une chose qu'Ivan possédait ne pouvait l'incriminer, donc une fouille ne ferait que confirmer qu'il n'était rien de plus que le perdant que son identité secrète proclamait, mais c'était un dur rappel de la réalité de sa situation. Il ne pouvait pas baisser sa garde un seul instant. Y compris quand il fantasmait sur l'homme sur lequel il enquêtait. À quel point pouvait-il agir comme un amateur et un idiot ?

Il éteignit la lumière et s'allongea sur le lit, tendu, mais de manière désagréable. Chaque fois qu'il fermait les yeux, il pensait entendre quelque chose bouger, ou alors il jetait un œil sur un autre endroit de la chambre, essayant de la comparer avec ses souvenirs flous quant à la manière dont il avait précisément laissé ses affaires. En fin de compte, la fouille avait dû le faire paraître inoffensif, mais il ne pouvait s'empêcher de se demander s'il avait manqué quelque chose qui l'identifierait en tant que flic ou en tant qu'Ivan Bekker. Sans avoir eu le temps de planifier quoi que soit, il avait emballé ses propres vêtements, utilisé son propre sac de voyage. Bon sang, il avait amené un échantillon de ses propres livres, parce que s'il avait le temps de lire, il fallait que ce soit sur des thèmes qui l'intéressaient. Pouvait-il avoir oublié un reçu avec son nom et son adresse dessus ?

Son pouls battait, plus rapide et intense qu'au summum de sa course. Dormir était impossible, mais cette fois, il n'était pas déçu. Dormir l'amenait à faire des cauchemars, et cela avait été un miracle qu'il n'ait pas réveillé Parker avec ses cris au cours des deux dernières nuits. Il sauta hors du lit, alluma à nouveau la lumière et enfila un pantalon de survêtement. Puisqu'il était debout, il pouvait tout aussi bien voir si sa nouvelle identité avait été compromise. Il commencerait en secouant chaque livre pour s'assurer qu'il n'avait pas glissé un reçu ou une note entre les pages. Demain, il se fondrait pleinement dans son identité de couverture et ferait connaissance avec son nouveau colocataire.

PARKER SE laissa tomber sur le divan, une pomme à la main. Pourquoi avait-il laissé Neil l'emmener à l'étage dès son arrivée la nuit dernière ? Il n'avait pas eu le temps de poser des questions à Ivan à propos des courses et c'est pourquoi il était allé au marché fermier ce matin dans l'espoir d'acheter des choses qu'il aimerait aussi. Bêtement, il avait pensé qu'avoir un colocataire pouvait signifier avoir de la compagnie pour aller faire les courses, ou même juste se partager les courses, mais ils n'en avaient pas encore discuté. Parker ne savait pas ce qui était normal, mais il ne devrait probablement pas s'attendre à être accompagné pour aller à l'épicerie ou au marché. C'était plus du domaine du petit ami que du colocataire. N'est-ce pas ?

Et la petite pointe d'amertume qui avait surgi en y allant seul ? Eh bien, ce n'était rien face à la pensée d'Ivan tirant un coup tard hier soir et qui l'avait obligé à se lever tard ce matin. Probablement que tout le monde sur terre tirait un coup les vendredis soir, alors que lui allait se coucher tôt avec son engin de malheur. Pathétique.

Pour célébrer son état troublant, il allait regarder *Serenity*. Encore. Neil ne rentrerait pas avant plusieurs heures, en supposant que même qu'il le revoit ce week-end, et le film serait fini depuis belle lurette avant que Neil ne se montre pour se moquer de lui. Il disait que la science-fiction n'amenait personne au pieu, et pour être honnête, son ami avait certainement plus de relations sexuelles que Parker le geek, mais comment pouvait-on ne pas aimer Mal[5] ? C'était un de ses films préférés, que même sa mère avait aimé, malgré sa préférence pour les énigmes policières.

Il n'avait pas besoin de quitter à nouveau la maison jusqu'à lundi, pour ses cours, et peut-être qu'il ne le voulait tout simplement pas. Il avait un tas de films qu'il pouvait regarder. Peut-être un marathon *Firefly*.

Après cinq minutes de film et trois coups de dents dans sa pomme, les marches craquèrent. Parker se raidit et regarda fixement l'écran, bien que toute son attention soit tournée vers la personne qui descendait. Et si Ivan avait amené quelqu'un à la maison la nuit dernière ? C'était encore pire que de l'imaginer dehors en rendez-vous galant. Devrait-il se présenter à elle ? Devrait-il l'ignorer ? Pourrait-il s'y soustraire en prétendant qu'il était tellement absorbé par le film qu'il ne l'avait pas remarqué ? Quel était le protocole normal du colocataire dans cette situation ?

— Bon film ?

Parker sursauta.

— Quoi ? Oh, oui.

Il obligea sa tête à se détourner de l'écran de la télévision. Ivan était seul – Dieu merci – mais il était également torse nu. Sa poitrine était magnifique. Musclée et couverte d'une fine toison d'un ton plus sombre que les cheveux dorés de sa tête. Un pantalon de survêtement gris couvrait son entrejambe, de telle manière qu'il pouvait avoir aisément une bonne idée de la

---

[5] *Serenity* est un film de science fiction qui fait suite à la série *Firefly* de Joss Whedon avec Nathan Fillion dans le rôle de Malcolm 'Mal' Reynolds.

taille et de la forme de ses attributs sans cependant lui permettre d'en discerner les détails.

Ivan se racla la gorge, et Parker leva les yeux, ses joues commençant à rosir. Depuis combien de temps était-il en train de fixer l'attirail d'Ivan ? Hors de question qu'il puisse avoir la conversation, 'je suis gay, j'espère que ça ne te fait rien' maintenant. Pas après qu'il vienne juste de lorgner le mec comme s'il voulait le manger. En fait, Parker voulait effectivement le dévorer, mais l'admettre était un moyen infaillible de mettre un hétéro mal à l'aise. Ce qui n'était pas la chose à faire quand celui-ci se trouvait dans une nouvelle maison.

— Comment ça va ?

Maintenant que Parker regardait le visage d'Ivan, les cernes profonds sous ses yeux attestaient d'un manque de sommeil, et probablement pas pour la raison que Parker avait crue.

— Longue nuit ? demanda-t-il.

Ivan haussa les épaules.

— C'est une façon de parler.

— C'était bien au moins ?

— Je suis sûr que ta nuit a été bien meilleure.

Parker retint à peine un rire sardonique. Sa nuit avait été à chier, mais il avait au moins assez de bon sens pour ne pas l'admettre.

— Impossible de dormir après ma course, continua Ivan. En fait, je pense que je me suis endormi bien après l'aube.

Parker cligna des yeux.

— Tu es allé courir hier soir ?

— Ouais, j'avais besoin de quelque chose à faire et tu étais... Euh... Occupé avec Neil.

Ivan mit un drôle d'accent sur le mot 'occupé'. Peut-être avait-il senti l'herbe de Neil ?

— Courir. Je pensais que tu avais un rencard.

Ivan leva les yeux au ciel.

— Ouais, comme si j'étais tellement intéressant !

— Tu veux manger quelque chose ? Je suis allé au marché ce matin.

— Tu veux dire au marché Saint-Lawrence ? Tu aurais dû me réveiller. J'y serais allé avec toi. J'adore cet endroit.

Ivan sourit et se gratta le ventre.

— Oh, je suis seulement allé jusqu'au marché fermier local, mais nous pourrons aller au marché Saint-Lawrence la semaine prochaine.

— On fait comme ça, on a donc rendez-vous.

La sensation de plaisir que ces mots causèrent fut tempérée par le fait de savoir qu'Ivan les avait seulement utilisés comme une expression, non parce qu'ils sortiraient effectivement ensemble.

Ivan avança assez dans la pièce pour voir le film par-dessus l'épaule de Parker.

— Tu vas regarder des vidéos toute la journée ?

— Probablement, répondit-il en haussant les épaules. J'ai un devoir sur lequel je dois bosser, mais à part ça, je suis complètement à jour.

— Oh, tant mieux pour toi. Laisse-moi prendre une douche et je le regarderai avec toi, si ça te convient.

Quelle question stupide.

— Bien sûr. Nous sommes colocataires.

Parker retint le petit rire joyeux qui voulut s'échapper. Ivan n'avait pas besoin de savoir à quel point il voulait traîner à la maison. Ses amis à l'université auraient tué pour le programme de cours allégé de Parker, mais jusqu'à ce qu'Ivan emménage, il avait regretté de ne pas avoir choisi le programme complet. Cela lui avait donné davantage de temps pour réfléchir au vide qu'il ressentait lorsqu'il rentrait chez lui. Maintenant, cependant, cela lui laissait beaucoup de temps pour s'assurer d'être à la maison quand Ivan y était.

Ivan bâilla, et Parker fronça les sourcils.

— Tu es sûr que tu ne veux pas retourner te coucher ?

— Quoi ? Non, ça va. Ça fait un bail que je ne me suis pas vautré dans un canapé à regarder des films. Je reviens dans quelques minutes.

Ivan monta les marches d'un pas lourd. Après que plusieurs portes eurent claqué, les tuyaux dans le mur s'ébranlèrent quand l'eau commença à couler.

Se renfonçant dans son fauteuil, Parker essaya de se concentrer sur Mal. Mais en écoutant Ivan se doucher, il se l'imagina ici, supplantant la gouaille du capitaine sexy, un exploit que Parker n'aurait jamais cru possible.

Devait-il aller chercher des trucs à grignoter ? Préparer le petit déjeuner d'Ivan ? Non, c'était stupide. Impossible qu'il puisse faire passer ça comme un 'oh, je me préparais moi-même un petit quelque chose…' parce qu'il était presque une heure de l'après-midi, et Ivan savait déjà qu'il était allé faire des courses ce matin. Préparer le petit déjeuner pour un homme était différent que de partager un déjeuner ou un dîner, il en était tout à fait certain. C'était plus intime. Un truc de petit ami.

Parker était toujours en train de débattre avec lui-même quand Ivan redescendit l'escalier, jusque dans la cuisine et commença à farfouiller dans le frigo.

— Hé, tu as acheté des trucs vraiment super. Probablement pas assez pour durer toute la semaine, mais je peux faire une omelette complète avec ça. Tu en veux ?

— Oh, j'ai ma pomme.

Ivan passa la tête dans l'embrasure de la porte.

— Une pomme ? Tu as besoin de plus que ça pour le déjeuner. Une omelette sera parfaite pour mon petit déjeuner et ton déjeuner.

L'estomac de Parker gargouilla. La pomme était censée être à la fois son petit déjeuner et son déjeuner, mais pourtant il en voulait encore. Ivan était un bon cuisinier, et il avait faim. Dommage que ce soit vraiment un cas de 'oh, je me préparais quelque chose…', mais Parker pouvait vivre avec ça. Quand ils commandaient chinois, le plus qu'il obtenait de Neil était une proposition pour ajouter un aliment en extra et un rouleau de printemps. Et Parker finissait toujours par payer pour eux deux. Et généralement, Neil ne pouvait pas rester en place assez longtemps pour regarder un film entier avec lui, et encore moins envisager de passer la journée à le faire.

— Euh, d'accord, bien sûr, merci.

Ivan se mit à l'œuvre dans la cuisine et moins de vingt minutes plus tard, il était assis dans le fauteuil à côté du canapé après avoir placé une assiette appétissante et variée à base d'œufs en face de chacun d'eux.

Il voulait qu'Ivan s'asseye à côté de lui, mais il serait alors tenté de se blottir contre lui, et cela ne risquait pas d'arriver.

ALICIA LUI fit signe à travers la foule éparse de la salle de conférence. Parker sourit et se dirigea vers elle. Il n'était pas sûr de savoir quel sadique avait planifié un cours de statistiques trois fois par semaine à neuf heures du matin, mais cela rendait difficile de se réveiller les lundis. D'un autre côté, Alicia et lui s'étaient liés dès le premier jour à cause des statistiques horribles et du semestre d'été.

— Alors, raconte-moi.

Elle saisit la manche de son tee-shirt et tira dessus, lui laissant à peine assez de temps pour se glisser sur son siège.

— Te raconter quoi ?

Un sourire minuscule courba le coin des lèvres de Parker.

— Allez, tu ne m'as même pas envoyé de message pour me dire comment ça se passait avec le nouveau colocataire.

— Hé, je ne suis pas celui qui a fait l'école buissonnière pendant une semaine pour aller au Mexique avec mon copain. Et tu ne m'as certainement pas inondé de détails toi non plus.

Alicia fronça les sourcils, mais rougit.

— Hé, si quelqu'un avait ouvert sa maison de campagne cette année, peut-être que nous n'aurions pas eu à faire la route jusqu'au Mexique.

— Oh, ouais, comme si ma maison avait quelque chose à voir avec le Mexique.

La vérité était qu'il n'était pas encore prêt à affronter cette maison, ce qui était la raison pour laquelle il avait décidé de ne pas l'ouvrir cette année.

— Comment le saurais-je ?

Parker ouvrit la bouche pour continuer leur badinage, mais le professeur entra dans la classe, le front plissé et les sourcils se touchant presque tant il les fronçait, prêt à démarrer. Si ce n'était son air perpétuellement renfrogné, l'homme aurait pu être beau, mais son tempérament n'était pas des plus souriants non plus. Ses élèves avaient appris dès le premier jour à se tenir à carreau et à prêter attention à ce qu'il disait s'ils ne voulaient pas le regretter. Bien sûr, c'était un cours de statistiques, donc le regret était inévitable. Dommage que ce soit un cours obligatoire. Même la version humaine de ce cours pour ceux qui avaient la psychologie et la sociologie en matières principales comme lui, était difficile.

Deux heures plus tard, ils s'échappaient. Alicia accrocha son bras au sien.

— Partant pour un déjeuner avancé ? Je veux tout entendre au sujet du nouveau colocataire.

— Bien sûr.

Un déjeuner anticipé n'était pas inhabituel. Leurs cerveaux étaient tellement grillés après le cours de stats qu'ils avaient besoin de cette pause. Il n'avait aucun regret d'avoir choisi ce module dans le cadre de son cursus allégé. Il aurait eu bien du mal à suivre le rythme de ce cours avec un programme complet.

Ils choisirent leur repas et trouvèrent facilement une table à cette heure matinale. Le petit ami d'Alicia, Chris, se montra quelques instants plus tard, son plateau chargé de nourriture.

— Salut, Chris.

— Salut, Parker.

Chris régala Alicia d'un intense baiser, ce qui avait troublé Parker quand il les avait rencontrés pour la première fois, mais il était habitué à leurs démonstrations occasionnelles d'affection et maintenant, un tout petit peu envieux.

— Alors, dis-moi tout de lui, lança Alicia.

Chris lui sourit.

— Tu as rencontré un mec ? Tu sais que ma nana va vouloir tout savoir de lui.

— Oh, euh, non, pas exactement.

Il avait rencontré un mec, c'était vrai. Ça ne faisait même pas une semaine, et si Ivan était gay, il pourrait être l'homme parfait pour Parker.

— Oh mon Dieu, tu ne m'écoutes donc jamais ?

Alicia donna une petite tape sur l'épaule de Chris qui fit semblant d'être mortellement blessé. Ils sortaient ensemble depuis assez longtemps pour qu'elle ne fasse que lever les yeux en signe d'exaspération.

— Le nouveau colocataire de Parker a emménagé cette semaine.

— Ça craint que tu aies besoin d'un colocataire. La plupart d'entre eux sont de parfaits emmerdeurs, et les autres sont encore pires, dit Chris bien fort, s'assurant d'attirer l'attention de son propre colocataire qui passait non loin d'eux.

Thom répondit à Chris d'un simple doigt d'honneur avant de sourire et de hocher la tête vers Parker et Alicia.

Parker sourit en retour. Il n'avait rencontré Thom qu'à quelques reprises, mais il était assez gentil. En fait, Thom et Chris s'entendaient très bien, mais ils semblaient tous deux s'amuser à entretenir une relation controversée.

Chris lui retourna son doigt d'honneur et regarda à nouveau Parker.

— Sérieusement, pour en revenir à ça, la plupart d'entre eux peuvent vraiment te pomper l'air, dit-il.

Un drôle de regard passa sur son visage, et Alicia le frappa à nouveau sur l'épaule.

— Ne le dis pas, prévint-elle.

— Dire quoi ? répondit Chris en faisant à nouveau l'innocent et l'offensé à la fois.

— Tu allais dire combien Parker serait heureux si son colocataire le pompait vraiment. Littéralement.

Parker rit cette fois, et personne n'avait à savoir qu'il y avait un embryon de vérité dans cette déclaration.

— Quoi, j'ai tort ? demanda Chris, paumes vers le haut et levant les yeux vers Parker pour chercher du soutien.

— Non, pas vraiment.

Alicia haleta de surprise, mais, finalement, rit elle aussi.

— Et puis, coucher de temps en temps ne te tuera pas.

Le tuer ? Non. L'embarrasser royalement ? Peut-être. Il y avait si longtemps qu'un autre mec ne l'avait pas touché qu'il exploserait probablement en quelques secondes comme un volcan. Cela n'aidait pas vraiment qu'à presque chaque coup d'œil qu'il jetait sur Ivan, il se retrouve à bander.

— Sérieusement, dit Chris à nouveau, mais cette fois d'un ton plus posé. Existe-t-il vraiment une personne qui cherche un nouveau colocataire en milieu de semestre ? Si c'est le cas, on l'a probablement fichu dehors parce que c'était un connard fini. Tu aurais au moins dû attendre jusqu'au début du semestre prochain.

Parker haussa les épaules. Il leur avait laissé croire qu'il avait besoin d'un colocataire pour des raisons financières, parce qu'il n'avait pas voulu admettre à quel point il se sentait seul. Si l'un ou l'autre d'entre eux l'avaient su, il était sûr qu'ils l'auraient invité à sortir plus souvent, même s'il détestait être la troisième roue du carrosse. Passer le week-end à glander à la maison avec Ivan avait été incroyablement génial.

— Ce n'est pas un étudiant, même s'il a dit qu'il pourrait bien reprendre quelques cours.

Pour tout avouer, la veille Ivan lui avait demandé son planning de cours. Parker adorerait le voir assister en auditeur libre à ses différentes classes. Neil pensait qu'étudier était ennuyeux à mourir et détestait l'écouter lui parler de ses cours. Ce qui était une des raisons pour lesquelles il n'avait jamais pris la peine de le présenter à Alicia et Chris.

— Oh, c'est vrai ? Raconte-nous tout.

Alicia agita une frite devant lui pour appuyer son ordre. Parker l'attrapa et la mangea. Elle avait meilleur goût que la petite salade qu'il avait commandée et déjà finie.

Parker exposa rapidement ses interactions avec Ivan depuis que celui-ci avait emménagé.

— Bon Dieu, est-ce que nous pouvons échanger nos colocataires ? demanda Chris. Le seul fait qu'il sache cuisiner le rend meilleur que Thom.

Euh, non. Thom était un mec sympa, mais Parker n'allait pas lâcher Ivan.

— Tu l'aimes bien, n'est-ce pas ? demanda Alicia. Peut-être que tu devrais lui demander de sortir avec toi.

Parker s'étouffa avec sa bouteille d'eau.

— Lui demander de sortir ? Pas question.

S'il avait été en train de parler avec Neil, il aurait dit qu'il n'aimait pas Ivan de cette façon. Mais Alicia ne jugeait jamais, et il acceptait qu'elle sente à quel point il était attiré par Ivan.

— Pourquoi pas ? reprit-elle, il est célibataire.

— Il est divorcé, oui. Mais il avait une femme. Il est hétéro.

Alicia renifla d'un air méprisant.

— Ouais, parce qu'aucun mariage n'a jamais cassé parce que le gars *sortait du placard*. Ça pourrait peut-être même expliquer pourquoi il s'est fait plumer dans le divorce.

Euh... Parker n'avait jamais eu cette impression chez Ivan. Il serait capable de le dire, n'est-ce pas ?

— Je ne pense pas qu'il soit gay. Et je ne pense pas qu'il sache que je le suis. Je n'ai pas encore trouvé le bon moment pour lui dire.

Parker ne faisait pas un super boulot en le cachant, mais sortir du placard et avouer son homosexualité à un mec comme Ivan était beaucoup plus terrifiant que de présumer qu'il l'avait déjà deviné.

— Tu n'es pas inquiet à propos de sa réaction, hein ? Parce que si c'était un vrai homophobe, il aurait posé la question avant d'emménager, non ?

Chris attrapa une des frites d'Alicia.

Était-ce un comportement normal ? Parker était à peu près sûr de ne pas pouvoir poser cette question à un colocataire potentiel – discrimination et tout ça – mais était-ce le genre de choses qu'Ivan aurait demandé s'il s'en souciait ?

— Poserais-tu ce genre de questions ? demanda-t-il à Chris.

— Absolument pas, mec. Je m'en fous complètement. Mais je te le dis, j'ai entendu toutes sortes d'histoires à propos de connards de colocataires. Si tu es nerveux, on peut venir chez toi, traîner un peu pendant que tu le dégages.

Parker fut obligé de sourire. Les mots 'te protéger' étaient sous-entendus. La diligence de Chris à se dresser pour lui, signifiait plus qu'il n'aurait su le dire, et il était un homme imposant et intimidant. Quelle que soit l'orientation d'Ivan, il ne pouvait pas croire que l'homme qui avait si tendrement bandé son tibia blessé puisse devenir dangereux simplement en découvrant que Parker était gay. Et il était sûr d'avoir bien dissimulé son attirance.

— Eh bien, lui demander de sortir avec toi reviendrait au même que de lui faire une formidable déclaration de tes sentiments. Et tu découvrirais s'il est gay et s'il a un penchant pour toi.

— Il n'en pince pas pour moi. Je serais capable de le sentir, donc lui demander de sortir avec moi ne ferait que rendre les choses gênantes à la maison. Et il ne vit là que depuis moins d'une semaine.

— Mais bien sûr. *Toi*, tu peux dire si quelqu'un en pince pour toi. Parker, tu pourrais tirer un coup à l'instant, si tu voulais bien juste ouvrir les yeux.

Parker jeta un œil autour de lui dans la cafétéria. Tout ce qu'il vit fut Thom assis avec quelques amis. Thom agita légèrement la main dans sa direction, et Parker lui rendit son geste.

— Qu'est-ce que tu racontes ?

— Tu es aveugle à faire peur, dit Chris en secouant tristement la tête.

Parker fronça les sourcils, en signe d'incompréhension, mais aucun d'eux ne s'expliqua.

Bien que le sujet ne soit pas abordé méchamment – pas comme lorsque Neil le taquinait – il le mit un peu sur la défensive, ce qui signifiait qu'il était temps de changer de conversation.

— Et vous, parlez-moi du Mexique.

Alicia tendit la main et tapota la sienne, lui adressant un regard de compassion qu'il ne comprit pas vraiment.

LES PORTES de l'ascenseur s'ouvrirent, et Ivan permit à la foule de le projeter en avant. Un lumineux puits de soleil provenant des portes vitrées du hall illumina un coin géométrique du sol en granit poli. Un voile de sueur se forma sur son front comme si la climatisation de l'immeuble avait été programmée sur 'feux de l'enfer', mais la température réelle était sans importance.

Dehors, sous le soleil, il faisait meilleur, mais pas plus frais. La brise aida, en dépit des odeurs sous-jacentes de la ville – vapeurs d'essence, détritus, urine. Il tourna au coin d'une rue, ne voulant pas endurer tout de suite l'étouffant confinement du métro. Surtout compte tenu du détour qu'il avait besoin de faire pour séparer ses deux vies.

La première porte devant laquelle il arriva était une minuscule boutique de fallafels. L'odeur de graisse, de viande assaisonnée et de galettes de pois chiches frites était presque trop à supporter, mais ils avaient un frigo avec des boissons gazeuses, et il acheta deux cannettes glacées, une pour la boire et l'autre pour la presser contre son front.

Était-il supposé mentir à son thérapeute ? Même à celui qui avait été désigné par le département ? Devoir mentir sur tout, y compris sur ses cauchemars qui empiraient, devait annuler tous les effets bénéfiques de sa thérapie. En supposant qu'il y en ait. Mais la dernière chose dont il avait besoin était que le mec lui prescrive des somnifères. Pas moyen qu'il permette à des médicaments de le mettre sur la touche, pas alors qu'il dormait dans la maison d'un malfaiteur. Un gentil, adorable et magnifique trafiquant, mais cela ne le rendait que plus dangereux.

Si le péché n'était pas attirant, le crime ne serait pas aussi jouissif.

Une fois encore, il n'avait jamais eu de cauchemars en mission d'infiltration avant. Il n'avait jamais eu à mentir sur plusieurs fronts non plus. Sa famille pensait qu'il était sur une mission légitime de couverture. Ses collègues et les enquêteurs de l'UES pensaient qu'il était en congé administratif, à se remettre les idées en place. Parker pensait qu'il était un vendeur d'assurances hétéro et divorcé. Son psy pensait qu'il résistait à la thérapie en élevant volontairement des barrières, mais le Dr Sanchez était juste une personne de plus à laquelle il ne pouvait pas faire confiance avec la vérité.

Quand son psy avait décidé qu'il avait besoin de le voir deux fois par semaine au lieu d'une, Ivan n'avait pas réalisé que cela signifiait subir deux interrogatoires différents en une seule journée. Cumuler un entretien avec l'enquêteur de l'UES et un psy le même jour semblait mortel. Il ne referait pas cette erreur deux fois, s'il pouvait l'éviter.

Putain, avait-il jamais été aussi fatigué ?

Laissant sa tête basculer en avant, il essaya d'étirer les nœuds de son cou. Ils étaient arrivés, durs comme des billes, alors qu'il avait tenté de sauver ce gamin qui saignait à mort, et rien, pas même l'orgasme de la nuit dernière, n'avait suffi à les estomper ne serait-ce qu'un peu. La douleur sourde derrière ses yeux devait provenir d'une combinaison de manque de sommeil et de sa tension musculaire.

Ivan regarda sa montre. Il devait y aller s'il ne voulait pas passer deux heures à faire des détours en pleine heure de pointe pour rentrer chez Parker. Il pourrait vraiment perdre l'esprit s'il devait endurer ça.

IVAN ARRIVA à la maison sans autre incident, et il resta dehors debout sur le trottoir. Son estomac gronda, et il inspecta la rue. Qu'est-ce qui lui demanderait le moins d'énergie : marcher deux blocs pour aller chercher un repas à emporter ou préparer le dîner ?

Respirant profondément, il fixa la porte d'entrée en se frottant la nuque. Peut-être qu'il devrait simplement aller se coucher. L'effort minimum absolu.

Dans la maison, il renifla. Ça sentait... la nourriture ?

— Parker ?

Parker jaillit hors de la cuisine avec un grand sourire.

— Ivan. Tu es rentré. Je pensais que tu arriverais plus tard.

Ivan lui rendit son sourire, se laissant glisser avec facilité dans l'identité de son colocataire. Cauchemars ou non, rentrer à la maison, vers Parker, était bien mieux que de retourner dans son appartement vide ou d'écumer les bars pour brancher quelqu'un.

— Certains jours sont meilleurs que d'autres.

— J'ai fait le dîner. J'ai essayé en tout cas. C'est juste de la soupe, mais je pensais que je ne pouvais pas trop la rater, et que l'heure à laquelle tu rentrerais n'aurait pas beaucoup d'importance.

Le dîner était fait. Incroyable. À quand remontait la dernière fois qu'il était rentré à la maison pour le dîner ? Des mois. Bien avant que Colin ne déménage.

— Je suis sûr que c'est bon.

Il fit quelques pas vers Parker, mais s'arrêta quand il réalisa qu'il s'était mis en mode pilote automatique pour l'étreindre et l'embrasser. Parker pouvait être gay, mais Ivan *Baker* ne l'était pas.

— Y a-t-il quelque chose d'intéressant ce soir sur cette énorme télé qui est la tienne ?

Ivan n'avait aucune affinité pour un programme en particulier. Avec ses horaires, se laisser porter par une série télé était un effort inutile, mais il serait heureux de regarder à peu près n'importe quoi.

Parker haussa les épaules. Il retourna dans la cuisine pour remuer la soupe. Ivan le suivit et se versa un verre de vin.

— Tu en veux un ?

Cela lui valut un autre sourire timide, un qui semblait dire que Parker n'était pas habitué à la simple courtoisie.

— Bien sûr, merci.

Lorsque l'attention de Parker retourna vers la gazinière, Ivan saisit la bouteille de vin ouverte.

— As-tu envie d'aller courir à nouveau ce soir ? demanda Parker.

Après leur journée de paresse sur le canapé samedi dernier, Ivan avait passé une partie du dimanche à montrer à Parker les rudiments de la course à pieds. Ils n'étaient pas allés loin, mais d'après ce qu'Ivan avait pu voir, Parker ne faisait aucun exercice régulier particulier et il était sûr que cela ne pouvait pas lui faire de mal de contrer certains de ses pires excès universitaires.

— Tu as aimé ça, n'est-ce pas ?

Parker fit un bruit qu'Ivan prit pour un acquiescement.

— Je suis un peu endolori, mais oui.

— Ça ira au bout de quelque temps.

Ivan se dressa plusieurs fois sur la pointe des pieds, testant ses propres muscles. Après la journée qu'il avait passée, cependant, croire qu'il serait capable de se motiver suffisamment pour aller courir ce soir était… optimiste, au mieux.

— Je ne pense pas avoir le courage ce soir. Je suis crevé.

Parker tourna la tête vers lui et fronça les sourcils.

— Tu as vraiment l'air fatigué. Je pensais que tu avais dit que ta journée s'était mieux passée aujourd'hui.

Un rire sardonique s'échappa de ses lèvres quand il attrapa un autre verre à vin sur une haute étagère.

— Non, je pense que j'ai dit que certains jours étaient meilleurs que d'autres. Ce n'est pas parce que je suis rentré à une heure décente, plus ou moins, que ça signifie que le travail était meilleur.

Il ne voulait vraiment pas penser à sa journée. Les différentes facettes de sa vie étaient un peu trop nombreuses pour être contenues dans son cerveau.

La soupe fit des bouillons et crachota. Avec l'attention de Parker à nouveau axée sur la gazinière, Ivan s'accorda le loisir de l'étudier. Le contentement qu'il avait ressenti après avoir été accueilli par le sourire heureux de Parker était un sujet sur lequel il ne voulait pas s'interroger. Il n'avait pas envie non plus de s'attarder sur ce qui avait décidé Parker à faire un détour par la case 'criminel' alors qu'il donnait vraiment l'impression d'être sur le droit chemin.

Plus tard. Il s'autoriserait à y penser plus tard. Jusqu'à ce qu'il ait une chance de fouiller la place, jusqu'à ce qu'il ait une chance de suivre Parker et d'évaluer ses associés, il continuerait d'être Ivan Baker, vendeur d'assurances. Ce gars-là était beaucoup moins compliqué. Il aimait plutôt bien la vie d'Ivan Baker.

Il s'approcha de Parker, un verre de vin à la main, et le fit glisser vers lui sur le comptoir à côté de la gazinière.

— Voilà ton verre.

— Oh merci. Peux-tu attraper des bols ?

— Bien sûr.

Ivan recula, ne sachant pas si la requête visait à l'éloigner ou pas. Il prit une petite gorgée et posa son propre verre avant de se retourner pour attraper les bols en question.

— Oh merde !

Le crash du verre fit tournoyer Ivan qui se retrouva en position accroupie cherchant à atteindre un pistolet qu'il ne portait plus. Parker baissa les yeux vers le verre brisé, le vin rouge épars sur le sol comme du sang. Il fallut un moment à Ivan pour se convaincre qu'il n'y avait pas de danger, aucune raison pour son pouls de battre la chamade à ce point.

Parker se pencha et ramassa un des plus gros éclats. Ivan avait tort, il y avait un peu de danger.

— Stop.

Parker se figea, la main tendue.

— Laisse-moi nettoyer ça.

Ivan prit une profonde inspiration, essayant de calmer son cœur galopant.

— Je peux le faire, déclara Parker.

Ivan lui adressa un sourire.

— Je pense que c'est mieux si je n'ai à te donner les premiers soins qu'une fois par mois, tu ne crois pas ?

Le froncement de sourcils perplexe sur le visage de Parker fut rapidement remplacé par une rougeur embarrassée. Pendant une seconde, Ivan pensa qu'il était allé trop loin avec sa gentille taquinerie, mais Parker se mit à rire.

— D'accord, tu as raison.

Parker se redressa et allait faire un pas en arrière quand Ivan secoua la tête. Ivan l'attrapa par la taille et le porta hors de la cuisine pour épargner ses pieds nus.

V

TRENTE MINUTES plus tard, la cuisine était propre, Ivan était repu avec une soupe à peu près mangeable et un vin tout à fait correct pendant qu'un film d'action qui ne demandait aucune réflexion, mais qui était divertissant, passait sur l'énorme télé de Parker. S'il y avait une chance qu'il puisse s'envoyer en l'air, cette mise en scène serait son idée d'une soirée parfaite.

Un petit pincement dans le cou lui rappela que tout n'était pas tout à fait parfait. Il se frotta la nuque, tournant la tête de côté pour essayer de se soulager un peu de son inconfort.

— Ça va ?

— Ouais, ouais. Juste un peu de stress, ou peut-être que j'ai dormi dans une mauvaise position.

Ce qui ne serait pas entièrement faux. Tout allait de travers avec ses récentes habitudes de sommeil.

— Hum… je pourrais te masser.

Les narines d'Ivan s'évasèrent. Cela devait être invitation. Le désir pulsa doucement dans son bas-ventre, mais un énorme panneau d'interdiction se mit en travers de son esprit. Il pouvait ne pas aimer Neil, mais cela n'excusait pas de tromper quelqu'un. Il ne voulait pas lui faire ça. Pas après sa propre expérience. Les conflits de ses règles de vie, les exigences de son travail et son désir écrasant de Parker s'enchevêtrèrent dans son esprit.

Suivre un plan d'action approprié devenait plus difficile avec chaque minute qui passait. Ce qu'Ivan Bekker voulait faire n'avait pas d'importance, mais que ferait Ivan *Baker* dans cette situation ?

Et si Ivan Baker n'était pas aussi hétéro qu'il le croyait et que c'était la raison pour laquelle il avait divorcé... Il pourrait permettre à Parker de lui faire un massage.

— Oui, bien sûr, ce serait bien.

Parfait. Le ton employé ne le faisait pas paraître trop désireux de sentir les doigts de Parker sur lui.

Parker sourit comme si Ivan lui avait en quelque sorte accordé son vœu le plus cher.

— Tu veux t'asseoir là devant moi ? Nous pouvons déplacer la table.

S'asseoir par terre ? Eh bien, ses muscles n'étaient pas aussi raides, et s'il s'asseyait par terre, il pourrait facilement se convaincre que c'était complètement innocent.

Il s'installa entre les genoux de Parker, la chaleur de son corps réchauffant l'air autour de lui. À la seconde où ses doigts le touchèrent, Ivan perdit la trace de l'intrigue du film. Avec effort, il retint un gémissement alors que les doigts puissants s'enfonçaient dans les nœuds qui menaçaient de transformer son cou en pierre.

Les minutes passèrent, et Parker ne semblait pas se lasser. Alors que la plupart des poings tendus s'assouplissaient, son mal de crâne sourd battait en retraite. Depuis combien de temps n'avait-il pas été aussi détendu ? Le toucher de Parker se transforma en mouvements légers entrecoupés de pressions fermes. Un autre gémissement menaça de lui échapper alors qu'une nouvelle tension sexuelle montait lentement. Il baissa davantage la tête, donnant à Parker un accès plus facile à son dos. Le plus cher désir d'*Ivan* à cet instant, était d'enlever sa chemise et de laisser Parker toucher la peau nue de son dos, mais il n'osa pas. Il y avait tellement de raisons de ne pas se retourner et de pousser Parker sur le canapé, sous lui, mais la seule sur laquelle il pouvait se concentrer à l'instant, était que Parker avait un petit ami. Quelle que soit la tendresse qu'Ivan imaginait, elle n'était rien de plus que celle d'un colocataire attentionné. Également très inattendu de la part d'un trafiquant de drogue, mais il n'était pas censé savoir ça. Ivan Baker ne savait pas ça, et prétendre qu'il ne savait rien soulagea son esprit.

— Hum, hé, murmura Parker.

Ivan leva la tête et se retourna pour regarder Parker. Sa bouche était beaucoup plus proche de la sienne qu'il s'y attendait, suffisamment proche pour que son souffle chaud lui chatouille la lèvre supérieure et il se lécha les lèvres, attirant le regard assombri de Parker, et Ivan se demanda s'il pouvait arrêter l'inévitable basculement de sa tête alors qu'il l'inclinait pour un baiser.

LE COUP soudain donné sur la porte brisa l'ambiance aussi efficacement qu'un coup de feu. Parker recula et Ivan bondit sur ses pieds, allongeant inconsciemment la main pour attraper son arme. Qui ne se trouvait nulle part à proximité et encore moins sur lui. Merde ! Parker resta sur le canapé, abasourdi, son regard rebondissant d'Ivan à la porte.

Bien que le son soit trop étouffé pour qu'Ivan puisse dire s'il s'agissait d'un homme ou d'une femme, le 'ouvre cette putain de porte' était très clair. Et celui qui criait était furieux.

— Est-ce que tu attends quelqu'un ?

Parker secoua la tête avant de contourner Ivan pour aller ouvrir la porte. Ivan lui saisit le bras.

— Attends. Qui que ce soit, il a l'air plutôt en colère.

— Je ne peux pas. Je ne devrais pas l'ignorer, si ?

Sur quelle planète vivait ce gamin ? Quand on commençait à mettre pied dans le trafic de drogue, des gens en colère étaient souvent accompagnés d'armes à feu ou de couteaux. Parker était prêt à ouvrir la porte comme s'il y avait des Témoins de Jéhovah de l'autre côté, voulant discuter du salut de son âme. Pourtant, ni lui ni Parker n'avait d'arme d'aucune sorte.

— Ils vont probablement abandonner et s'en aller.

À moins qu'ils ne décident de revenir et de tirer sur les fenêtres.

La porte s'ébranla à nouveau.

— Ivan Bekker, espèce d'enfoiré. Sors ton cul de là.

Parker leva un sourcil.

— On dirait que c'est pour toi.

Ouais, mais c'était quelqu'un qui utilisait son vrai nom. Il donnerait n'importe quoi, là maintenant, pour avoir le poids rassurant de son Glock sur lui.

— Reste ici.

C'était la seule protection qu'il pouvait offrir, mais Parker ignora ses instructions tandis qu'il se déplaçait pour se poster derrière lui.

Ivan tira sur la poignée de porte, mais comme d'habitude, elle ne bougea pas. Il dut tirer dessus d'un coup sec pour ouvrir la porte gonflée d'humidité en grand, le laissant complètement à découvert et vulnérable face à …

— Trish ?

Il aurait dû reconnaître sa voix tout de suite, mais il ne s'était pas attendu à la voir. Pas ici.

— Qu'est-ce que tu fous ici, Ivan ? Où diable étais-tu passé ? Et, bon sang qui est-ce ?

Trish le poignarda de son doigt sur l'épaule.

— Calme-toi.

Sa partenaire était vraiment en pétard, et une sensation de malaise s'accrocha à son estomac. Comment l'avait-elle trouvé ? Avait-il eu tort de croire qu'elle n'avait rien à voir avec la taupe du département ?

— Ne t'avise pas de me dire de me calmer. Tu ne peux pas disparaître comme ça, sans...

Ivan la repoussa avec son corps et ferma la porte derrière lui. Elle allait faire sauter sa couverture – si sa présence signifiait que ce n'était pas déjà fait. Mais il ne put voir aucune une trace de duperie ou d'intention meurtrière dans ses yeux. Ses tripes lui disaient de lui faire confiance, et sa tête lui disait qu'il n'avait pas d'autre choix.

— Je ne vais pas discuter de ça avec toi ici. Pas avant que tu te sois calmée.

Ivan parla d'une voix forte et colérique, mais quand Trish fut sur le point d'exploser, il posa un doigt sur ses lèvres, dans l'espoir de la faire taire avant qu'elle ne le morde ou ne dise quoi que ce soit de plus compromettant.

— Joue le jeu. Je suis Ivan Baker. Tu es mon ex-femme, lui murmura-t-il.

Les yeux de Trish s'élargirent, son regard volant vers la porte derrière lui pour se reposer ensuite sur lui.

— Divorce à l'amiable ? murmura-t-elle en retour.

Ivan grogna.

— On n'aurait pas dit ça il y a une minute. Et non, tu m'as complètement plumé.

Un sourire diabolique éclaira son visage.

— C'est bon ça.

— Viens.

Ivan l'attrapa par le bras et l'entraîna vers le trottoir.

— Fais semblant d'être en colère et fais-moi une scène en agitant les bras, mais parle plus bas, d'accord ?

Trish se composa un visage, se glissant parfaitement dans son rôle.

— Je suis furieuse contre toi. Qu'est-ce que tu fous, être signalé absent sans permission alors que tu es sous le coup d'une enquête ? Tu n'es certainement pas déjà en train de te l'astiquer avec ce mec, si ?

Secouant son doigt devant son visage, Ivan répondit.

— Je ne suis pas signalé absent sans permission. Sarge sait où je suis. Et je ne suis pas en train de me le faire. Je suis son colocataire. Mais plus sérieusement, tu ne peux en parler à personne.

— Ton téléphone est éteint, et tu ne vis pas chez toi.

La voix de Trish s'éleva, et Ivan la fit taire d'un 'chut'.

— Je fais juste semblant. Je suis sous couverture.

— C'est quoi ce bordel ? Bekker…

Ivan se racla la gorge et regarda autour de lui.

— Désolée, désolée. Mais tu es en congé administratif le temps d'une enquête. Pourquoi as-tu ressuscité Ivan Baker ?

Ses mains se déplacèrent à ses hanches, la faisant totalement ressembler à une mère en train de réprimander son adolescent récalcitrant.

Ivan haussa les épaules.

— Je n'ai pas eu le choix. C'est une longue histoire, et je ne peux pas te la raconter maintenant.

— Rejoins-moi pour un café ? Ou un dîner ? Je suis inquiète pour toi. Ça pourrait te faire suspendre ou même virer.

À cet instant, il n'était pas sûr de savoir si l'un ou l'autre était une mauvaise chose. Seulement, il ne voulait pas que Parker ou lui se fasse tuer dans l'intervalle.

— Vas-y, maintenant. Je t'appelle quand je peux.

— Tu ferais mieux. Ou Trish *Baker* reviendra, et elle causera plus de boucan.

Elle poussa son corps agressivement contre le sien et saisit son entrejambe. Avec un jappement, il bondit en arrière.

— Bordel, c'était pour quoi ça ?

Un autre sourire démoniaque tordit ses lèvres.

— Peu importe celui qui part ou pourquoi, on doit leur rappeler ce qu'ils perdent. En plus, c'est bon pour ton mec là-dedans.

Ivan suivit sa légère inclinaison de tête pour voir le rideau de la fenêtre de l'entrée remuer. À défaut d'autre chose, cela cimenterait son histoire de couverture. Avec un peu de chance.

— Au fait, comment m'as-tu trouvé ?

— Je pense que tu vas devoir trouver un moyen pour qu'on se voie si tu veux le savoir.

Ivan la dévisagea. Sa légèreté était-elle réelle ? Ou une façon de le mettre en confiance ?

— Oh, pour l'amour de Dieu. Je t'ai suivi de chez ton psy. Et ce n'était pas facile, espèce de connard sournois.

Si quelqu'un pouvait le suivre, ce serait Trish. C'était elle la sournoise de leur paire, et il ne l'avait pas du tout repérée. Il devrait être sur ses gardes, bien que ses instincts lui disaient qu'elle était juste inquiète pour lui.

— Sauve-toi avant que quelqu'un d'autre ne te voie, ou ne relève tes plaques.

— J'y vais, mais sérieusement. Sois prudent.

— Ça ira. Comment va Kurt ?

Il s'inquiétait de laisser savoir combien il se souciait de Kurt et que cela puisse l'entraîner dans tout ce pétrin s'ils pensaient qu'il était un moyen de pression. Kurt devait se concentrer sur sa guérison, et surtout de ne pas se faire aspirer dans cette sale affaire.

— Stable. Il va bien.

Il poussa un soupir de soulagement. Même si Trish était impliquée, elle ne pouvait certainement pas se méfier de lui, demandant des nouvelles d'un collègue inspecteur.

Trish donna une légère pression sur son avant-bras avant de grimper dans sa petite Mazda et de s'en aller. Toute cette opération aurait pu s'écrouler autour de lui si elle avait amené avec elle une voiture de police pour le réprimander. C'était encore possible si les sous-fifres de Razhin surveillaient les lieux et décidaient de lancer une recherche sur ses plaques d'immatriculation, mais il n'avait rien vu qui prouvait une quelconque surveillance. Pour l'instant.

Laissant ses épaules s'affaisser, il se traîna vers la maison. Parker était remarquablement absent du rez-de-chaussée, ce qui était dommage. S'occuper de Trish avait défait tout le bien que le massage lui avait procuré, et Ivan aurait été plus que ravi que Parker reprenne là où il s'était arrêté. Ils avaient été interrompus juste à temps, cependant, parce que dix secondes plus tard et Ivan aurait su à quel point les lèvres de Parker s'adaptaient bien aux siennes, et il soupçonnait qu'elles pourraient s'adapter mieux qu'avec n'importe qui d'autre qu'il avait rencontré.

QUAND IL entendit le gazouillement non familier d'un téléphone qui sonnait, Ivan rejeta ses couvertures, le cœur battant à tout rompre et regarda autour de la pièce en essayant de trouver ses repères. Dès qu'il identifia son environnement comme étant sa chambre chez Parker, il prit une profonde inspiration et essaya de localiser la source du bruit. Il tira le téléphone de sa poche de pantalon, mais ne réussit pas à prendre l'appel avant qu'il ne s'arrête de sonner. Pianotant sur quelques touches, il changea la sonnerie pour en programmer une qui, non seulement lui permettrait de la reconnaître, mais qui ne ressemblait pas au bruit d'un réveil matin à l'agonie. Il n'avait pas reconnu le numéro de téléphone, mais seule une personne pouvait l'appeler sur ce portable.

Il se frotta les yeux, puis regarda l'heure à nouveau. Comment avait-il pu dormir jusqu'à onze heures ? Pour changer, ses cauchemars n'avaient pas perturbé son sommeil. Se levant, il jeta le téléphone sur le lit et s'étira. L'appel téléphonique était un rappel désagréable qu'il était là pour faire son boulot, pas pour traîner à regarder des films avec Parker et à se faire masser, même s'il en avait tiré plus de contentement en faisant cela qu'il n'en avait ressenti depuis longtemps.

Après un rapide contrôle mental du planning que Parker avait laissé à son attention, il se souvint que, normalement il devrait être seul jusqu'à environ quinze heures. Largement assez de temps pour petit-déjeuner et effectuer une fouille correcte de la chambre de Parker, et peut-être de quelques autres pièces de la maison. Une fois qu'il en saurait plus, se serait davantage familiarisé avec l'emploi du temps de Parker, il aurait peut-être à le filer. Il ne savait pas quand Parker rencontrait ses fournisseurs, mais il le devrait à un moment ou à un autre. Être étudiant était, en fait, une couverture parfaite, même s'il s'était attendu à un peu plus d'activité sous forme 'd'amis' ne faisant que passer. Assez longtemps pour échanger de l'argent contre de la marchandise, peut-être certains d'entre eux restants pour converser d'un ton léger un peu plus longtemps, pensant qu'ils étaient réellement amis avec leur dealer, ou dans une tentative malavisée de draguer Parker. En fait, pour un mec aussi attirant, Ivan était étonné qu'il ait pu se débrouiller pour avoir autant de temps libre.

Il s'empara d'un jean, mais ne s'embêta pas à enfiler un tee-shirt et descendit pieds nus. Les marches grinçantes lui étaient déjà devenues familières. Saisissant une pomme à croquer, il jeta un œil dans le frigo. Cela valait-il le coup de préparer un petit-déjeuner élaboré ? Il pourrait faire à dîner un peu plus tôt pour eux d'eux ; il y avait pleins de bonnes choses pour faire une poêlée toute simple.

Toussant alors qu'il s'étouffait presque avec un morceau de pomme, Ivan se redressa et claqua la porte du réfrigérateur. Il n'arrêtait pas de se laisser bercer par l'idée que ceci était une sorte de rendez-vous longue durée, voire une relation. Ils ne vivaient pas vraiment ensemble ; Parker avait un petit ami, et vraisemblablement un engagement prolongé avec la prison.

Un étrange sentiment de lucidité l'envahit, et il s'assit lourdement à la table de la cuisine. Merde ! Il avait vu quelques-unes des retombées sur un jeune gamin – membre d'un gang depuis longtemps et seulement quelques années plus jeune que Parker – qui avait été impliqué dans une stupide guerre de territoire et avait fini en prison. Le mec avait été une sucrerie pour les détenus affamés depuis des années. Parker aurait le même effet d'attraction, et à moins qu'il ne possède des capacités de combats de rue qu'il avait jusqu'ici bien cachées à Ivan, il serait encore moins apte à survivre en prison.

Une chose à la fois. Il devait savoir qui il avait en face de lui. Et cela signifiait trouver tout ce qu'il pouvait à propos des opérations de Parker en évitant aussi longtemps que possible de faire un rapport complet à Martelli. Ivan était ici tout seul, et par Dieu, il allait faire plein usage de cette autonomie. Après tout, juste parce que Martelli avait reçu un tuyau et que Parker avait fumé avec Neil ne voulait pas dire qu'il allait fricoter avec Razhin. Bien des tuyaux s'étaient révélés faux par le passé.

Même s'il avait l'intention de travailler avec Razhin, certainement que Parker, avec son cœur tendre, ses manières prévenantes et à qui sa défunte mère manquait toujours, pouvait être dirigé dans une direction qui ne le conduirait pas tout droit en prison.

Il jeta le trognon de sa pomme dans la poubelle et se lava les mains avant de se diriger vers l'escalier grinçant. Le silence fut sa seule réponse au coup qu'il donna sur la porte de chambre de Parker. Prenant une profonde inspiration, il l'ouvrit.

Les doubles fenêtres étaient toutes deux ouvertes de quelques centimètres, faisant flotter les rideaux dans la chaude brise d'été. L'air frais était agréable, mais Ivan ne put s'empêcher de traverser la pièce pour regarder au travers, évaluant la possibilité pour un cambrioleur d'entrer dans la maison par cet accès totalement non protégé. Non pas que les serrures seraient d'un quelconque effet dissuasif pour un cambrioleur déterminé, mais les fenêtres ouvertes étaient une tentation alléchante quand la maison pouvait résister d'une quelconque manière.

Le toit incliné du porche se tenait sous son nez avec bienveillance. Il ne serait pas difficile de l'escalader et d'entrer par la fenêtre, si ce n'était pour deux facteurs : le toit avait clairement besoin de réparations – le reste de la toiture était-il dans le même état de délabrement ? Si c'était le cas, Parker devrait sans doute en être averti – et, alors qu'un arbre fournissait une ombre partielle, il y avait quelques branches qui masquaient le champ de vision de chaque fenêtre depuis la rue. La probabilité d'être observé serait le moyen de dissuasion le plus efficace. En outre, il serait difficile d'aborder le sujet avec Parker. *Oh, en passant, j'étais dans ta chambre, et ce n'est pas très prudent de laisser tes fenêtres ouvertes...*

Ouais, cela ne se passerait pas bien du tout. Ça pourrait même lui valoir le prix du pire colocataire qui soit, s'il ne se faisait pas botter le cul et mettre à la porte.

Une autre brise s'engouffra dans la pièce, portant avec elle un aperçu de la chaleur de midi. Peut-être que Parker ne laissait la fenêtre ouverte qu'occasionnellement, les jours où il n'était pas supposé faire une chaleur torride. Sinon, cette pièce devait devenir étouffante, surtout quand il n'y avait pas d'ombre ni de courant d'air avec la porte fermée. Sa propre chambre avait l'avantage d'avoir plusieurs arbres de grande envergure dans le petit jardin devant sa fenêtre pour l'empêcher de devenir trop chaude sous le soleil. Mais bon, la chambre de Parker ne recevait la lumière directe du soleil qu'en début de matinée.

Il se retourna vers la chambre et se dirigea directement vers le lit avec ses draps défaits. Effleurant l'oreiller froissé d'une main légère, il crut un instant pouvoir encore sentir Parker dans les draps. Sans l'interruption à temps et pourtant inopportune de Trish, il aurait pu se réveiller dans ces mêmes draps. Le matelas était ferme, avec un plateau-coussin. Fort semblable à celui que lui et Colin avaient envisagé d'acheter avant qu'ils se séparent. Maintenant, Ivan était heureux qu'ils n'aient pas dépensé l'argent, mais c'était un achat inhabituel pour un étudiant universitaire.

Caresser les fichus draps de Parker n'était pas ce pour quoi il était ici, et il s'obligea à arracher sa main alors qu'il s'agenouillait. Il enfonça une main entre le matelas et le sommier. Pas la cachette la plus inventive, mais pratique pour un nombre surprenant de criminels manquant de prévoyance.

Ivan fit le tour du lit, mais ne trouva rien à part les étiquettes du matelas. Deux paires de chaussures et un pull à capuche avaient élus domicile sous le lit, avec assez de moutons de poussière pour le soulager de la suspicion que Parker puisse avoir une sorte de trouble obsessionnel compulsif du nettoyage. Probablement que garder les choses propres et rangées, en particulier dans la cuisine et la salle de bain, avaient été une habitude nécessaire quand il s'occupait de sa mère, une habitude dont il ne s'était pas débarrassé après sa mort. Pour laquelle Ivan lui était reconnaissant. Son propre dortoir quand il était étudiant avait été une porcherie, et il avait enduré assez de conditions sordides pendant ses missions sous couverture pour apprécier que la maison de Parker soit plus agréable que d'être chez lui. En dehors de tout ce truc de 'peut-être devoir l'arrêter'.

Ivan secoua la tête. Trop tôt pour s'en faire à ce sujet. Il n'avait rien trouvé qui vaille la peine d'ouvrir une enquête ou de requérir un mandat ni quoi que ce soit d'autre. Si une part de lui espérait qu'il ne trouve rien, alors quoi ?

S'asseyant sur le lit, il réfléchit à l'endroit où il devrait chercher ensuite. Il ne voulait pas perdre de temps à se décarcasser à chercher dans les cartons si ce n'était pas nécessaire. Les gens ne cachaient pas une merde de cette importance dans des cartons à moins de le vouloir, et Parker n'avait pas à le faire.

Table de chevet, placard ou commode. Il devrait tous les fouiller de toute façon. Il évita l'intimité de la table de chevet en faveur de la commode et fouilla soigneusement dans chaque tiroir, à la recherche de tout ce qui pourrait être lié au trafic de drogue. Merde, un joint ou deux n'étaient même plus illégaux de nos jours. Aussi fort qu'il ait voulu débouler dans la chambre de Parker pour l'empêcher de se défoncer l'autre soir, il n'avait aucun argument à avancer. Un peu d'herbe pour un usage personnel n'était pas un problème, mais Martelli croyait qu'il y avait beaucoup plus qui transitait entre les mains de Parker. Après avoir vérifié le contenu de chaque tiroir, il les retira de la commode et vérifia si quelque chose pouvait être collé sur le dessous ou à l'intérieur de la structure.

À part de la poussière et quelques sous-vêtements légers – fourrés bien au fond du tiroir avec les étiquettes toujours accrochées dessus – Ivan ne trouva absolument rien. Les strings attisèrent son imagination plus longtemps qu'il ne voulut bien l'admettre. Il n'avait jamais été un fan de strings, mais il était étrangement heureux que Parker n'ait pas jugé bon de jouer les mannequins pour Neil.

Il se redressa et s'étira, laissant craquer ses vertèbres. Ayant déjà décidé de laisser l'inspection des cartons pour une autre fois – en supposant que cela devienne nécessaire de les fouiller – il jeta un œil à sa montre. Encore deux heures au moins. Il pouvait éliminer la table de nuit de ses recherches, et il aurait encore le temps de s'occuper du placard.

Commencer avec le second tiroir fut une erreur, et Ivan le referma presque aussitôt après l'avoir ouvert. Sex-toys. Pas beaucoup, considérant que Parker pouvait clairement se permettre davantage s'il le voulait.

Mais bon, et si ces deux jouets étaient les favoris de Parker ? Pour ce qu'Ivan en savait, l'un des cartons pouvait contenir une pléthore de jouets moins capables de donner du plaisir à Parker que les deux dans le tiroir. Ivan se secoua. Peu importait cette histoire de sex-toys, le plus important était le petit ami en chair et en os et penser à Parker avec des sex-toys était infiniment plus facile et plus excitant que de l'imaginer avec Neil.

Se préparant pour une autre surprise, peut-être plus perverse, Ivan ouvrit le tiroir du haut. Il cligna des yeux. Qu'est-ce que c'était que ça ? Toute personne ayant besoin d'un jouet impliquant des tuyaux à vide et une prise électrique était bien plus perverse que lui. Avec précaution, il sortit un des tubes pour s'assurer que rien n'était caché au fond du tiroir. Un masque, comme celui d'un pilote de chasse, était attaché au bout. Ce qui ne rendait pas son utilisation plus compréhensible, mais au moins l'extrémité du corps pour laquelle cet appareil était conçu devint plus évidente.

Le grincement explosif de la porte d'entrée gonflée d'humidité propulsa Ivan de sa position assise sur le lit. Il fourra l'appareil dans le tiroir et le referma aussi vite qu'il le put sans le claquer. Il n'avait pas perdu deux heures à faire ça, impossible. Parker devait être là plus tôt pour une raison quelconque. Ivan se glissa hors de la chambre et referma la porte au moment où le premier craquement provenant des marches annonçait son ascension. Se cacher dans sa chambre serait la meilleure option, mais si Parker était revenu à la maison parce qu'il ne se sentait pas bien ? Il aurait besoin de le savoir parce que cela modifierait ses plans pour le dîner.

À la place, il se glissa dans la salle de bain et tourna rapidement le robinet pour se mouiller les mains. Il les sécha sur la serviette de toilette et sortit de la pièce. Rien de plus anodin que d'utiliser les toilettes.

— Neil ?

Ivan trébucha presque sous le choc. Neil était la dernière personne qu'il s'attendait à voir en haut des escaliers, et pourtant, cela n'aurait pas dû être une telle surprise.

— Où est Parker ?

Neil le regarda comme s'il avait perdu la tête, mais était-ce vraiment une question bête ? Il n'avait pas eu l'impression que Neil vivait ici, de même qu'il ne lui semblait pas qu'il ait une clé. Et même si c'était le cas, étaient-ils tous les deux réellement à un point de leur relation où Neil pouvait s'inviter pendant que Parker n'était pas chez lui ? Si oui, ils étaient probablement sur le point de rendre tout cela officiel. Ivan fronça les sourcils. Il ne devrait vraiment pas se prendre la tête avec la vie sociale de Parker.

— Je ne sais pas. En cours ou ailleurs.

Il frôla Ivan en le dépassant et tendit la main vers la poignée de la porte de la chambre de Parker.

— Est-ce que Parker sait que tu es ici ?

Neil fit un pas en arrière, un air menaçant sur le visage.

— Sais pas. Est-ce qu'il sait que *tu* es là ? N'es-tu pas supposé être en train de bosser ? Tu as un loyer à payer, tu te souviens ?

Le venin dans la voix de Neil le surprit, et il dut prendre un moment pour trouver une réponse adéquate. Parce que oui, que faisait-il à la maison à cette heure ? Stupide faux boulot dans les assurances. Il aurait dû choisir un job qui le faisait bosser chez lui... Minute.

— J'ai pu travailler à la maison aujourd'hui.

Le grognement en réponse était teinté d'incrédulité.

— Peu importe. Si je découvre que tu mens à propos de ton job et que tu gruges Parker sur le loyer, tu seras foutu dehors plus vite que ta femme t'a éjecté. Il n'a pas besoin d'un locataire, et je lui ai dit dès le début.

— Je ne mens pas.

Il ne pouvait pas se permettre que l'un ou l'autre regarde de plus près son passé falsifié. Pas s'il espérait éviter d'attirer l'attention des sbires de Razhin.

— Je m'en moque. J'ai tout autant le droit d'être ici que toi.

Neil leva la main vers la porte, mais celle d'Ivan lui saisit l'avant-bras sans qu'il en soit conscient.

— Vraiment ? Donc, je n'ai aucune considération en tant que locataire payant un loyer ? Tu peux juste débarquer ici quand ça te chante, sans prévenir ?

— Pourquoi ? Qu'est-ce que tu as à cacher ? Outre le fait de vouloir le cul de Parker.

Le rire moqueur de Neil trancha dans le vif, et le visage d'Ivan s'échauffa. Il n'avait rencontré Neil qu'une seule fois auparavant. Comment avait-il su ?

— Non ! Bien sûr que non !

Neil poursuivit comme si Ivan n'avait pas parlé.

— Peur que je débarque alors que tu essayes de mettre la main sur mon mec ? Bonne putain de chance. Tu es bien trop vieux pour lui.

Le rougissement d'Ivan s'intensifia. Il le savait, mais cela ne l'avait pas empêché de vouloir Parker. Ni même l'existence du petit ami de Parker, qui avait toutes les raisons d'être furax.

— Je ne sais pas si tu croyais qu'emménager ici te donnerait l'opportunité de mettre la main sur des queues plus jeunes, ou si tu pensais que Parker serait assez naïf pour s'abandonner à ton cul reconverti, mais crois-moi, ça ne marchera pas. Tu devras aller te trouver une proie ailleurs.

Neil ouvrit la porte de Parker et la claqua au visage d'Ivan avant que ce dernier ait pu complètement réaliser qu'il pensait que son emménagement était une sorte de stratagème tordu pour obtenir des faveurs sexuelles d'un jeune homme sans méfiance. Le verrou tourna, et tous les autres sons furent atténués par de la musique tonitruante s'échappant de la station d'accueil qu'Ivan avait remarquée un peu plus tôt.

Ivan se glissa de nouveau dans sa propre chambre. Fermer la porte ne coupa pas le battement sourd et persistant s'infiltrant sous chaque porte. Cela n'atténua pas non plus son inquiétude. L'attitude insolente de Neil était inattendue, mais sa propre réaction troublée l'avait été plus encore. Il n'avait aucune idée de ce qu'il devait penser ou faire. Défoncer la porte de Parker et jeter Neil dehors – son premier instinct à chaque fois qu'il était dans les environs – endommagerait irrémédiablement la connexion naissante qu'il construisait avec Parker.

À bien des égards, il ne pouvait même pas blâmer l'hostilité de Neil. Ivan voulait vraiment coucher avec Parker, et celui-ci était le petit ami de Neil. Ivan essaya d'imaginer comment il se sentirait si son propre compagnon avait un colocataire qui voulait lui mettre le grappin dessus. 'Pas heureux' fut la réponse, et il ne voudrait pas non plus être ami avec le gars qui bavait sur son mec.

Le problème était que, chaque jour, cela devenait de plus en plus difficile de ne pas toucher Parker, de s'empêcher de se laisser s'installer dans une relation imaginaire. Il ne s'était jamais senti aussi bien et en sécurité avec quelqu'un d'autre. Peu importait ce qui arrivait à l'extérieur de chez Parker, l'intérieur ressemblait à un temps mort dans sa vie de folie. Il avait un travail à faire, et Parker risquait d'aller en prison à la fin de celui-ci, mais plus longtemps il pouvait l'ignorer, mieux c'était. Peu importait à quel point Parker était doux à la maison, Ivan n'avait pas ce qu'il fallait en lui pour laisser un trafiquant de drogue s'en sortir comme ça. Ce n'était pas la première fois qu'il s'entendait bien avec un criminel pendant qu'il était infiltré, mais c'était le premier qu'il voulait dans sa vie... La vie d'Ivan Bekker, pas la fausse vie d'Ivan Baker.

Il s'était déjà imaginé présenter Parker à ses parents, à ses sœurs. Rick l'avait vu ; Trish aussi. Parker, malgré la différence d'âge, s'entendrait très bien avec ses amis et sa famille.

Merde ! Il devait sortir d'ici. Aller courir, faire des courses, n'importe quoi. Quelque chose pour garder son esprit loin de savoir que Neil traînait sur le matelas duveteux de Parker parce qu'il appartenait à ce lieu, parce que Parker le voulait là.

Parker avait corrompu son esprit, et cela l'effrayait complètement. Pendant un moment, il souhaita avoir quelqu'un à qui parler, mais il n'y avait personne. Même son nouveau thérapeute était hors de portée, et il forçait déjà sa chance en marchant sur un fil aussi tenu entre sa vie réelle et son rôle d'agent infiltré.

PARKER déboula en haut de l'escalier et fit irruption dans sa chambre.

— Oh, Neil, salut.

Son ami était étendu sur son lit comme si la chose lui appartenait. Chose amusante, Neil n'avait jamais passé la nuit dessus, même s'ils avaient couché ensemble dessus une fois ou deux. Sa mère, quelques mois avant sa mort, avait insisté pour que Parker ait un nouveau lit, un des meilleurs que l'argent pouvait acheter, parce qu'elle voulait s'assurer qu'il fasse tout ce qui était en son pouvoir pour avoir suffisamment de sommeil. Elle savait à quel point les derniers jours avant sa mort pouvaient être stressants, et le lit avait rendu ses nuits blanches au moins plus confortables.

— Salut. Je pensais que tu finissais tôt aujourd'hui. Qu'on aurait pu traîner.

— Non Aujourd'hui, c'était une de mes journées interminables. Pourquoi pas ce soir ?

Ça ne l'était pas, pas exactement, mais dire à Neil qu'il passait parfois vingt heures par semaine à faire du bénévolat au centre de réhabilitation pour ceux qui avaient subi des traumatismes physiques ne lui aurait valu qu'un roulement d'yeux et une gentille – ou peut-être pas si gentille – moquerie. Neil ne comprenait pas son envie de finir ses études et d'avoir une carrière. Il pensait qu'il devrait investir tout l'argent que sa mère lui avait laissé dans son projet de boîte de nuit. Non pas qu'il ne croyait pas au rêve de Neil, mais le fonds que sa mère avait monté ne fonctionnait pas de cette façon, et il ne disposait d'aucun moyen de rembourser un prêt hypothécaire. Peut-être que s'il louait sa maison de campagne de Muskoka, il aurait un revenu que les banques considèreraient comme acceptable, mais il ne voulait pas le faire. Comme il l'avait dit à Ivan au cours d'une de leurs conversations durant le week-end, il avait tellement de bons souvenirs de sa mère et de ses grands-parents dans cette maison, qu'il ne pouvait pas supporter l'idée de la vendre ou de la louer, mais il n'était pas prêt non plus à y retourner. Pas encore.

— Nan, peux pas. Des gens à voir, des affaires à gérer.

Les mots auraient pu être une critique passive-agressive destinée à provoquer la culpabilité de Parker pour ne pas lui remettre les fonds qui lui permettraient de démarrer sa boîte de nuit, mais il choisit de le prendre comme une preuve que Neil allait faire en sorte de s'organiser pour que ses rêves se réalisent par lui-même. Ce serait mieux de cette façon. Il tirerait plus de fierté dans l'accomplissement d'un tel projet tout seul, et Parker admirait la passion dont Neil faisait preuve.

— Où est Ivan ?

Si Ivan avait passé une bonne journée, il devrait probablement être déjà rentré de son travail.

— *Où est Ivan ?* Comment diable le saurais-je ?

Le ricanement contenu dans la voix de Neil indiqua à Parker qu'Ivan était devenu un nouveau sujet sur la liste des tabous de son ami.

Parker jeta son sac à dos dans un coin et ouvrit le placard, à la recherche de vêtements plus confortables.

— Je pensais juste qu'il serait rentré maintenant.

— Il était là quand je suis arrivé ici. Ce qui était louche parce qu'il était quelque chose comme... deux heures.

— Deux heures ?

Neil traînait dans sa chambre depuis deux heures de l'après-midi ?

— Qu'est-ce que tu as fait tout ce temps ?

Neil fit un geste négligent vers la station d'accueil.

— J'ai écouté quelques nouvelles chansons pour le club. Fumer un joint. Fais un petit somme. Tu vois, quoi…

C'était une sorte d'épiphanie. Neil avait fumé dans sa chambre, et il ne l'avait même pas remarqué. Neil venait-il souvent à la maison pour faire ça ? Assez souvent en tout cas pour que Parker soit maintenant immunisé contre l'odeur. Pathétique tout ça. Ivan devait penser qu'il était une sorte de drogué.

— Tu es sûr que tu ne veux pas rester ce soir ? Tu as mangé ?

— Je te l'ai dit, j'ai des gens à voir.

Mais il avait le temps de traîner tout ce temps tout seul chez lui ? Il ouvrit les rideaux en grand, laissant entrer un peu de l'éclatante lumière du soleil, et examina le lit à la recherche d'une trace de quelqu'un d'autre. Même si Parker avait clairement fait savoir à Neil la dernière fois que coucher ensemble dans son lit était une ligne qu'il ne franchirait plus à nouveau, son ami pouvait avoir amené un mec ici.

Neil sauta hors du lit, mais à part les plis causés par le fait d'avoir dormi dans ses vêtements, rien n'indiquait qu'il y ait eu des relations sexuelles d'une quelconque nature dans son lit. Si Parker n'en avait aucune ici, son meilleur ami ne pouvait pas non plus. Pas alors qu'il avait son propre appartement pour se taper ses coups d'un soir.

— Je dois y aller. Mais fais gaffe à toi. Je n'ai pas confiance en cet Ivan. Oh Seigneur ! Quoi encore ?

— Pourquoi ?

La lèvre de Neil se tordit, juste un peu.

— Il était à la maison quand je suis arrivé ici. Tu es sûr qu'il a un job et qu'il peut payer le loyer ?

— Je pensais que je n'avais pas besoin de l'argent du loyer.

Combien de fois Neil lui avait-il dit qu'il n'avait pas besoin d'argent quand il avait décidé de passer une annonce pour un colocataire ? La solitude était une raison stupide selon l'avis de son ami. S'ils étaient sortis ensemble, il aurait cru que Neil était jaloux, mais il n'avait jamais été du genre jaloux. Il était son meilleur et plus vieil ami et était resté avec lui durant quelques-uns des pires moments de sa vie. Il lui devait sa loyauté, et si cela signifiait passer outre ses excentricités, eh bien, c'était ce que faisaient les amis.

Neil prit une inspiration qui coupa court à une moquerie railleuse.

— Tu n'en as pas besoin. Mais depuis que ce vieux type est là, tu peux tout aussi bien profiter de l'argent du loyer.

Vieux type ? Neil avait-il *regardé* Ivan ? Bien sûr, il était plus âgé, mais tellement sexy que ça faisait presque mal de le regarder. Ivan était le genre de mecs sur lequel Parker bavait dans les magazines et les pornos, mais qu'il n'aurait jamais le courage d'approcher pour un rencard.

— Il ne devait pas se sentir bien ou être malade. Un truc dans le genre.

Ivan ne dormait pas bien. Plusieurs fois, Parker avait entendu des bruits provenant de sa chambre. Il avait pensé entrer pour voir si Ivan allait bien, mais cela ne semblait pas approprié, et il se calmait toujours avant que Parker n'ait pris une décision.

— Il a dit qu'il travaillait à la maison, mais je ne sais pas. Je ne fais pas confiance à ce mec. Je pense qu'il est ici pour ton cul. C'est peut-être un

91

harceleur et toi, qui voulais un colocataire, tu lui as permis de s'introduire exactement là où il voulait.

— Un harceleur ? Neil, c'est ridicule. Et il n'est pas là pour mon cul.

Oh, si seulement ! Parker lui offrirait sans une seconde d'hésitation si Ivan était intéressé.

— Je t'ai dit qu'il est hétéro. J'ai rencontré sa femme.

— Je me fous que tu rencontres le harem de ce type. Cet homme est gay et il veut se taper ton cul. Il a probablement passé la journée à renifler tes slips.

Une bouffée de chaleur envahit le visage de Parker et une lueur d'espoir s'alluma en lui. Plutôt malade de sa part qu'il trouve l'idée flatteuse et sexy. Ivan pouvait-il être gay ? Était-ce peut-être la raison pour laquelle il avait divorcé ?

— Tu es sûr que tu ne veux pas rester ? J'ai un film d'horreur qu'on pourrait regarder.

Il n'en avait pas, mais Neil détestait ce genre de film. Pour une raison quelconque, avoir en même temps Neil et Ivan dans la maison ensemble était comme de naviguer à travers un champ de mines. Il ne voulait pas passer la soirée à éviter les bombes de Neil et dévier ses commentaires acerbes et pas très subtils.

— Bon sang, Parker, va t'acheter du goût avec l'argent du loyer que le vieux te donne.

Il leva les yeux d'exaspération et ramassa son sac.

— À plus tard.

— Salut, Neil.

Parker se tint debout près de la fenêtre, et après quelques secondes, vit Neil marcher dans l'allée. Après qu'il eut disparu, il resta là, ne voulant pas admettre qu'il guettait le retour de son colocataire. Il devrait probablement étudier, mais il était complètement absorbé, et il ne se sentait pas l'envie de traîner dans sa chambre. Cela semblait un peu antisocial si Ivan devait rentrer à la maison. Il se changea rapidement pour enfiler un jean plus confortable et un tee-shirt plutôt usé et plein de trous et descendit regarder la télévision.

La porte d'entrée s'ouvrit avec fracas au moment où il mettait un pied au sol, et il sursauta. Sa première pensée – que Neil avait oublié quelque chose – fut immédiatement dissipée par l'homme blond en sueur et au visage rougi qui se tenait dans l'embrasure de la porte.

— Ivan.

Parker n'avait de souffle pour aucun autre mot. Le tee-shirt blanc collait aux muscles bien dessinés, presque transparent. Même cela ne pouvait se comparer aux shorts longs de survêtement qui avaient été lavés si souvent qu'ils en étaient presque aussi usés que le tee-shirt qu'Ivan portait. Il ne savait pas où il était allé, mais il avait l'air délicieux. L'humidité avait assombri ses cheveux blonds leur donnant une couleur de miel ambré et coiffés en épis désordonnés. Les cernes sous ses yeux attestaient de son épuisement.

— Oh. Parker. Salut. J'étais parti courir.

Courir. La chaleur et l'humidité de la journée avaient fait leur office – à moins que le mec ait trottiné tranquillement à travers la ville et soit revenu – parce que, quand Parker l'avait accompagné, Ivan avait été loin d'être aussi en sueur et épuisé. D'un autre côté, il y était peut-être allé doucement avec le novice qu'il était.

— J'aurais pu t'accompagner, si tu avais attendu.

Quelque part Ivan réussit à hausser un sourcil et contourna Parker pour attraper une bouteille d'eau dans le réfrigérateur. La rebuffade pouvait n'être rien de plus qu'une illustration de son état d'épuisement, mais Parker en ressentit un pincement à l'estomac. L'attitude d'Ivan le fit hésiter à essayer de savoir si Neil avait raison. Il avait eu sa juste part de rejets dans sa vie, et il n'était pas prêt à en faire l'expérience avec son nouveau colocataire.

Néanmoins, Parker le suivit dans la cuisine.

— Tu veux que je prépare quelque chose pour le dîner ?

Le regard sombre qu'il obtint en retour lui fit faire un pas en arrière. Peut-être qu'il avait demandé trop d'attention. Les colocataires passaient-ils normalement autant de temps ensemble ? Il savait que Chris et Thom étaient amis, mais Chris passait tout son temps avec Alicia.

Parker faillit s'excuser, mais il ne savait pas ce qu'il avait fait de mal, et Neil l'avait souvent envoyé promener par le passé pour être tout le temps en train de s'excuser. En plus, il n'avait plus faim du tout.

Quand Ivan pencha la tête en arrière pour finir la bouteille, Parker choisit la voie de la lâcheté en allant s'asseoir devant la télévision. Il s'était vite habitué à passer ses soirées avec Ivan. Cela ne faisait que quelques jours, mais c'était peut-être pour ça qu'il n'avait pas de petit ami. Il demandait trop de leur temps et d'attention de leur part.

Il changea de chaîne, mais ne put se concentrer sur l'émission qu'il regardait.

— Où est Neil ?

Ivan s'appuya contre le chambranle de la porte, un peu moins rouge qu'avant, mais toujours aussi humide et délicieux qu'il l'avait été quelques instants plus tôt.

— Parti. Pourquoi ? répondit Parker d'un ton acerbe.

Il ne voulait pas mettre l'accent sur leur différence d'âge, parce qu'il voulait qu'Ivan le regarde comme un homme... En supposant qu'il soit, comme Neil le soupçonnait, gay. Le ton mordant et maussade n'aidait probablement son cas en aucune manière.

Le regard courroucé sur le visage d'Ivan s'atténua, et comme le reste de son corps se détendait, Parker prit conscience de l'état de tension et de rigidité dans lequel il s'était tenu depuis qu'il était rentré à la maison.

— Sans raison. Je pensais juste à quitter les lieux, je ne voulais pas empiéter sur votre temps ensemble.

Empiéter sur leur temps ensemble ? Façon plutôt étrange de dire les choses, mais le sentiment était agréable. Même si Parker voulait passer du temps avec Ivan bien plus qu'avec Neil. Son ami ne semblait jamais se soucier de ce que Parker voulait faire.

— Il doit travailler ce soir. Nous pourrions regarder un autre film.

Parker regardait peut-être trop de films, mais il adorait ça, et il n'aimait pas beaucoup les endroits où Neil l'emmenait, quand il prenait la peine de l'inviter, bien sûr. Il devrait probablement accepter l'une des nombreuses propositions d'Alicia de sortir. En fait, oui, il le ferait. La prochaine fois qu'elle l'inviterait, il irait, quoi qu'il arrive. Sa soudaine conviction le fit sourire. Pendant un moment, avant qu'Ivan ne lui sourie en retour, son expression fut complètement indéchiffrable.

— Et tes cours ? Je ne veux pas te tenir éloigner de tes études.

— Nan. Je suis complètement à jour.

— Que dirais-tu de quelque chose de différent ?

Différent ? Le ventre de Parker papillonna alors qu'il imaginait les différentes choses qu'ils pourraient faire, surtout s'ils commençaient avec un massage comme l'autre soir. Toucher Ivan lui donnait tant de plaisir, même si son colocataire ne voulait pas le toucher en retour.

— Bien sûr. À quoi pensais-tu ?

S'il vous plaît que ce soit à s'embrasser ou au sexe ou...

— Est-ce que tu joues aux cartes ?

Fronçant les sourcils, il fixa Ivan pendant un moment, essayant de comprendre où le mot 'cartes' pouvait bien s'insérer avec 'toucher Ivan', avant de traiter la question.

94

— J'avais l'habitude de jouer à cribbage[6] avec ma mère, et Neil a essayé de m'apprendre le poker, mais je n'arrive pas à comprendre la stratégie qu'il y a derrière ce jeu.

— Je pense me souvenir comment fonctionne cribbage, donc nous pouvons y jouer, mais tu n'as pas besoin de connaître la stratégie du poker pour y prendre plaisir.

Le coton étouffa ses derniers mots alors qu'Ivan tirait sur le bord de son tee-shirt pour s'essuyer le visage. La vaste étendue d'abdominaux ciselés et parsemés d'une traînée d'or flou menant à sa ceinture de pantalon, hypnotisa Parker.

Le tee-shirt retomba, ramenant les circuits de logique de Parker à peu près à la normale.

— Mais, Neil dit…

Ivan grogna et leva les yeux.

— La stratégie est importante seulement si tu joues à ce jeu pour de l'argent, au casino ; faire capoter la stratégie de joueurs sérieux en faisant jouer des néophytes peut bien les faire chier. Là, je ne fais que parler du style de poker habituel des mecs en soirée. La plupart du temps c'est pour le plaisir, même si parfois tu peux engager un billet de vingt dans la partie. Merde, j'ai souvent participé à des parties où les gars devaient avoir une antisèche sur laquelle était notée quelle main était la meilleure.

Ça sonnait bien mieux que la façon d'apprendre style sergent major de Neil, comme s'il essayait de préparer Parker pour un tournoi de poker à mort. Au moins il se souvenait qu'une main pleine battait un flush.

— D'accord, ça m'a l'air amusant.

Amusant. L'ingrédient manquant essentiel quand il jouait aux cartes avec Neil.

— Nous pouvons commencer avec cribbage, si tu veux.

— Et pour le dîner ?

Cette fois, Ivan sourit largement et tout son visage s'éclaira.

— Il n'y a pas de dîner correct les nuits de poker. Nous n'avons pas le temps de faire du chili et j'ai bien trop chaud de toute façon, mais nous avons des légumes, des bâtonnets et du fromage. Ce sera suffisant.

---

[6] Le **Crib** – également nommé *Cribbage* ou *121* - est l'un des jeux de cartes les plus populaires du monde anglophone. Il se joue avec 52 cartes normales où les cartes de 2 à 10 valent leur valeur nominale, les as 1 et les valets, dames et rois 10. L'objectif est d'être le premier à atteindre 121 points ou plus accumulés en plusieurs donnes.

Le sourire était contagieux et suscita l'excitation dans le ventre de Parker, ainsi qu'une minuscule pointe de déception puisqu'il n'y aurait aucune excuse pour le toucher accidentellement, comme cela aurait été le cas s'il avait donné à Ivan un autre massage ou s'il l'avait convaincu de s'asseoir sur le canapé à côté de lui.

— Tu veux bien commencer à préparer les encas pendant que je me douche ?

Ivan tourna les talons et monta bruyamment les marches après que Parker eut hoché la tête. Il dut s'agripper au bord du comptoir pour se stabiliser alors qu'un flot d'images le frappaient – Ivan, mouillé, plein de savon et glissant, se touchant, se frottant. La vapeur faisant des volutes vers le plafond, la condensation rendant les coins du miroir et de la fenêtre troubles.

Parker pouvait s'imaginer se glisser à l'intérieur de la salle de bain et regarder les mouvements déformés d'Ivan à travers le rideau de douche transparent. Il se rincerait en fermant les yeux et en levant la tête vers le pommeau de douche, un sourire heureux sur le visage. Ensuite, il appuierait un bras contre le carrelage tandis qu'il saisirait son sexe dur de son autre main et…

L'eau s'arrêta de couler, coupant court au fantasme de Parker avant que les détails ne l'excitent davantage.

Le désir alluma un battement impatient dans son bas-ventre, et il chercha désespérément un peu d'air dans l'espoir d'apaiser le feu qu'il ressentait avant qu'Ivan redescende. La dernière chose dont il avait besoin était de l'accueillir avec une érection massive. Il était peu probable qu'Ivan le prenne comme un compliment.

Au moment où les pas de son colocataire se firent entendre dans la cuisine, Parker avait presque fini de préparer leur collation, mais une légère érection persistait. Il se rajusta subrepticement avant de faire face à Ivan, espérant que son érection n'était pas trop évidente.

— Est-ce que tu veux une bière ?

— Non. Juste de l'eau. J'ai couru assez loin pour que mes jambes ressemblent à du caoutchouc, et j'ai besoin de me réhydrater. Mais prends-en une, si tu veux.

Ivan agita un jeu de cartes vers lui et posa le paquet sur la table avant d'attraper deux bols posés sur le comptoir.

— Nous utilisons tes cartes ? demanda Parker.

Parker les reconnut pour les avoir aperçues lors de sa petite incursion dans la chambre d'Ivan. Il plaça le dernier plat de leur collation sur la table.

— Est-ce que c'est important ?

Parker s'assura que son visage était correctement solennel.

— Eh bien, elles pourraient être marquées. Je ne saurais pas faire la différence.

Les yeux d'Ivan s'agrandirent avant qu'il se mette à rire.

— Non, je te l'ai dit, c'est pour le plaisir. Les cartes marquées, c'est pour les affaires.

Il lui adressa un clin d'œil, et Parker rit aussi.

— Parce que je suis un gentleman, et que tu peux être sûr que je ne triche pas, je vais te laisser battre les cartes en premier.

Parker leva les yeux avant de saisir le paquet de cartes et de les mélanger.

— Je dois t'avertir, je suis plutôt bon à cribbage.

— Et alors ? Je vais te faire mordre la poussière au poker.

Avec un large sourire, Parker distribua les cartes.

VI

'JE VAIS travailler maintenant. Je devrais être à la maison à temps pour le dîner.'

Ivan ignora le pincement de déjà vu que ces mots lui causèrent. Il avait souvent dit la même chose à Colin, et il soupçonnait que de tels mots n'étaient pas communs pour des colocataires. En fait, il savait qu'ils ne l'étaient pas, mais quelque part, Parker et lui étaient tombés dans une relation plus proche qu'il n'en avait eue avec aucun colocataire. N'en ayant jamais eu auparavant, Parker ne réalisait probablement pas à quel point c'était inhabituel, mais Ivan ne s'en préoccupait pas. Il n'était pas prêt à abandonner le réconfort que Parker lui apportait. Pas encore. Pas avant qu'il n'ait de preuve concrète de quoi que ce soit. Une couverture pouvait durer des mois, même s'il serait surpris que Martelli soit capable de le couvrir pendant si longtemps. Il avait besoin d'en finir avec ça rapidement pour son patron... Mais aussi le plus lentement possible pour Parker.

Ne voulant pas risquer de se faire prendre dans la maison deux jours d'affilée par un Neil jaloux et suspicieux, Ivan était en train de mettre en œuvre l'autre partie de son plan. Une bonne chose dans le fait d'aller courir était qu'il avait repéré quelques endroits d'où il pourrait observer la maison s'il en avait besoin. Il se dirigeait vers l'un d'eux maintenant, parce que Parker devait bientôt sortir pour aller en cours. Il l'avait suffisamment observé pour savoir que Parker se rendait toujours sur le campus en marchant, et Ivan aurait à le suivre, probablement pendant plusieurs jours, pour s'assurer qu'il se rendait bien là où il disait aller, aussi bien que pour observer les gens avec lesquels il interagissait.

Au besoin, il prendrait des photos avec son téléphone. La prochaine fois qu'il irait à son rendez-vous de thérapie, où durant sa prochaine entrevue avec l'UES, il s'arrêterait chez lui, ou dans un endroit sûr, pour les télécharger.

Il s'appuya contre un poteau téléphonique en bois. Pendant qu'il attendait, il défit les vieilles agrafes rouillées, utilisées pour fixer des millions de tracts au fil des ans.

Parker arriva en vue, pas vraiment souriant, mais clairement heureux avec le monde. Sa joie atténua son agitation et le fit sourire. Il remua ses doigts qui le démangeaient de toucher les cheveux hérissés de Parker.

Une fois le jeune homme suffisamment loin, Ivan se glissa hors de l'espace lui servant de cachette et suivit ses fesses bien moulées à distance respectable.

Après avoir failli se retrouver face contre terre trois fois et avoir heurté une demi-douzaine de piétons à l'épaule, il dut envisager que, peut-être, il était un peu trop fixé sur ce cul délectable.

Les trottoirs étaient obstrués d'étudiants se dirigeant vers leurs cours, engorgeant l'entrée d'une station de métro, mais Parker ne s'arrêta pour parler à personne. Il contourna les larges groupes, se déplaçant comme un homme ayant un but. Martelli était certain que la façade de l'étudiant était une manière simple d'accéder aux acheteurs ; Ivan n'en était pas aussi sûr. La plupart des espaces communs ne requerraient aucune carte d'étudiant ; tout ce dont Parker aurait besoin de faire serait de flâner et il ramasserait probablement des clients à la pelle. Ivan avait également vu Parker travailler à la maison, donc il sauvait les apparences avec au moins un cours, et il avait besoin de vérifier quelles parties du planning que Parker lui avait fourni étaient vraies. Une fois son emploi du temps assimilé, il serait en mesure de mieux évaluer les lieux d'échanges potentiels ou les points de vente. À ce jour, il n'y avait aucune preuve que Parker utilisait sa maison pour une quelconque activité illégale, à moins que Neil ne travaille pour ou avec lui.

Un certain nombre d'hommes et de femmes jetèrent des regards appréciateurs au passage de Parker, et quelques-uns examinèrent même son cul bien que, autant qu'Ivan puisse en juger, Parker ne se rende même pas compte de ces attentions. Que ce soit parce qu'il était déjà pris ou parce qu'il était totalement ignorant de sa propre attirance, cela restait un mystère à résoudre. *Après* le grand mystère qui consistait à savoir qui étaient ses fournisseurs. Ivan identifierait les acheteurs, mais ils ne seraient que de petits poissons, particulièrement s'ils prenaient soin de ne pas acheter plus que la dose légale autorisée pour un 'usage personnel'.

Parker traversa la rue et gravit les marches d'un bâtiment absolument quelconque. L'effet d'entonnoir de la porte sur la pression des corps exhorta Ivan à raccourcir la distance entre eux, car il ne voulait pas perdre sa proie.

L'approche soudaine d'une foule éleva sa température. De la transpiration se forma sur sa lèvre supérieure. Ces endroits ne disposaient-ils pas d'air conditionné ? Haletant légèrement à la sensation imaginaire de manquer d'air, son rythme cardiaque augmenta encore un peu plus. De grands sacs à dos et des cartables le repoussaient dans toutes les directions, et essayer de ne pas penser à toutes les armes qu'ils pouvaient dissimuler ne lui faisait calculer leur nombre que plus fiévreusement.

La taille de Parker et les pointes blondes distinctives de ses cheveux étaient les seules raisons pour lesquelles Ivan était capable de le garder en ligne de vue, et il se frayait obstinément un passage après le jeune homme. Une fois dépassée la première intersection du couloir, suffisamment de gens dévièrent de son chemin pour lui permettre de mieux respirer.

En haut d'une volée de marches, Parker ouvrit une porte. Ivan évalua la disposition de la pièce alors qu'il dépassait la porte qui se refermait doucement et continua sa route. Avec un peu de chance, il serait en mesure d'en trouver une qui ouvrait à l'arrière de l'amphithéâtre, et il pourrait se glisser dans la salle sans que Parker le voie. À défaut, il devrait trouver un endroit pour garder l'entrée sous surveillance et espérer que Parker sorte en utilisant la porte par laquelle il était entré.

Ivan resta debout à côté de la porte suivante et attendit. Quelques instants plus tard, un autre étudiant l'ouvrit, révélant la même salle dans laquelle Parker était entré. Ajustant sa casquette bas sur ses yeux, Ivan se glissa à l'intérieur et scanna l'amphithéâtre du regard à la recherche de Parker. À mi-chemin de son inspection, ses cheveux distinctifs agirent comme un phare, et il se glissa sur une chaise pour s'y avachir, juste au cas où Parker déciderait de jeter un coup d'œil derrière lui.

Le problème était qu'à peu près tout le monde dans cette classe, en dehors de Parker, avait l'air louche et suspect. En particulier ceux dont les regards le scrutaient. Pour ceux-là, il tenta de déterminer s'ils s'asseyaient près de lui ou lui parlaient. Échangeaient un contact visuel avec Parker. Quatre filles et deux garçons s'étaient installés dans une rangée à proximité de Parker, mais avec l'aménagement des sièges – type stade – et la distance, il était difficile de dire s'ils avaient d'autres motifs ou s'ils étaient simplement attirés par son visage magnifique.

Que Parker soit constamment dévisagé faisait grincer Ivan des dents, il se concentra donc sur le jeune homme et ses réactions.

Parker n'était pas aussi ignorant de l'attention qu'il l'avait été dans la rue, mais l'inclinaison de sa tête enfoncée dans ses épaules indiqua à Ivan qu'il n'était pas à l'aise. Pas la réaction d'un gars qui essayait de se faire une place dans le commerce de drogue.

Le professeur entra, suivi de près par une jeune fille cherchant visiblement quelqu'un. Tout le langage corporel de Parker changea soudain et il lui fit signe. Elle sourit et se fraya un chemin jusqu'à la place à côté de lui puis l'embrassa sur la joue. Le fait que Parker soit gay fut la seule chose qui empêcha Ivan de bondir comme un ressort et de l'envoyer valser. Il n'était pas sûr de savoir pourquoi il était si zélé à protéger la 'propriété' de Neil. Et même si Neil n'avait pas été dans le tableau, il n'y avait aucun moyen qu'Ivan puisse être en mesure de se présenter en tant que petit ami potentiel. Rien que le fait de penser de cette façon à propos d'un gars sur lequel il enquêtait, un gars qui était probablement destiné à se retrouver en prison, était... ridicule. Pathétique. Et flinguerait sa carrière, bien qu'elle soit le cadet de ses soucis à l'heure actuelle.

Qui était cette fille ? Une amie ? Une cliente ? Un autre revendeur ? Le tee-shirt rose pâle avait l'air plutôt innocent.

Ivan laissa à nouveau errer son regard sur l'assemblée d'étudiants. Presque tout le monde avait son ordinateur portable ou sa tablette sortis. Quel changement depuis ses années d'université, quand il prenait des notes avec un stylo et du papier. À l'époque, quelques âmes ambitieuses enregistraient la conférence. Il n'y avait tout de même pas si longtemps de cela. Bêtement, il n'avait même pas apporté un stylo avec lui. Pourquoi diable n'avait-il pas mieux organisé cette expédition ? Ne rien avoir avec lui pour prendre des notes faisait certainement de lui la personne la plus suspecte de la salle. Hum… mis à part le gars à côté du mur du fond, qui semblait se remettre d'une sérieuse cuite de la nuit précédente.

Le professeur rappela la classe à l'ordre et commença à parler. Ivan l'ignora complètement pour contempler le profil de Parker. La concentration lui donnait un air sexy, et il semblait vraiment intéressé par le sujet. Parfois, il laissait son regard errer vers la fille en rose, mais elle était elle-aussi concentrée sur la conférence, pas sur Parker. Ce qui fit qu'Ivan la détesta un tout petit peu moins.

DEUX HEURES passèrent rapidement ; regarder Parker était plus intéressant que n'importe quel autre boulot de surveillance qu'il avait fait. Le bruissement des sacoches de portable et le clic des écrans d'ordinateur se fermant informèrent Ivan que la classe touchait à sa fin, bien que le débit de paroles du professeur n'ait pas changé. Ivan baissa la tête et se glissa dehors pour se placer au bout du couloir, assez loin, l'espérait-il, pour que, même si Parker daignait jeter un œil dans sa direction, il ne le remarque pas en train de l'observer.

Parker et la fille en rose émergèrent de la classe, riant et se souriant l'un l'autre. Ivan attendit qu'ils aient presque atteint la porte avant de commencer à les filer.

Il faillit presque les perdre au moment où ils franchissaient la porte et il se précipita pour rattraper son retard. La fille en rose était trop petite à l'apercevoir à travers la cohue, et il dut faire un écart, contournant plusieurs étudiants qui tentaient de se frayer un chemin dans le bâtiment. À l'extérieur, Ivan se dressa sur les pointes de pieds, cherchant les cheveux teints et hérissés de Parker.

Là. Ivan accéléra, déterminé à ne pas le perdre de vue.

Ils s'arrêtèrent. Ivan fit de même, vacillant légèrement en le faisant. Dans la cour, il n'y avait absolument aucune couverture possible et aucune raison pour Parker de s'être arrêté.

Comme un seul homme, Parker et la fille en rose se retournèrent comme s'ils savaient que quelqu'un les suivait et qu'ils étaient déterminés à le confronter.

Le souffle d'Ivan s'arrêta alors que le regard de Parker rencontrait le sien et que la reconnaissance inondait ses traits. La chaleur envahit les joues d'Ivan. D'une certaine manière, ce jeune novice trafiquant de drogue l'avait surpris à le surveiller. Il y avait des années qu'il n'avait pas connu un tel degré d'échec.

— Ivan ?

— Tu connais ce mec ? demanda la fille en rose en le regardant de la tête au pied, l'évaluant.

— C'est mon colocataire.

Les joues de Parker prirent quelques couleurs aussi, mais Ivan ne savait pas pourquoi il pouvait être embarrassé.

— C'est ton colocataire ?

La fille en rose sembla encore plus intéressée, et elle se rapprocha, le scrutant sous la visière de sa casquette.

— Hmm.

Ses lèvres pincées et son expression pensive rendirent Ivan plus nerveux que s'il s'était trouvé face à une douzaine de trafiquants de drogue avec des armes automatiques. Cela lui rappela désagréablement sa mère essayant de le surprendre en train de mentir.

— Je suis Alicia.

Elle lui tendit sa main, et Ivan n'eut d'autre choix que de la serrer. Elle avait une poigne plus ferme qu'il s'y attendait compte tenu de ses vêtements à la Barbie.

— Ivan.

— Oui, comme il l'a dit, répondit-elle en souriant et pointant son pouce en direction de Parker.

Cette fois, la chaleur de son visage s'intensifia en raison d'un embarras d'un autre genre. Il se tourna vers Parker, qui le regardait toujours avec un air interrogateur.

— Que fais-tu ici ?

Seigneur. Réfléchir au quart de tour était l'une des aptitudes particulières d'Ivan, mais ces derniers temps, essayer de rassembler ses pensées revenait juste à essayer de nager dans la mélasse.

— Je... J'ai mentionné mon désir de prendre des cours en auditeur libre, non ?

Putain. Il l'avait fait, n'est-ce pas ?

— Je pensais en tester quelques-uns. Peut-être choisir quelque chose pour le prochain semestre.

Ivan laissa échapper un soupir. Cela semblait parfaitement cohérent.

— Des cours en auditeur libre, vous dites ?

La voix d'Alicia contenait une note de quelque chose qu'Ivan eut du mal à identifier. Ce n'était pas du scepticisme. Pas précisément. Et elle ne semblait pas pouvoir s'empêcher de sourire, bien qu'Ivan soit bien plus préoccupé par la réaction de Parker.

— Quelle coïncidence de vous voir ici.

— N'est-ce pas ?

Une légère panique lui tordit l'estomac. Il ne pouvait pas foirer ça.

— J'ai un peu traîné sur le campus et je pensais avoir reconnu Parker.

Le sourire de Parker s'éclaira davantage, rivalisant avec celui qu'il lui avait dédié quand il l'avait battu à cribbage. Le Poker n'avait pas mieux réussi à Ivan, mais perdre en avait valu la peine, parce qu'ils avaient passé un très bon moment.

— Nous allions à la cafétéria pour déjeuner. Tu veux venir ? demanda Parker.

Ivan fixa les yeux de Parker, vérifiant que l'invitation était authentique. Mais il n'y avait pas d'hésitation ni de méfiance dans son expression, et puisque sa filature était clairement finie pour aujourd'hui, il pouvait tout aussi bien travailler à consolider sa relation avec lui. Pour changer, il y avait une partie de cette mission d'infiltration qu'en fait il appréciait, et toutes les bonnes choses qu'il pouvait apprendre sur Parker seraient une façon pour Ivan de l'aider quand viendrait le moment de l'arrêter.

LA CAFÉTERIA avait quelques sandwiches décents et, étonnamment, des frites savoureuses. Ils trouvèrent une table dehors sous un parasol. L'humidité collait leurs vêtements à leur peau, mais le ciel était clair et ensoleillé, et la brise occasionnelle empêchait la température d'être insupportable. Ivan prit un siège à côté de Parker. Alicia lui adressa un petit sourire qui disait qu'elle lisait quelque chose de plus dans ses actions qu'il n'avait l'intention d'en dévoiler, mais changer de place maintenant ne ferait qu'attirer l'attention sur ce qui avait fait sourire Alicia.

Deux mecs séduisants se dirigèrent vers leur table, le brun semblait mécontent à propos de quelque chose. Ivan se raidit. Ils n'avaient pas l'air shootés ou ivres, mais il aurait du mal à garder Parker et Alicia en sécurité pendant qu'il s'occuperait d'eux s'ils étaient là pour causer des ennuis. Son impossibilité à appeler des renforts le faisait davantage paniquer que sur n'importe qu'elle autre mission d'infiltration sur laquelle il avait été assigné. Était-ce parce que tout avait l'apparence de l'innocence ? La vie de Parker, à la surface, était inoffensive, rien ne pouvant éveiller l'attention de quiconque, pourtant Ivan savait que c'était un mensonge total. Ou que la plus grande partie l'était, et il avait du mal à discerner de quelles parties il s'agissait. Cela seul suffisait à le rendre nerveux au possible.

— Ivan, voici mon petit ami, Chris, et son colocataire, Thom. Les gars, c'est le colocataire de Parker.

— Vous êtes sûr que vous devriez manger ces frites ? Ceux de votre âge ne sont-ils pas supposés surveiller leur cholestérol ?

Le regard mauvais de Thom s'intensifia, et Ivan fronça immédiatement les sourcils. Il était un officier de police décoré, un des meilleurs inspecteurs de la Brigade Anti-Drogue. Il commençait à en avoir un peu ras le bol que les amis de Parker le traitent de vieux. Il n'était pas si vieux, merde, même s'il y avait une différence d'âge de douze ans entre lui et Parker. D'accord. Bon, peut-être que ce n'était pas le meilleur exemple.

Il se mordit la langue pour retenir une réponse vicieuse, mais ne put retenir son sourire quand Chris frappa Thom sous la table. Ivan n'avait pas manqué l'expression affamée de Thom envers Parker, mais celui-ci restait détendu à ses côtés. Un rapide coup d'œil lui confirma qu'il ne lui retournait pas son intérêt.

Des regards noirs s'échangèrent entre les deux hommes, de même que quelques phrases coupantes. Curieusement, Parker remarqua la tension entre Thom et lui, mais ne sembla pas s'apercevoir le moins du monde qu'il en était la cause. Ivan ne serait pas celui qui l'éclairerait. Si Thom n'avait pas eu les couilles de faire le premier pas, Ivan n'allait pas l'aider.

— Ouais, c'est ça.

Alicia renifla avec mépris.

— As-tu vu son corps de rêve ? Je pense qu'il peut manger une frite ou deux.

Ivan haussa un sourcil de remerciement à l'attention d'Alicia avant de découvrir ses dents vers Thom dans une approximation de sourire, le même sourire qui avait intimidé des suspects plus coriaces que lui. À son crédit, cependant, Thom ne céda pas un pouce de terrain. Il copia le sourire d'Ivan et le lui renvoya en pleine figure. Il y avait une meilleure façon de traiter avec Thom, parce que même s'il voulait Parker de toutes ses forces, le jeune homme en était inconscient, comme il l'avait été envers chaque personne qui lui avait lorgné les fesses aujourd'hui.

— Alors, Parker, parle-moi de tes autres cours.

Ivan poussa la cuisse de Parker avec la sienne, reprenant la conversation comme si l'altercation n'avait pas eu lieu.

Les yeux de Parker s'élargirent, et il bégaya un moment avant de parler. Alicia sourit avec indulgence, et Ivan fit de même, même s'il ne le voulait pas. Il avait espéré trouver quelque chose sur les habitudes et les contacts de Parker, mais tout cela semblait si innocent.

Lorsque Thom copia la tactique d'Ivan – faire parler Parker – il commença à l'interrompre pour poser ses propres questions, ce qui échoua. La considération appuyée de chacun d'eux troubla considérablement Parker, au point qu'Ivan était prêt à envoyer Thom rouler sous la table.

Parker repoussa sa salade à moitié mangée et vérifia son téléphone.

— Oh, j'ai oublié. J'ai... j'ai un rendez-vous quelque part.

Il s'écarta de la table, saisit son sac, et disparut avant que quiconque ait pu réagir.

— N'avait-il pas, hum, un autre cours cet après-midi ? demanda Ivan.

Il avait eu l'intention d'y participer lui aussi. Parker avait-il reçu un message d'un fournisseur ? D'un acheteur ? Qui que ce soit, la façon dont il était parti ne permettait en aucune façon à Ivan de le suivre.

— Oui. Je suppose qu'il va sécher.

Alicia secoua la tête.

— Si tu veux toujours assister à quelques classes, j'ai un cours d'anthropologie cet après-midi.

Ivan fixa Parker des yeux jusqu'à ce qu'il disparaisse, puis reporta son attention vers ses compagnons de déjeuner.

— Euh, merci, mais je devrais probablement aller un peu au bureau.

Ivan finit son sandwich, assez lentement pour ne pas paraître impoli, mais il lui brûlait de partir. Chaque minute qui s'écoulait ajoutait une nouvelle couche à sa colère. D'abord Parker avait fait capoter sa surveillance, puis il l'avait abandonné avec ses amis. Bon Dieu, Parker.

— Ravi de vous avoir tous rencontrés.

Ivan prit une note mentale de leurs noms et apparences, juste au cas où ils seraient impliqués, bien que le déjeuner ait été presque douloureusement inoffensif.

Il hocha la tête vers les amis de Parker et se dirigea vers la maison.

IL N'Y avait personne dans la maison. Où diable Parker avait-il disparu ? Quand serait-il de retour ? Ivan essuya la sueur de son front et fronça les sourcils.

Peut-être avait-il déjà des doutes et c'était la raison pour laquelle il avait faussé compagnie à Ivan. Il avait besoin de terminer la fouille de sa chambre ; Parker pouvait rentrer à la maison à tout moment.

Il laissa la porte de sa chambre ouverte, juste au cas où il aurait besoin de s'en aller rapidement. Il n'avait pas l'intention de se faire surprendre ni par Neil, ni par Parker.

Une boîte d'archives se trouvait sur l'étagère du placard près de la porte. Ivan l'attrapa, grognant un peu sous son poids inattendu. Ça pouvait être des armes. Des pains de marijuana. Il posa la boîte par terre et souleva le couvercle.

Merde. De l'argent. Beaucoup, beaucoup d'argent. Probablement pire que des armes ou de la marijuana. Il avait vu des gens se faire tuer pour un dixième d'autant de liquide. Son premier réflexe fut de le prendre et de courir, mais l'argent en lui-même n'était pas une preuve de quoi que ce soit. Ivan

106

replaça le couvercle. Une petite partie de lui avait soupçonné – espéré – que Parker ne soit pas impliqué dans quelque chose de louche. Mais d'expérience, tant de cash n'était jamais, jamais innocent.

Peut-être qu'il y avait une explication. Même si l'argent signifiait exactement ce que Martelli pensait, peut-être qu'Ivan pouvait trouver un moyen de convaincre Parker qu'il avait bien plus de potentiel que de devenir un vulgaire petit délinquant. Le mec était intelligent et beau. Finir ses études et se lancer dans une carrière légitime le garderaient en sécurité et en bonne santé, contrairement au fait de devenir un criminel.

Bon sang, qu'est-ce qui n'allait pas chez Parker ?

Merde. Caméras. Qu'est-ce qui n'allait pas chez *lui* ? Avec autant d'argent, il serait logique que Parker ait installé une caméra de surveillance et il aurait dû y penser plus tôt. Il réagissait mieux que ça, en règle générale. Venait-il à l'instant de se démasquer lui-même ? L'adrénaline inonda ses veines.

Ivan balaya le placard des yeux, mais ne trouva rien indiquant la présence d'une caméra. Il hissa la boîte et la reposa sur l'étagère. Il referma la porte derrière lui. Debout devant le placard, Ivan inspecta visuellement chaque recoin de la chambre, cherchant un endroit où une caméra pourrait avoir être cachée ou un quelconque récipient contenant d'une caméra miniature standard.

Rien. Aucun œil noir perçant ne l'espionnait. Il poussa un profond soupir, essayant désespérément de calmer son cœur battant la chamade, de stopper le tremblement involontaire de ses doigts. Le sang battait dans ses oreilles, bloquant les bruits de la rue. Mener une fouille quelconque sans savoir où se trouvait Parker ni quand il rentrerait était une réaction de débutant de toute façon. Il se glissa hors de la chambre, déterminé à faire en sorte que Parker n'ait aucune raison de se méfier quand il reviendrait finalement à la maison.

LA PORTE d'entrée gonflée d'humidité s'ouvrit et fut reclaquée à l'étage supérieur. Ivan jeta un coup d'œil vers l'escalier, mais continua délibérément de plier ses vêtements maintenant propres. Cela ne l'intéressait pas d'avoir une nouvelle altercation avec Neil, et que Parker l'ait laissé tomber aujourd'hui l'irritait toujours. Le problème était que, maintenant qu'il avait eu quelques heures pour réfléchir, il n'était pas sûr de savoir ce qui causait sa mauvaise humeur : le fait que cet homme bien plus jeune ait réussi à déjouer aussi facilement sa surveillance, l'énorme quantité d'argent dans son placard, ou le fait que Parker l'ait abandonné derrière lui.

Quoi qu'il en soit, il n'était pas pressé de remonter de la buanderie. Malheureusement, Ivan n'avait pas beaucoup de vêtements ici, et les plier, même avec la plus grande précision, ne lui prit pas si longtemps. Sans rien d'autre pour l'occuper dans le sous-sol inachevé, rester en bas plus longtemps n'aurait signifié rien d'autre que de la lâcheté. En outre, ce genre de sautes d'humeur insensées n'était pas normal chez lui. Pas du tout. C'était une chance de prouver qu'il pouvait les surmonter. Sa force de volonté était plus forte que ça.

Peut-être qu'il serait chanceux. Peut-être que Parker serait monté dans sa chambre pour étudier ou... autre. Il inspira profondément et prit le panier à linge sous le bras avant de grimper les marches.

Alors qu'il en atteignait le sommet, des sanglots étouffés devinrent audibles. Avec un froncement de sourcils, il posa le panier et monta pieds nus dans le salon.

Parker était recroquevillé sur le canapé, les bras enroulés étroitement autour de ses longues jambes repliées sur sa poitrine, la tête inclinée dans la direction opposée d'Ivan. Ses épaules minces étaient secouées, et une larme cristalline trembla sur son menton, étincelante dans un rayon de soleil de fin d'après-midi, avant de tomber sur son tee-shirt. Il tuerait quiconque avait blessé Parker. Sauf s'il avait rompu avec Neil. Le petit sursaut de joie était tout à fait inapproprié face à la misère de Parker.

— Qu'est-ce qui ne va pas ?

Parker haleta de surprise et sursauta, les mains agrippées aux coussins du canapé.

— Oh. Je ne pensais pas que tu étais à la maison.

Il essuya le dos de ses mains sur son visage et renifla bruyamment avant de se lever.

— Je faisais juste un peu de lessive. Es-tu blessé ?

Aucune trace de sang ou de contusion n'était visible, mais Parker devait être impliqué avec des gens déplaisants, et ces gens ponctuaient souvent leurs conversations avec leurs poings.

— Non. Je vais bien.

Le regard de Parker vola à travers la pièce comme un homme s'apprêtant à s'enfuir, un regard qu'Ivan ne connaissait que trop bien, même si en général, quand il le voyait, c'était parce qu'il était sur le point de menotter quelqu'un.

— Je vais monter.

— Assieds-toi.

Ivan n'avait pas ressorti sa voix officielle autoritaire depuis le raid où il avait tué ce gamin, Dmitri, mais Parker y répondit instantanément et retomba en position assise. Des yeux rougis étaient fixés sur lui, plus verts qu'il ne les avait jamais vus. La douleur dans les yeux de Parker implorait un sursis, et Ivan était impuissant face à tant de douceur.

C'était peut-être une erreur, mais il ne pouvait pas laisser Parker comme ça. Ivan s'assit à côté de lui et l'attira dans ses bras. S'il sentit bêtement un réalignement dans son propre univers personnel alors que Parker s'installait contre sa poitrine comme s'il n'existait que pour le bercer, eh bien, il mettrait ça sur le dos de ses satanées étranges sautes d'humeur. Parce que quoi que ce soit, cela ne pouvait être réel.

— Est-ce que tu veux que j'appelle Neil ?

Ou alors Parker était-il en train de pleurer à cause de quelque chose que Neil avait fait ?

Le souffle de Parker eut un loupé.

— Non. Il penserait que je suis un idiot pour... ça.

Ah oui. Pas de rupture, alors.

— Quel est le problème ? Je ne pense pas que tu sois un idiot.

Tentant, magnifique et presque parfait, mais jamais idiot. Sauf quand on en venait à son choix de petit ami.

— Je... je... suis bénévole. Au centre de réhabilitation post-traumatique.

Ivan cligna des yeux, essayant de donner un sens à cette déclaration. Bien que Parker ait gardé cette petite information pour lui jusqu'à maintenant, Ivan n'arrivait pas à comprendre en quoi cela était lié à ses larmes. Au lieu d'insister, cependant, il fit glisser sa main dans le dos de Parker en mouvements doux et circulaires alors qu'une nouvelle crise de larmes imbibait son tee-shirt.

— Je t'ai dit que je voulais passer une licence en sociologie, n'est-ce pas ?

Ivan laissa échapper un grognement affirmatif après avoir réalisé que Parker n'avait pas levé la tête pour voir son hochement de tête.

— Eh bien, une fois que je l'aurai, j'aimerais obtenir ma maîtrise en kinésithérapie. Bref, même si retourner étudier à temps partiel semblait être une bonne idée, je trouvais que cela ne remplissait pas assez mes journées. Je me retrouvais tout seul, très souvent. À broyer du noir. La maison était si... vide.

Et pourquoi Neil n'avait-il rien fait à ce sujet ? Parker avait dit quelque chose à propos de lui essayant de lancer une boîte de nuit, mais à part ça, Ivan ne savait pas du tout à quoi d'autre il occupait son temps. Si Ivan avait du temps libre à passer avec un petit ami sympa, heureux et doux comme Parker, rien au monde ne le tiendrait à l'écart.

— Et Neil ?

L'épaule de Parker se souleva sous la main Ivan dans une faible tentative pour la hausser.

— Il a été super de rester avec moi juste après la mort de ma mère, mais je ne pouvais pas lui demander de me tenir compagnie.

Les muscles d'Ivan se tendirent pendant un moment, comme s'il se réfrénait vaillamment de secouer Parker, parce qu'en vérité c'était Neil qu'il voulait secouer, voire pire. Tenir compagnie à son petit ami alors qu'il s'habituait à un nouveau chapitre de sa vie ne signifiait pas automatiquement tomber dans une relation de co-dépendance. Le désir étrangement chronométré de Parker d'avoir un colocataire prit soudainement tout son sens. La maison n'était pas grande, mais c'était plus grand que nécessaire pour les besoins d'un homme, en particulier pour un homme qui n'avait pas de horde d'amis traînant chez lui tout le temps ou qui avait effectivement un petit ami qui ne voulait clairement pas emménager.

— Quoi qu'il en soit, j'ai pensé que faire du bénévolat au centre de réhabilitation traumatologique serait bien sûr mon CV, et j'avais déjà pas mal d'expérience pour prendre soin d'un patient en phase terminale.

Les yeux d'Ivan sortirent presque de leurs orbites sous le choc.

— Et tu pensais que le bénévolat avec des patients en phase terminale serait une bonne chose si peu de temps après la mort de ta mère ?

Parker laissa échapper un grognement humide.

— Non. Je ne suis pas complètement idiot. Peut-être que je le serai un jour, parce que ça aide vraiment, de savoir que j'ai rendu les choses plus faciles pour maman. Mais non, on m'a désigné pour assister une des kinésithérapeutes. Elle travaille avec des patients en phase terminale, mais surtout, elle travaille avec des victimes d'accidents, ceux dont la mobilité a été sévèrement touchée.

Cela ne semblait pas avoir l'air mal. Probablement beaucoup moins déprimant.

— Mais... quelque chose est arrivé aujourd'hui, avança Ivan.

Parker hocha la tête contre son cou, essayant de se blottir encore plus près de lui.

— Steve. Il était plus âgé que moi de quelques années. Il est resté paralysé après un accident de moto. Ses humeurs étaient parfois erratiques – la thérapie peut être difficile – mais la plupart du temps, il était optimiste et déterminé. Il... Il s'est suicidé.

Une nouvelle rivière de larmes chaudes mouilla son tee-shirt alors que Parker était à nouveau secoué de sanglots. Ivan avait vu beaucoup de choses merdiques dans sa vie, mais Parker était beaucoup plus compatissant que lui. Il ressentait les choses si fortement.

— Je suis désolé, Parker. Ce doit être dur de perdre quelqu'un que tu connaissais et dont tu prenais soin comme ça.

Était-ce mieux ou pire que de tirer sur un jeune gamin dans l'exercice de ses fonctions, puis d'échouer à le sauver ? Ivan attira Parker plus près de lui, tirant autant de réconfort de lui qu'il en donnait lui-même.

— Je ne savais pas. Je ne savais pas que c'était devenu aussi difficile pour lui.

Ivan enveloppa son autre bras autour de Parker, essayant de lui donner toute la force qu'il pouvait.

— Parfois, nous ne pouvons pas savoir. Parfois, les gens ne te laissent pas voir tout ce que tu voudrais voir.

Parker se blottit contre lui pendant plusieurs minutes jusqu'à ce que les larmes silencieuses s'épuisent, et il renifla à plusieurs reprises. Les larmes et la sueur, due à leur proximité, trempèrent leurs deux tee-shirts, l'humidité devenant légèrement inconfortable.

Dès que Parker fit mine de se redresser, Ivan obligea ses bras à s'écarter.

— Allons. Lève-toi, le cajola Ivan. Attrape une bouteille d'eau au frigo. Tu es probablement un peu déshydraté. Je vais aller nous chercher de nouveaux tee-shirts.

Tête baissée, Parker obéit.

Ivan attrapa deux tee-shirts propres de son panier à linge tandis que Parker profitait de cet instant pour se moucher. Quand Ivan entra dans la cuisine, Parker s'était séché les yeux et avait récupéré une bouteille d'eau dans le réfrigérateur. Il jeta les tee-shirts en coton sur le comptoir et retira le sien en le faisant passer par-dessus sa tête. Il fit un geste pour réclamer celui de Parker qui enleva rapidement le sien également. Ivan prit leurs deux vêtements et les jeta vers l'escalier menant au sous-sol. Il les mettrait dans la machine à laver plus tard.

Se tournant vers Parker, leur situation le frappa en plein dans l'aine. Parker leva la bouteille à ses lèvres et la vida, l'action attirant l'attention sur sa pomme d'Adam proéminente et l'étirement de sa peau entre ses mamelons érigés. Ivan, torse nu, se tenait à cinquante centimètres d'un Parker à la peau dorée lui aussi torse nu. Le doux Parker qui pleurait la perte d'un homme qui avait choisi de laisser cette vie derrière lui. Qui avait pris soin de sa mère malade. Dont le petit ami le laissait seul et solitaire. Qui était l'homme le plus sexy, le plus magnifique qu'Ivan ait jamais vu. Qui le faisait rire et sourire, même quand il ne devrait pas.

La tentation était trop grande. La chaleur dans son cœur était trop écrasante. Ivan tendit la main et la pressa contre la peau douce du ventre de Parker.

Contre toute attente, Parker ne grinça pas des dents, mais Ivan le sentit presque fléchir en réponse, et ses pommettes virèrent au rouge vif.

— Est-ce que tu es d'accord avec ça ? demanda Ivan.

— Je suppose. Mais je ne suis pas, tu sais... tonique comme tu l'es.

La voix de Parker était aussi douce et hésitante que le bout du doigt qu'il fit glisser le long des abdominaux d'Ivan. Celui-ci siffla à la sensation follement érotique de Parker le touchant.

— J'adore ce petit ventre.

Ivan le caressa doucement, espérant que Parker soit en train de se tortiller pour une autre raison que de la timidité ou de la gêne. Parker n'était pas aussi tonique que lui-même, c'est vrai, mais il n'était pas gras, et Ivan ne mentait pas. Il adorait que son ventre ne soit pas comme le sien.

— Pourquoi ?

— Il te rend moins intimidant.

— Intimidant ? Je ne suis pas intimidant.

La déclaration sembla vraiment dérouter Parker. Ivan garda sa paume contre son ventre chaud et le regarda dans les yeux.

— Oh, mais tu l'es. C'est la seule part de toi qui n'est pas parfaite.

Parker haleta comme le rouge de ses joues augmentait d'une nuance.

— N'importe qui serait heureux de t'avoir, reprit Ivan. Tu es gentil, tu as bon cœur et tu es si foutrement magnifique que tu pourrais être mannequin.

Ivan laissa son regard vagabonder sur les traits parfaits. Ceux qui résonnaient en lui comme un gong. S'il y avait un moyen de remettre Parker sur le droit chemin, de l'empêcher de devenir un criminel à part entière, Ivan ferait n'importe quoi. La prison tuerait Parker ; il serait mis en morceaux. Autant qu'Ivan veuille penser que c'était dans sa nature de vouloir le protéger, c'était plus viscéral, plus primitif que ça. Parker pouvait ne pas être sien en vérité, ne pourrait jamais être sien, mais du fond de son cœur et de son âme, Ivan le désirait. Le voulait assez pour jeter sa morale et ses principes par la fenêtre, professionnels et personnels. Et toute la bonté de Parker ? Il n'était pas destiné à une vie de crime. Quels qu'aient été les choix qu'il avait faits jusqu'à présent, ce devait être des erreurs. D'une façon ou d'une autre, il convaincrait Parker, et aussi Martelli, de cela.

— Mais je ne suis... pas parfait.

La voix de Parker semblait étranglée comme s'il manquait d'air, ses yeux s'ouvrant en grand, ses pupilles devenant sombres. La chaleur émanant de la poitrine nue de Parker enveloppa celle d'Ivan, et ce dernier voulut en toucher plus, comme il l'avait fait plus tôt. Il voulait être aussi près qu'ils l'avaient été sur le canapé, mais avec seulement de la peau entre eux. Il voulait cela plus que sa prochaine respiration.

Les ravages des larmes étaient encore visibles autour des yeux et du nez de Parker, plus rouges que ses joues déjà bien colorées, et Ivan souhaita pouvoir faire disparaître sa douleur.

Il se mordit la lèvre et plongea dans les yeux brûlants, voulant plus que tout convaincre Parker qu'il était parfait. Parfait pour lui. Neil devrait être la seule personne présente ici, à le réconforter. Ivan devrait se sentir coupable ; il désirait quelque chose qui ne lui appartenait pas. Et si le contact de la peau douce de Parker le brûlant au fer rouge était tout ce qu'il aurait jamais, il ne voulait pas faire marche arrière. Si Parker regardait, cependant, il pourrait probablement voir dans les yeux d'Ivan tout ce qu'il n'osait pas dire.

Comme Ivan continuait de le fixer, les yeux de Parker s'agrandirent. Il se rapprocha, piégeant la main d'Ivan entre eux, et prit ses joues dans la coupe de ses mains. Baissant la tête, Parker pressa ses lèvres pleines et souples contre les siennes. C'était en tout point aussi glorieux qu'Ivan l'avait imaginé et il débattit avec lui-même au moins une demi-seconde complète avant d'approfondir le baiser, permettant à la réponse de Parker de s'intensifier, de devenir franche. Ivan glissa ses deux mains autour de sa taille mince, se délectant de la sensation de la peau satinée du jeune homme. Parker poussa ses hanches contre celles d'Ivan, et il gémit contre sa bouche.

Savoir que Parker était aussi dur qu'il l'était lui-même scella l'affaire. Il prendrait ce qu'il lui offrait. Il essaierait de fournir le réconfort dont Parker avait besoin. Il aurait largement le temps demain matin de se haïr pour avoir fait en sorte que Parker trompe son petit ami.

PARKER N'AVAIT jamais été embrassé comme Ivan le fit. Voracement et tendrement à la fois. Des lèvres douces, une langue chaude, des mains avides et un corps dur entrèrent tous en scène. Chaude sous ses paumes, la peau d'Ivan était souple et recouverte d'un duvet de poils. Les quelques mecs avec qui il avait couché étaient épilés comme si leur vie en dépendait, mais les poils d'Ivan le firent frissonner. C'était un homme qui était enveloppé autour de lui, un homme dont la langue explorait sa bouche. Un homme qui disait que Parker était parfait, et – à moins qu'Ivan n'ait une vue imparfaite – dont la faim ne faisait aucun doute. Il ne pouvait pas se méprendre sur le sexe dur pressé contre lui.

Ivan guida leur baiser, brûlant et chargé d'électricité, et Parker fit de son mieux pour fusionner leurs corps. Aussi fort qu'il refusait de croire les affirmations d'Ivan à propos de sa perfection, la méfiance qu'il ressentait envers les amis de Neil n'existait pas avec lui. Tout ce qu'il voulait, c'était plus.

— Hé.

Ivan sépara leurs lèvres et recula de quelques centimètres. Ses yeux étaient d'un bleu magnifique vus de si près, et ses lèvres étaient rougies et toutes aussi délicieuses qu'elles le paraissaient.

— Ouais ?

Ce n'était pas tout ce qu'il obtiendrait, n'est-ce pas ? Mais bon... Ivan était hétéro, et hétéro ou non, il savait sacrément bien embrasser.

— Est-ce que tu es d'accord avec ça ?

Il y avait une lueur étrange dans les yeux d'Ivan, mais ce n'était certainement pas de la confusion.

— Ouais.

Apparemment, il n'était pas capable de prononcer d'autres mots. La peau, juste sous la mâchoire légèrement ombrée de barbe d'Ivan, attira son attention et bien qu'il n'ait jamais pris les commandes avec personne, Parker lécha l'endroit avant d'égratigner doucement sa peau de ses dents, descendant le long de son cou, et de la sucer.

Ivan gémit et agrippa étroitement Parker qui n'arrêta pas de le goûter, mais sa réaction le réchauffa de l'intérieur, et si sa bouche n'avait pas été occupée, il aurait souri.

Parker pourrait festoyer pendant des jours avec la peau douce et salée d'Ivan. Il fit à nouveau remonter ses lèvres vers sa mâchoire et les frotta sur sa barbe naissante, appréciant le côté râpeux et les picotements. Ivan glissa une main sous la ceinture de Parker pour saisir ses fesses, et ce fut à son tour de rejeter la tête en arrière, haletant.

Quand il redressa la tête, essayant de reprendre là où il avait laissé les choses, Ivan lui sourit et attrapa son menton avec son autre main. Il n'aimait pas...

Avant qu'il puisse finir sa pensée, Ivan avait pressé leurs lèvres ensemble à nouveau, et Parker ne put se plaindre. N'eut pas envie de se plaindre. Il pourrait l'embrasser pour toujours. Sauf qu'embrasser pour toujours signifiait qu'ils ne passeraient jamais aux étapes suivantes, et excitantes.

La main d'Ivan sur son menton se déplaça lentement le long de son torse et chatouilla son ventre, faisant sauter le premier bouton de son jean. Quelque part, il retint son souffle, alors même qu'il retournait les baisers d'Ivan. Il aurait eu besoin de plus de pratique pour être capable de gérer deux mains et une langue se déplaçant en même temps sur son corps.

Avec un mouvement rapide, Ivan plongea dans son pantalon, une main se refermant autour de son gland, l'autre envoyant ses doigts glisser entre ses fesses, et Parker gémit dans la bouche d'Ivan.

Être caressé des deux côtés le fit se tortiller. Se concentrer sur sa respiration, les baisers, les sensations et le toucher le submergea, il arracha ses lèvres de celles d'Ivan, haletant. Le regard sauvage dans les yeux bleu foncé fixés sur lui piégea son souffle dans ses poumons. Personne ne l'avait jamais regardé comme ça avant, pas même lorsque d'anciens amants s'étaient retrouvés sur le point de s'enfoncer en lui. Ses bourses se contractèrent, et il repoussa Ivan loin de lui d'un geste vif.

L'expression troublée d'Ivan se refroidit alors qu'un froncement de sourcil plissait son front.

— Est-ce que ça va ? Je suis désolé, je n'aurais pas dû...

Parker le coupa d'un doigt qu'il posa sur ses lèvres, un sourire fragile sur le visage.

— Je vais bien. J'étais sur le point de... euh... de me trouver excessivement bien et de t'en mettre partout sur les doigts.

Le froncement de sourcils resta en place pendant un moment avant que la chaleur ne revienne. Entre le sourire béat et les yeux bleu saphir qui n'avaient aucune raison d'être aussi sexy, Parker eut une suée. Comment était-il supposé faire preuve d'un quelconque contrôle avec la tentation que représentait Ivan ? Il devrait y arriver s'il ne voulait pas que ceci prenne fin trop tôt.

Ivan avait d'autres idées, cependant. Il arracha les boutons du jean de Parker et le repoussa bas sur ses hanches. Il le poussa ensuite contre le comptoir de la cuisine et se mit à genoux, avalant le sexe de Parker sur toute sa moitié dans un mouvement fluide. Preuve positive expliquant pourquoi le mariage d'Ivan avait échoué, parce qu'il était impossible qu'il n'ait jamais fait cela auparavant.

Ensuite, il n'y eut plus de place dans la tête de Parker pour penser tandis qu'Ivan le suçait en le prenant complètement dans sa gorge, brûlant tous les regrets et les pensées cohérentes dans un flash de plaisir.

Parker cambra le dos et envoya jaillir des volées de sa jouissance dans la bouche accueillante d'Ivan, emmêlant ses doigts dans les courts cheveux blonds pour s'ancrer au sol.

Il appuya sa tête contre le placard alors qu'il tentait de reprendre son souffle. Ivan continua de lécher son membre sensible, le nettoyant, mais l'embarras empêcha Parker de regarder. Quelques secondes. Il n'avait tenu que quelques secondes face à l'enthousiasme et aux compétences d'Ivan. Et maintenant il serait attendu de lui qu'il rende la pareille, et aussi fort qu'il désirait lécher le corps d'Ivan dans son entier, il ne pourrait pas cacher qu'il n'était pas aussi bon – et de loin – qu'Ivan l'était.

Pourtant, il ne pouvait pas le laisser comme ça. Se mordant la lèvre, il baissa la tête, et Ivan, sentant le poids de son regard, releva les yeux. Parker haleta légèrement. Les lèvres roses d'Ivan, légèrement gonflées de leur effort, se trouvaient à quelques millimètres de son sexe toujours brillant, et son souffle était chaud sur sa peau. Les chances qu'il refasse ce qu'il venait de faire étaient minuscules, vu le pathétique manque de contrôle de Parker, et un nouveau regret s'épanouit dans sa poitrine, parce qu'il pouvait ne jamais voir à quoi ressemblaient les lèvres d'Ivan sur lui, le suçant.

Pourquoi ne l'avait-il jamais fait à quelques-uns des amis de Neil ? La plupart d'entre eux lui donnaient la chair de poule, mais la pratique était la clé de l'amélioration, et il était clairement terrible en ce qui concernait le sexe. Pas étonnant qu'il n'ait jamais été capable de garder un petit ami.

— Je suis désolé.

L'embarras étranglait les mots alors qu'ils se frayaient un chemin hors de la gorge de Parker.

— Pour quoi ?

Ivan se redressa, laissant traîner ses doigts le long du ventre de Parker se faisant. Une érection impressionnante tendait la braguette de son jean, tandis que le propre jean de Parker s'étalait à ses pieds.

Pour quoi ? Ivan avait été là, dans les tranchées. Parker fit un geste de la main vers sa verge à demi dure.

— Pour être parti si vite.

Ivan regarda avec incertitude par-dessus les épaules de Parker.

— Je voulais te donner une autre porte de sortie.

— Une autre porte de sortie ?

Pourquoi le fait d'avoir son sexe dans la bouche d'Ivan affectait-il si lamentablement sa compréhension ?

Caressant distraitement la clavicule de Parker – couvrant sa nuque de chair de poule – Ivan continuait d'éviter son regard.

— Une dernière chance de changer d'avis. À propos de coucher avec moi.

Un essaim de papillons fous dansa dans son estomac, et il lâcha la première chose qui lui vint à l'esprit.

— Je ne veux pas changer d'avis. Je te veux.

Mais alors, il voulut ravaler sa langue ; il n'avait jamais dit ça tout haut à personne.

Cela avait été la bonne chose à dire. Ivan le regarda finalement dans les yeux, les pupilles balayées d'un désir qui arquait entre eux comme de l'électricité, ramenant le sexe de Parker à la vie une fois de plus.

Ivan haussa les sourcils.

— En plus, c'était vachement torride, de te regarder.

Parker rit nerveusement, très conscient de sa nudité totale.

— Tu as regardé.

— Oh, oui.

Les mots étaient prononcés d'une voix rauque, plus profonde que le ton normalement employé par Ivan, et ils atteignirent directement la psyché de Parker. Il ferait probablement tout ce qu'il voudrait à chaque fois qu'il utiliserait ce ton.

— Euh... bégaya Parker.

— J'ai aussi remarqué ça.

Ivan lécha la clavicule de Parker sur toute sa longueur, le faisant frissonner. Personne ne l'avait touché là, pas avec intention, et il n'avait pas réalisé à quel point la peau était sensible à cet endroit. Ou peut-être était-ce juste Ivan, qui le regardait intensément comme s'il était... délicieux.

Ivan fit remonter sa bouche vers celle de Parker et l'embrassa, la salinité qui s'attardait suite à sa libération épiçant le goût de sa langue. Parker émit un gémissement qui provint du fond de sa gorge et se pressa contre le corps musclé d'Ivan.

— Alors, tu n'as pas changé d'avis ?

Ivan prononça les mots contre les lèvres de Parker, l'embrassant presque alors qu'il parlait.

Ouais, c'est ça. Si quelqu'un devait changer d'avis, ce serait l'ancien hétéro.

— Non.

Le souffle de Parker se mêla à celui d'Ivan, et il comprit soudain pourquoi certains mecs n'aimaient pas embrasser. À bien des égards, c'était plus intime que tout autre acte sexuel.

— Et toi ? Veux-tu que je change d'avis ?

— Non ! Seigneur, non.

Eh bien, dans ce cas.

— Vas-tu me baiser ici ? demanda Parker.

Mais d'où diable venait cet homme sexuellement aguicheur ? se demanda Parker. Neil serait si fier de lui.

Il lui adressa un sourire dont il avait le secret quand Ivan gémit et fléchit les hanches contre lui.

— Allons-y.

Ivan recula, permettant à Parker de s'écarter du comptoir. Celui-ci fit un pas en direction de la porte et trébucha rapidement dans son jean froissé.

Ivan le rattrapa avant qu'il ne s'écrase face contre terre, mais la quasi-collision lui valut un autre afflux de sang au visage.

— Allez viens maintenant. Je t'ai donné une chance de changer d'avis. Ne va pas t'ouvrir le crâne juste pour t'en tirer.

Parker rit à la taquinerie d'Ivan et eut droit à une gentille claque sur les fesses alors qu'il gravissait l'escalier.

Sur le palier, Parker s'arrêta, le bruit des pas d'Ivan juste derrière lui. Son lit était plus grand et confortable, mais... Une image de lui portant son appareil stupide, bruyant et bizarre le poussa vers la chambre d'Ivan. Bien sûr, la machine était un mal nécessaire, parce qu'elle faisait en sorte qu'il ne s'arrête pas de respirer au beau milieu de la nuit, mais après les moqueries de Neil, il ne voulait certainement pas qu'Ivan le voit avec ça sur le nez. Il serait beaucoup plus facile pour lui de se lever et de quitter son lit qu'il le serait de le convaincre de partir, en supposant qu'Ivan veuille même envisager le fait de dormir à côté de lui toute la nuit.

— Tu es sûr ? Le lit est assez petit là-dedans.

— Tu prévois de laisser beaucoup d'espace entre nous ?

Non, vraiment, que lui était-il arrivé ?

Ivan se transforma en la bête sauvage que Parker avait entrevue plus tôt, alors qu'il le traquait pratiquement sur le palier.

— Pas un foutu centimètre.

Parker eut à peine le temps d'ouvrir la porte avant qu'Ivan ne l'accule par derrière, ses mains lui caressant le torse en de longs mouvements vigoureux.

Lorsque le bout de ses doigts rugueux passa sur ses mamelons sans vraiment le faire exprès, Parker sursauta. Rien de ce que faisait Ivan n'était mal. Il aimait tout. Même quand il le fit basculer sur le lit, avec ses fesses en l'air, le laissant vulnérable.

Il aurait préféré se coucher avec lui en face à face, mais il avait déjà eu un orgasme spectaculaire ; il ne serait pas pointilleux sur la façon dont il recevrait le second. Pas quand Ivan était celui qui les distribuait.

Mais il se trompait. Ivan caressa ses fesses pendant un moment, les malaxant, avant de le pousser sur le lit. Parker s'allongea sur le dos et n'eut que quelques secondes à attendre tandis qu'Ivan ôtait son jean et ses sous-vêtements. Il rampa ensuite jusqu'à lui depuis le bord du lit comme un lion affamé. L'absence totale d'hésitation de sa part, en tout cas quand il s'agissait de parties nues du corps d'un homme touchant d'autres parties nues du corps d'un autre homme, renforça sa révélation antérieure qu'Ivan n'était pas novice en ce qui concernait le fait de baiser des mecs.

Parker remercia la divinité quelconque qui veillait sur les timides garçons gays parce que, s'ils avaient tous les deux été hésitants, ils auraient pu passer des mois à se danser autour avant que quoi que ce soit n'arrive. Dans la matinée, Parker devrait certainement se demander si coucher avec un mec qu'il connaissait à peine, et son colocataire par-dessus le marché, était une bonne idée, mais pour l'instant, il voulait Ivan en lui si fort qu'il ne put empêcher ses jambes de s'ouvrir totalement, ses genoux remontant vers sa poitrine de leur propre volonté.

Le regard d'Ivan voyagea le long de son bas ventre, l'embarrassant et l'excitant à la fois. Il ne se rappelait pas avoir jamais été exposé comme ça, avec son partenaire heureux de simplement le regarder. Avec des mouvements lents et délibérés, Ivan pressa leurs sexes ensemble, et un sifflement leur échappa à tous les deux. Si chauds, si durs. Parker ne put s'empêcher de pousser ses hanches vers le haut. Seigneur, il n'allait pas jouir à nouveau si vite, si ?

D'un autre côté, Ivan ne semblait pas pressé d'attraper le lubrifiant et les préservatifs, et Parker savait très bien qu'il avait les deux, même s'il n'allait pas en souffler mot.

Avec les lèvres et la langue d'Ivan se déplaçant sur son cou, ses oreilles et sa poitrine – en veillant à se concentrer sur la zone nouvellement découverte et érogène le long de sa clavicule – il réussit à distraire Parker de penser à baiser, parce que même baiser n'avait jamais était aussi bon, comme si Ivan pouvait jouer avec lui pour toujours.

Le frottement constant de son érection contre la sienne, rendue délicieusement glissante par le liquide transparent, preuve de son excitation, le rapprocha de plus en plus du bord.

Chaque centimètre de peau pressée contre Ivan le picotait grâce à ce contact. Parker passa ses paumes le long des avant-bras duveteux d'Ivan avant d'atteindre et d'enfoncer ses doigts dans son dos lisse, donnant plus d'appui à ses poussées pour répondre à celles, synchronisées, d'Ivan.

La prochaine fois, il explorerait Ivan de haut en bas. Ces muscles durs suppliaient de recevoir un examen plus approfondi, incluant léchage et succions.

Ivan glissa une main sous Parker et saisit sa fesse, aidant ses poussées. Il suivit la manœuvre et attrapa le cul d'Ivan à deux mains.

Puis vint le point de non-retour. Parker n'allait plus durer très longtemps. Merde.

— Ivan, je vais…

Ivan agit rapidement et l'embrassa, sa langue s'emmêlant sauvagement au gémissement profond provenant de sa poitrine et qui accompagna la jouissance de Parker partout sur son ventre.

Parker se relâcha sur le matelas, trop satisfait pour se soucier d'avoir eu deux fantastiques orgasmes alors qu'Ivan n'en avait eu aucun. Il continuait de baiser sa bouche de sa langue, frottant toujours son sexe en rythme contre celui maintenant glissant de Parker.

Alors qu'il profitait toujours des répliques frémissantes de son orgasme et de la flexion rythmique du fessier d'Ivan sous ses paumes, Ivan interrompit le baiser et rejeta sa tête en arrière tandis que tout son corps se raidissait.

L'immobilité soudaine de l'homme au-dessus de lui le laissa libre de se concentrer sur les secousses subtiles du sexe d'Ivan se déchargeant et du flot de chaleur inondant sa propre verge et ses testicules. Il s'effondra contre lui, son souffle rude et saccadé atteignant son oreille. Parker sourit au plafond. S'ils ne bougeaient pas rapidement, ils seraient collés ensemble, mais il n'y avait nulle part ailleurs où il aurait préféré être.

Il faudrait qu'il soit prudent, cependant. Ivan avait pu prouver qu'il n'était pas aussi hétéro que Parker le croyait, mais il venait juste de sortir d'un mariage éphémère et amer. Les chances qu'il veuille se lancer dans une nouvelle relation étaient certainement presque nulles. Mais, alors qu'ils se reposaient ensemble, en sueur et repu, il pouvait rêver. Rêver qu'ils feraient ça toutes les nuits. Quand Ivan rentrerait à la maison après une dure journée à vendre des assurances – et Parker n'avait jamais imaginé qu'un tel travail serait aussi stressant – il pourrait l'apaiser, le nourrir et l'emmener au lit. Heu... Un peu comme Ivan l'avait fait pour lui un peu plus tôt. Peut-être que le rêve n'était pas aussi improbable et extravagant.

La respiration d'Ivan se stabilisa et il planta un léger baiser sur le cou de Parker avant de tendre le bras pour attraper un tee-shirt qui gisait par terre. Il glissa sur le côté et frotta leurs bas-ventres avec.

— Dégueu.

Parker fit en sorte que la moquerie soit évidente dans sa voix.

Ivan haussa un sourcil.

— Eh bien, j'aurais pu utiliser ton tee-shirt.

— Impossible. Le mien est encore en bas.

— Peu importe. Pourquoi je ne te montrerais pas ce que dégueu signifie ?

Ivan grimpa à nouveau à califourchon sur lui, le menaçant de frotter le coton humide sur son visage. Parker lutta et tourna la tête d'un côté à l'autre, essayant d'éviter la serviette improvisée souillée de sperme.

Quand ils furent tous les deux à bout de souffle de leur petite chamaillerie, Ivan jeta le tee-shirt froissé à travers la pièce et attira Parker contre sa poitrine, ses lèvres effleurant sa nuque dans un semblant de baiser.

Ses paupières s'alourdirent alors qu'il se laissait allait dans la chaleur des bras d'Ivan. Une respiration profonde, qui résonna de façon alarmante comme un ronflement, le ramena complètement à la conscience. Il ne pouvait pas s'endormir ici. Ce n'était tout simplement pas possible.

Il s'extirpa des bras d'Ivan. Il n'avait même pas de vêtements à rassembler, parce qu'ils étaient tous encore en bas. Il devrait les ramasser dans la matinée.

— Où vas-tu ?

La voix endormie d'Ivan le fit s'arrêter.

— Dans ma chambre.

— Tu peux rester ici, tu sais. Ça ne me dérange pas.

Parker contempla Ivan par-dessus son épaule. Il le voulait. Il le voulait vraiment. Mais il ne devrait pas dormir sans son stupide et détestable appareil. Si son manque de prouesses sexuelles n'avait pas fait fuir Ivan, cela le ferait sûrement. Il ne pensait pas qu'un petit ami pourrait passer outre le respirateur artificiel, peu importait que ce soit juste après la première fois qu'ils aient couché ensemble. Comment le pourraient-ils ? Parker pouvait à peine se regarder lui-même sans frémir.

— Je ne peux pas. Je... ne peux simplement pas.

Parker se retourna et s'enfuit. Coucher – en réalité, dormir – avec un mec signifiait plus pour lui que d'avoir de simples rapports sexuels, et il était à peu près sûr que c'était tout ce qu'Ivan pensait que c'était. Tout ce qu'il avait à faire était de le garder intéressé jusqu'à ce qu'il se remette des émotions négatives de son divorce. Et vivre avec lui, lui donnerait de nombreuses possibilités de le faire.

Dans sa chambre, son lit semblait si grand, et cette nuit, parmi toutes les autres nuits, il ne serait pas aussi confortable qu'il l'était habituellement.

Soupirant, il s'assit et sortit le tube noir détesté et le masque de sa table de nuit et se prépara à dormir. Il s'allongea sur ses draps frais, l'appareil respiratoire branché, souhaitant qu'Ivan soit encore enveloppé autour de lui, souhaitant pouvoir encore sentir le parfum de sa transpiration et de sa jouissance.

VII

DU SANG recouvrait la poitrine de Parker, et des éclaboussures tachetaient la peau couleur cendre de son visage. Ivan travaillait frénétiquement pour endiguer le flot de sang et faire en sorte qu'il continue de respirer, que son cœur continue de pomper, mais il savait, alors que les yeux verts couleur rivière s'assombrissaient, qu'il allait échouer. Encore une fois. Avec une profonde inspiration étranglée, comme si le cauchemar avait physiquement réussi à l'étouffer, Ivan s'assit dans son lit en haletant.

Les narines dilatées, il saisit le coin du drap et essuya la sueur qui coulait sur son visage et de sa poitrine. Parker n'était pas le seul qu'il échouait à sauver dans ses rêves, mais il était certainement le visiteur le plus fréquent de ses cauchemars. Et le plus terrifiant. En quelques jours, il avait réussi à devenir une personne très importante dans sa vie, et autant qu'il veuille croire que c'était à cause de l'enquête, il ne pensait pas que ce soit ça.

Il s'était senti blessé, de façon déraisonnable, lorsque Parker était retourné dans sa chambre la nuit dernière. Peu importait les chances qu'Ivan lui avait données. Après que tout ait été dit et consommé, la culpabilité d'avoir trompé son compagnon devait l'avoir rattrapé. Merde, elle avait rattrapée Ivan aussi. Il pensait que dans la lumière froide du matin il n'aurait aucun regret ; qu'il serait absous quelque part de toute culpabilité parce qu'ils n'avaient pas eu de rapport anal. Ouais, il était un putain de vrai héros. Mais le sexe anal n'était pas la quintessence du sexe. Des lèvres avaient été embrassées. De la peau nue avait été caressée. Des sexes avaient été touchés et sucés. Des hommes avaient joui. La pénétration ne voulait rien dire à côté de ça. Ils avaient eu des rapports sexuels.

Ivan avait sciemment conspiré avec Parker pour tromper Neil. Le fait qu'il déteste Neil ne rendait pas ça meilleur. Aucune excuse n'était valable, comme il l'avait dit à Colin. Il ressentait toujours cela, mais maintenant il pouvait ajouter la culpabilité ternie et étouffante en plus de ses autres problèmes. Ce qui ne tenait pas compte de son travail. S'impliquer avec un suspect n'était pas seulement le territoire des romans d'amour à deux balles, mais un énorme putain de tabou professionnel.

Il savait ce qui avait déclenché le rêve ce soir. Il avait espéré la présence de Parker dans ses bras pour garder ses rêves au large, mais il était parti. De façon totalement inattendue. Ivan n'avait jamais pensé que son lit étroit et extra ferme serait un jour confortable, surtout pas avec une seconde personne, mais il avait été agréablement surpris par le choix de Parker de venir dans sa chambre. Ce matin, ce n'était plus si surprenant. Il avait probablement été conscient tout du long que le lit serait un rappel continu de son infidélité, comme le propre lit d'Ivan l'avait été jusqu'à ce qu'il le remplace.

Saisissant un pantalon de survêtement, il se leva et l'enfila, essayant d'ignorer le sperme séché qu'il avait oublié de nettoyer la veille. Il avait besoin de prendre une douche et de foutre le camp d'ici avant que Parker se réveille.

Un coup d'œil à sa montre lui assura qu'il avait suffisamment de temps. Les cauchemars qui jonchaient ses rêves avec des morts et le gardaient semi conscient la plupart de la nuit, avaient au moins assurés qu'il se réveille avant le soleil. Les étudiants de l'âge de Parker n'étaient généralement pas des lèves-tôt.

APRÈS UNE douche rapide, qui ne sembla pas déranger le sommeil de Parker, il s'habilla rapidement. Ivan saisit ses draps et le tee-shirt souillé et descendit les jeter dans la machine à laver. Dormir dans ces draps-là, ce soir, serait... difficile au mieux.

Comme il versait le détergent dans la machine et la lançait, son estomac gronda, un nauséeux mélange de faim et de regret. Il avait prévu de passer une autre journée à traîner avec Parker, à 'tester' des cours, mais prétendre que rien n'avait eu lieu la nuit dernière, surtout s'ils tombaient sur Neil, serait impossible. Il gardait déjà tellement de secrets qu'ils distendaient son esprit comme un ballon prêt à éclater. Une pression supplémentaire et tous ses préparatifs minutieux exploseraient en un désastre chaotique et peut-être mortel.

Il devrait suivre Parker à nouveau parce que fouiller la maison était juste hors de question. Il ne pouvait pas rester ici seul toute la journée, à se souvenir. Du sexe était du sexe et il s'était engagé dans pas mal de sexe, avant Colin, avec Colin, et après Colin. Mais même avec son ex, au début idyllique de leur relation, cela ne lui avait jamais bousillé l'esprit comme le sexe avec Parker l'avait fait. Ce n'était pas une situation normale, pas du tout, et il devait s'en rappeler.

Ivan se traîna au rez-de-chaussée avec l'intention d'avaler un petit déjeuner rapide avant de prendre son poste d'observation et d'attendre que Parker sorte pour aller en cours. Puis il trébucha sur son jean bien usé et ses sous-vêtements sur le plancher de la cuisine. Le regret prit le pas sur sa faim et se transforma en colère, qui le brûla si puissamment qu'il put à peine respirer. Maudit soit Parker pour faire de lui 'l'autre homme', et maudit soit-il encore pour être tout ce que Ivan désirait. Un faible grondement monta de sa gorge, et il envoya son poing dans le mur.

La douleur se propagea de ses jointures le long de ses doigts et éclata jusque dans son bras. Il le recula, tenant son poing. Au moins, il n'avait pas réduit sa main en bouillie en la projetant contre un mur de béton. Seule une petite bosse et quelques éclats de peinture persistaient pour montrer où il avait perdu le contrôle. Et maudit soit Parker pour être un criminel en premier lieu. S'il n'avait pas décidé de devenir un délinquant, Ivan ne l'aurait jamais rencontré, et à cet instant, cela n'aurait pu être qu'une bonne chose.

La douleur dans ses articulations pulsait au rythme de la colère échauffant ses oreilles alors que le sang suintait de ses éraflures, et il voulut secouer Parker. Tout était de sa putain de faute. Il voulait crier sur lui, enfoncer son poing dans le visage stupide de Neil. Quand il réalisa qu'il avait fait quelques pas vers l'escalier, il prit une profonde inspiration tremblante et la retint, dans l'espoir de se calmer. Le bruit que fit la porte de la salle de bain quand Parker la ferma tendit les fils déjà bien malmenés de son self-control. Il devait foutre le camp d'ici.

Sa main gauche tremblait si fort qu'il eut du mal à refermer ses doigts autour de la poignée de porte, mais l'humidité avait été minime pendant la nuit, et il n'eut pas à mettre tout son poids et sa force pour l'ouvrir. Les battements de son cœur s'accélérèrent lorsque la chasse d'eau fut tirée.

Sors d'ici, sors d'ici, sors d'ici.

Ivan claqua la porte derrière lui et se mit à courir sur le trottoir. Il ne savait pas où il allait, mais il courut comme si sa vie en dépendait.

PARKER SORTIT de la salle de bain en vacillant. Il n'avait pas dormi aussi bien qu'il l'aurait dû après deux putains d'orgasmes spectaculaires, mais il n'avait que lui et son appareil à blâmer. Perdre tout ce poids alors qu'il prenait soin de sa mère aurait dû faire disparaître son apnée du sommeil. Mais ce n'était pas le cas. Même s'il avait décidé de passer la nuit avec Ivan, prendre le risque de dormir sans sa machine, sachant qu'il ronflait plus fort qu'une demi-douzaine de tronçonneuses, rendrait impossible de lui faire face au matin. Un jour, il aimerait se réveiller dans les bras de quelqu'un, quelqu'un dont il se souciait, mais le tuyau noir et le masque hideux était efficace un moyen de dissuasion.

Une fois encore, il n'avait jamais imaginé que quelqu'un d'aussi sexy et doux qu'Ivan puisse un jour s'intéresser à lui. *Un petit pas après l'autre.*

Aucune force au monde n'aurait pu l'empêcher de jeter un coup d'œil par la porte ouverte d'Ivan. La chambre vide et le matelas dépouillé fut une gifle inattendue au visage de Parker. Il avait dû se réveiller à l'aube, déjouant l'espoir qu'il avait eu de pouvoir regarder un Ivan endormi, emmêlé dans les draps dans lesquels ils avaient couchés ensemble, et peut-être sourire au souvenir de sa fougue.

Ah, eh bien. Cela ne le surprit pas tellement qu'Ivan veuille laver ses draps après leur intermède sexuel. C'était une habitude que Parker approuvait en fait, après un incident dégoûtant avec un de ses rencards plus tôt dans l'année. Les draps du gars avaient indéniablement crissés, et cela importait peu qu'il s'agisse d'autres types ou de lui-même. Parker avait fui, et il n'avait jamais été aussi heureux de sa vie que les perspectives de rendez-vous soient si peu nombreuses et espacées.

— Ivan ?

Il n'y eut pas de réponse, alors il descendit et essaya à nouveau. Rien. Où était-il allé ? Hier, il avait dit qu'il retournerait avec lui à l'université. Il ne savait pas pourquoi Ivan avait décidé de tester les mêmes cours que lui, mais il avait apprécié que ses amis le rencontrent. Il avait apprécié de passer du temps avec lui, dehors, en public. Cela les faisait ressembler un peu plus à des colocataires. Il rit. Après la nuit dernière, 'colocataires' ne semblait plus tout à fait la bonne description, mais il ne savait pas s'il y avait un terme qui ne ferait pas flipper Ivan. Colocataires avec bénéfices ? Ou alors pouvaient-ils passer au grade d'amis avec bénéfices ? L'application libérale desdits avantages pourrait voir une autre promotion de leur statut dans quelques mois, et Parker allait travailler vers cet objectif comme il ne l'avait jamais fait pour aucun autre.

Le rez-de-chaussée était vide sauf pour son jean et ses sous-vêtements sur le plancher de la cuisine, charriant avec eux de doux souvenirs de la nuit précédente. Ivan serait-il prêt à répéter leur interlude 'cuisine' ? Cette fois, Parker regarderait et, l'espérait-il, tiendrait un peu plus longtemps.

Le bruit métallique distinctif d'une machine à laver légèrement décalée attira son attention vers le sous-sol.

— Ivan ? appela-t-il, mais sans obtenir de réponse.

Un rapide voyage en bas des marches lui révéla un sous-sol vide. Avec un froncement de sourcils, et des pas plus mesurés, Parker remonta à l'étage principal.

Où diable Ivan était-il allé ? Était-il parti pour une course matinale ? S'il ne revenait pas bientôt, il n'aurait pas le temps de se doucher avant que Parker parte en cours. Aussi proche des examens de mi-trimestre, il était dangereux de louper des cours magistraux. Il jeta une pomme et une barre de céréales dans son sac. Pendant que son pain grillait, il courut porter son jean et ses sous-vêtements au sous-sol, remontant juste à temps pour voir le toast surgir du grille-pain. Alors qu'il attrapait un plat dans le placard, une ombre sur le mur à côté du meuble attira son attention. Assiette en main, il regarda l'endroit. Était-ce une fissure ? Il passa ses doigts sur le mur, la peinture s'écaillant au sol en réponse. Le mur était enfoncé sous ses doigts. Cette maison avait été la sienne depuis toujours, et il en connaissait chaque centimètre comme son propre corps. Ce renfoncement était nouveau. Comme c'était étrange.

Il tartina rapidement son toast de beurre d'arachide en y ajoutant une petite touche de confiture, et il s'assit à la table, regardant la dépression arrondie. Qu'est-ce qui aurait pu causer ça ? Et quand était-ce arrivé ?

Après avoir fait la vaisselle et un peu bricolé, il ne put patienter davantage. Ivan n'allait pas revenir. Il avait peut-être oublié, ou peut-être que son patron avait eu besoin qu'il retourne travailler, mais quoi qu'il en était, le jour de Parker s'était terni.

Après avoir touché brièvement une dernière fois le comptoir où il s'était appuyé pendant qu'Ivan lui balayait l'esprit tout en ravageant sa verge, Parker jeta son sac sur son épaule et quitta la maison.

IVAN PILA devant la porte de la maison. Il espérait vraiment avoir la bonne adresse. Il arpenta lentement le porche minuscule de long en large pendant qu'il attendait. Impossible qu'il s'attende à une réponse immédiate. La chaleur dans l'air devenait oppressante alors que midi approchait, mais cela ne tenait pas compte du désespoir d'Ivan d'entrer dans la maison.

Un coup d'œil à sa montre lui confirma qu'il n'était même pas dehors depuis plusieurs minutes, mais il frappa son poing – le gauche – à nouveau sur la porte. Le droit était enflé et égratigné et ça avait été un putain d'enfer de le protéger dans les transports en commun en pleine heure de pointe matinale. Plus d'une fois, il avait dû ravaler un cri de douleur alors que certains passagers ne se doutant de rien le bousculaient ou le heurtaient à cet endroit avec un étui d'ordinateur portable ou un sac à main.

Le léger grondement d'un moteur de voiture le fit se tourner vers la rue. Il était – quasiment – certain que personne ne l'avait suivi, mais il ne serait pas surpris de voir passer régulièrement des flics en train de faire des rondes, juste au cas où. Il se plaqua contre la maison et regarda attentivement, à travers les branches tombantes d'un arbre à feuillage persistant, le coin de la véranda. La Crown Vic blanche pouvait être une voiture de police non banalisée, ou ce pouvait être une personne âgée. Quasiment personne d'autre ne conduisait ces choses.

Plissant les yeux, il regarda fixement le chauffeur, qui conduisait probablement une dizaine de km/h sous la limitation de vitesse pour une rue résidentielle. Il enregistra la vision éclair d'une paire de lunettes et des cheveux blancs juste au moment où la porte s'ouvrait avec fracas derrière lui. Il sauta dans les buissons tandis qu'il se retournait sur lui-même pour faire face à la nouvelle menace.

Le cœur battant, il s'accroupit dans une posture défensive. Il lui fallut quelques secondes pour reconnaître l'homme en face de lui.

— Ivan ? C'est toi ?

Il se redressa de toute sa hauteur et avança à nouveau sur le porche, essayant de réprimer son embarras suite à sa réaction excessive. Cela ne l'empêcha pas de jeter un autre regard nerveux sur le quartier avant de parler.

— Kurt, j'ai besoin de te parler.

— Bien sûr, viens à l'intérieur.

— Est-ce que ton copain est à la maison ?

— Mon copain ? Vraiment ?

Kurt leva les yeux, mais conduisit Ivan à l'intérieur et ferma la porte derrière eux.

— Davy est au travail.

L'air frais frappa Ivan au visage, le froid le rafraîchissant après la chaleur du soleil. Il se fichait que Kurt objecte à sa terminologie, tant qu'ils étaient seuls. Et il avait complètement zappé le nom de Davy, donc 'copain' sonnait très bien.

Il suivit la lente progression de Kurt dans le salon, où il s'assit avec précaution sur le canapé. Pas étonnant qu'il lui ait fallu autant de temps pour venir ouvrir la porte ; le gars souffrait clairement. Il avait perdu plusieurs kilos depuis qu'on lui avait tiré dessus, en plus de ceux qu'il avait perdus à se tracasser concernant son coming-out. L'homme avait besoin d'un sandwich, ou trois.

Kurt éteignit le téléviseur et fit un signe vers l'une des chaises. Ivan s'assit sur le bord de l'une d'elles, incapable de se détendre.

Il prit une profonde inspiration.

— Je suis désolé. Je suis un ami de merde. Je suis content que les choses fonctionnent avec Davy. Tu devras me raconter ça un de ces jours.

— Parce que tu es attendu quelque part ? Simon m'a dit ce qui t'était arrivé pendant le raid. Visiblement, il n'en a entendu parler que tardivement, mais il m'a effectivement dit que tu étais en congé administratif jusqu'à nouvel ordre.

Kurt fronça les sourcils.

— L'UES ne te blâme certainement pas pour la mort de ce gamin ?

Ivan étouffa un gémissement. Il n'avait pas voulu parler de Dmitri du tout. Particulièrement pas lorsque l'image de Parker à sa place était encore si vivace dans son esprit. Donc, il ignora la question.

— Kurt, mec, j'ai besoin d'aide. Je ne sais pas à qui faire confiance.

— Bien sûr. Que se passe-t-il ?

Ivan remua les doigts de sa main et siffla alors que la douleur l'assaillait.

— Merde, Ivan, qui donc as-tu frappé ? Et pourquoi ?

— Longue histoire. Mais c'était un quoi, pas un qui.

— On dirait que tu t'es fêlé les os. Laisse-moi aller chercher quelque chose pour bander cette main, et alors tu pourras me raconter ton histoire.

Kurt se leva, se tenant droit avec prudence. Peut-être avait-il encore des sutures. Ivan n'était même pas sûr de savoir depuis combien de temps il était sorti de l'hôpital, mais il était encore furax que son travail l'ait empêché de lui rendre visite.

— Je ne sais pas.

Tendu comme s'il s'était enfilé une douzaine d'expressos complétés de quelques cafés au lait, Ivan bondit pour regarder par la fenêtre.

— Ce n'est pas comme si l'un de nous avait un endroit où il devait être, déclara Kurt en quittant la pièce, se déplaçant lentement mais sûrement.

Il avait tort. Ivan était censé être ailleurs. Il aurait probablement dû laisser une note pour Parker, pour lui faire savoir qu'il ne l'accompagnerait pas en cours aujourd'hui, mais il était bien trop tard pour avoir ce genre de regret, qui était assez mineur pour le noyer dans une mer bien plus grande de regrets pour avoir couché avec lui. En outre, il écrivait comme une merde avec sa main gauche et Parker n'aurait pas été capable de la lire.

Après avoir arpenté la pièce plusieurs fois, il retourna se poster près du rideau, cherchant la moindre trace d'une surveillance quelconque. Rien. Pour l'instant.

— Qu'est-ce que tu cherches ?

Le retour furtif de Kurt le fit sursauter, mais pas au point qu'il soit prêt à l'attaquer, comme il l'avait été devant la maison.

— Rien.

Pour l'instant.

— Viens t'asseoir ici à la table. C'est plus facile si je n'ai pas à me plier ou à me tourner.

Ivan ne voulait causer aucune douleur à Kurt – il avait été source de douleur pour bien trop de gens dernièrement – donc il fit ce qu'il lui avait demandé.

Kurt l'examina attentivement, ses yeux bleus concernés.

— Tu as une mine de déterré. Tu veux me dire ce qui se passe, ou vais-je devoir te le tirer par les vers du nez ?

L'humour intentionnel lui arracha un grognement de surprise – pas vraiment un rire, mais aussi proche qu'il pouvait s'en approcher aujourd'hui. Kurt était un fils de pute difficile, mais là tout de suite, un singe manchot aurait pu lui faire mordre la poussière.

— Sérieusement, Ivan. Tu as dit que tu avais besoin d'aide. Dis-moi comment je peux t'aider.

Kurt lui prit la main et commença à la nettoyer et la bander.

Ivan parla tandis qu'il lui fournissait les premiers soins. Tout ce bordel avait commencé seulement quelques jours plus tôt, mais on aurait dit des années. Il réussit à expliquer comment il avait fini chez Parker avant que Kurt fasse une pause dans les soins qu'il lui prodiguait et le regarde attentivement.

— Nom de dieu, Ivan ? Sarge n'avait pas à t'envoyer sous couverture comme ça.

Kurt fit courir des doigts agités dans ses cheveux bruns, les faisant se dresser dans toutes les directions avant de finir de bander la main d'Ivan.

— Cela va complètement à l'encontre des règlements. Tu pourrais perdre ton job pour un truc comme ça. Et des arrestations pourraient même ne pas te sauver les fesses.

Ivan haussa les épaules et joua avec les boutons de la télécommande du téléviseur à côté de lui. Ces questions l'avaient inquiété lui aussi, mais avec une taupe dans le département et lui ne voulant pas que Parker se fasse arrêter de toute façon, il se demandait s'il était encore taillé pour ce job.

— Ce n'est... Pas vraiment la question.

Kurt fronça les sourcils et laissa échapper un sifflement de douleur.

— Merde, je ne peux même pas faire ça, dit-il.

— Ça va ? demanda Ivan.

— Oui. Ou ça ira. Le temps que je guérisse, enfin tu vois.

Ivan relâcha son souffle qu'il n'avait pas réalisé avoir retenu. Ses conneries stupides, sa main, ses problèmes, n'étaient rien comparés à ce que Kurt avait traversé. Il se leva, prêt à partir.

— Je devrais y aller. Je dois régler ça par moi-même.

— Assieds-toi, bon sang, Ivan.

Kurt grimaça et se leva aussi, carrant les épaules. Malgré sa récente perte de poids, Kurt était toujours plus costaud et il n'hésita pas à le rappeler à Ivan.

— Kurt, je...

— Tu vas m'obliger à te faire t'asseoir ?

— Putain, non.

Kurt essaierait, peu importait les blessures supplémentaires que cela lui causerait. Il n'y avait pas à s'y méprendre vu la lueur de menace dans ses yeux, et Ivan ne pouvait pas en être responsable.

Cette fois, il se laissa tomber sur une chaise face à Kurt, qui s'assit à nouveau avec précaution.

— Parle, Ivan. Maintenant.

— Si quelqu'un passe de l'intérieur des informations à la mafia Russe, tu es le seul à qui je puisse faire confiance. C'est pourquoi je suis là. Je... ne sais pas quoi faire.

Ivan laissa tomber sa tête dans sa main.

— Tu dois arrêter ça. Il n'y a aucun moyen que ce gamin soit un acteur majeur d'aucune sorte. Tu en aurais entendu parler depuis le temps.

— Je n'ai pas encore fini.

Ivan continua de lui raconter son histoire, et Kurt l'écouta attentivement.

131

— D'accord, attends, il est possible que Sarge soit sur quelque chose. Même si la mère de ce gamin lui a laissé un gros héritage, il n'y a aucune raison pour lui de garder autant d'argent dans son placard.

Ivan détourna les yeux pour regarder la pièce autour de lui, essayant de repousser l'admission de la pire des choses. La seule chose qui le ferait virer, qui rendrait toute cette enquête inutile.

— Ouais. Je sais. Mais ce n'est pas tout. Kurt... Je suis tellement baisé. Ce gamin…

Non. Il ne pouvait pas l'appeler gamin.

— Parker. Il est... Je suis... Nous...

Le dos de Kurt se raidit, et ses yeux s'agrandirent.

— Tu l'as baisé ?

Le souffle d'Ivan lui échappa d'un coup.

— Ouais. Et ce n'est pas un gamin.

Il fallait que cela soit clair. La culpabilité lui pesait suffisamment sur la conscience sans y ajouter le détournement au berceau.

— Alors... Pourquoi ? Ce n'était pas nécessaire pour ta couverture, non ? Je croyais que tu avais dit y aller en tant qu'homme divorcé ?

Oh Seigneur. Non. Tellement inutile pour sa couverture. Mais il n'avait pas pu s'en empêcher. Il dévisagea Kurt, ne voulant pas le dire à voix haute.

— Cela n'arrivera plus jamais. Je le jure.

L'expression de Kurt s'adoucit, et Ivan regarda par-delà son épaule.

— Oh. Merde, dit soudain Kurt.

— Hum. Ouais.

Au moins, il n'avait pas à sortir du placard et dire qu'il n'avait simplement pas pu s'en empêcher. Il avait dû y goûter. Juste une fois.

— Que vas-tu faire ?

Ivan sourit, ou au moins essaya autant qu'il le put. Depuis que Kurt vivait maintenant avec Davy, il supposait qu'il avait obtenu sa 'fin heureuse', mais Ivan l'avait vu avant que lui et Davy ne soient ensemble, et il avait été plutôt mal en point. Kurt n'allait pas lui rabâcher les oreilles pour avoir été stupide, et il appréciait son amitié plus qu'il ne saurait le dire. Même s'il n'y avait pas de fin heureuse dans son propre avenir, il était content que Kurt ait trouvé Davy. L'inquiétude, la détresse et la douleur émotionnelle qui avaient pesé sur lui comme un manteau la dernière fois qu'ils étaient sortis ensemble avaient disparu. Les problèmes actuels de Kurt étaient tous physiques, enfoiré de chanceux.

— Je ne sais pas.

— Va voir Sarge. Dis-lui que c'est un fiasco. Ce que tu fais est foutrement dangereux.

— Ouais, mais si je pars, est-ce que ce sera plus dangereux pour Parker ?

— Pour Parker ? Pourquoi ?

— La fuite. Et si Razhin découvre que nous étions en train d'enquêter sur lui ? Je ne pense pas que Parker réalise à quel point ces gens sont dangereux.

— Merde, mec, tu ne peux pas faire ça. Tu ne peux pas lui parler de ça. S'il découvre que tu es flic, tu es celui qui sera en danger, et personne n'ira en prison, crois-moi. Tu ne peux pas faire ça.

— Je peux. Je crois. Tu ne l'as pas rencontré, Kurt. Il est tellement naïf. Si doux. Je ne pense pas qu'il se rende compte à quel point le commerce de la drogue est insidieux. Lui et...

Ivan s'interrompit lui-même. La dernière chose dont il voulait parler était du putain de petit ami de Parker.

— Quoi qu'il en soit, je ne pense pas qu'il soit encore trop tard, il ne doit pas être trop impliqué.

— Il l'est bien assez pour que Sarge ait entendu parler de lui.

— Je m'en moque. Sarge doit se tromper. Arrêter Parker le tuera. Il n'a pas du tout une mentalité de criminel.

Il n'avait pas réalisé à quel point il était devenu passionné quand il avait pris la défense de Parker. Le trafic de drogue voyait plus que sa part de récidivistes, assez pour qu'Ivan ne croit plus vraiment à leur réinsertion, mais Parker était différent. Il devait l'être. Il ne pourrait pas le supporter s'il mourrait ou était brisé en prison.

Kurt serra les lèvres, mais le poids du regard de celui qui sait, était trop dur à supporter. Au lieu de cela, il laissa ses yeux balayer la pièce. Une pièce blanche plutôt choquante, maintenant qu'il y prêtait attention.

— Ivan, écoute-moi.

— As-tu déjà entendu parler de peinture ? l'interrompit-il. Elle se décline en couleurs. Tu devrais y réfléchir.

— Ivan, pour l'amour de Dieu.

Ivan soupira et regarda Kurt droit dans les yeux.

— Ça ne va pas. Je ne sais pas pourquoi tu as accepté ça. Je ne sais pas pourquoi Sarge t'a demandé de le faire. Mais ça ne sent pas bon.

— Ouais, je sais.

Ivan laissa échapper un rire frôlant l'hystérie.

— Je n'ai jamais pensé que Sarge m'aimait beaucoup. Ça m'a complètement surpris quand il m'a confié cette affaire, mais il y a des moments où j'ai l'impression de sentir des yeux sur moi. Des gens qui m'observent, même si je ne peux pas les voir. Je pense qu'il s'attend à me voir échouer. Qu'il m'a mis sur ce coup pour... quelque chose. C'est fou, cependant, n'est-ce pas ?

Ivan se mordit la lèvre jusqu'à ce qu'elle saigne, parce qu'un rire encore plus hystérique montait de sa poitrine, et il ne pouvait laisser Kurt l'entendre. Il était en train de perdre son putain d'esprit.

— Ivan, mec, tu es un des meilleurs inspecteurs que je connaisse. Je ne peux pas croire que Sarge monte un coup contre toi. Je ne peux y voir aucune raison possible. Aucune. Peut-être qu'il y a une taupe, et peut-être qu'il est secoué par tout ça, assez pour faire foirer ta mission. Et crois-moi, il a sérieusement merdé ici. Je te le dis comme je le pense, je ne veux pas que tu continues là-dedans. Mais si tu penses que tu le dois, je mettrai Simon au courant. Je ne peux pas faire grand-chose ; je suis moi aussi en congé administratif. Mais tu peux aller le trouver, en toute confiance, si tu as besoin de quoi que ce soit. Pigé ?

Simon. En tant que nouveau venu dans le département, il serait fort peu probable qu'il soit connecté à la taupe, et d'ailleurs, c'était manifestement un problème de la Brigade Anti-Drogue, pas de celle des Homicides.

Ivan hocha la tête.

— Merci.

— Comme pour le blanc.

Kurt fit un geste de la main en direction des murs.

— Nous organisons une partie de peinture dans quelques semaines. Ça me ferait très plaisir que tu en sois.

— Il n'y a rien que j'aimerais mieux. Je vais essayer de venir, d'accord ?

Ivan ne pensait pas qu'il serait là, et l'expression de Kurt disait clairement qu'il l'acceptait. Ivan serait soit toujours sous couverture, ou peut-être mort, s'il avait tort sur le rôle de Parker dans l'organisation de Razhin.

Il se leva. Kurt avait besoin de se reposer, et lui avait besoin de rentrer à la maison – celle de Parker. S'il mettait son cul en route, il aurait peut-être une heure pour aller fouiner dans ces autres boîtes qu'il avait vues dans son placard, et s'assurer qu'il ne rate rien avant que Parker revienne du centre de traumatologie. Son travail en tant que bénévole était encore une autre raison pour laquelle il refusait de considérer Parker comme une cause perdue.

— DONC, où est ton coloc sexy ? demanda Alicia en donnant une chiquenaude dans l'épaule de Parker qui essaya de sourire.

— Je ne sais pas. Il était parti quand je me suis réveillé.

— Eh bien, peut-être qu'il devait retourner travailler. Passer tout son temps à fixer ton beau cul ne va pas payer la pension alimentaire, tu sais ?

Parker détourna les yeux. Ivan avait déjà passé une bonne partie de son temps avec son cul très nu et apparemment ne voulait plus rien avoir affaire avec lui. Quand apprendrait-il ? Le sexe était juste du sexe. Une fois que c'était fini, il devrait être capable de l'oublier. Jusqu'à présent, cela n'avait pas été si difficile, mais aujourd'hui, le fait qu'Ivan le batte froid le blessait plus qu'il ne s'y était attendu. Contrairement aux quelques autres gars avec qui il avait couché, il pensait vraiment qu'Ivan l'avait aimé, qu'il n'avait pas seulement été intéressé par une baise rapide.

— Il n'est pas intéressé par mon cul.

Plus maintenant qu'il l'avait déjà eu.

Les sourcils d'Alicia se haussèrent avant qu'elle se mette à rire.

— Tu ne peux pas vraiment être aussi aveugle, n'est-ce pas ?

Si, apparemment il le pouvait. Ses yeux brûlaient, et il cligna des paupières pour essayer de les apaiser.

— Qu'est-ce que tu racontes ?

Alicia se pencha pour sortir sa tablette.

— Comme si tu ne le savais pas. Merde, je pensais que Chris allait devoir s'interposer pour mettre fin à une bagarre entre Ivan et Thom.

— Thom ? Qu'est-ce qu'il vient faire là-dedans ?

La confusion l'aida à regagner un certain contrôle sur ses émotions.

— Sérieusement. Tu es vraiment aveugle à ce point, n'est-ce pas ?

Alicia secoua la tête.

— Thom craque totalement pour toi. Chris a dit que sa soirée avait été déprimante au possible à l'appartement, à cause de Thom parce qu'il se morfondait à ce propos. Il n'était pas difficile de voir les étincelles entre toi et Ivan, ça c'est sûr. On aurait pu faire cuire un steak hier avec la chaleur dégagée entre vous deux.

Parker pressa une main sur ses joues pour s'assurer qu'elles n'étaient pas réellement en feu.

— Je n'avais pas idée que Thom était intéressé. Je pensais…

En fait il n'avait pas pensé beaucoup, mis à part le fait qu'il avait présumé que Thom ne l'aimait pas. Comment avait-il pu ne pas s'en apercevoir ? Là encore, même en sachant qu'il serait plaqué aujourd'hui, il n'était pas sûr qu'il aurait choisi Thom plutôt qu'Ivan. Peut-être pas la chose la plus intelligente ; Thom semblait vraiment être un chic type, et il était mignon. Mais Ivan consumait ses pensées.

— Oh, eh bien, je ne sais pas. C'était probablement juste pour le sexe.

La mâchoire d'Alicia s'en décrocha, et cette fois, Parker était sûr que ses joues étaient enflammées. Il n'avait pas été dans ses intentions d'admettre ça devant quelqu'un.

— Tu as couché avec Ivan ? Je suis choquée et pourtant, je ne suis pas surprise du tout. Tu dois tout me raconter !

Tout ? Seigneur, il était déjà embarrassé et blessé. Il regarda Alicia fixement.

— Il n'est pas ici aujourd'hui. Il a quitté la maison sans me laisser une note. Qu'y a-t-il de plus à dire ?

— Oh !

Alicia lui adressa un sourire triste et une pression sur l'avant-bras.

— Je suis sûre qu'il y a une bonne raison. Ne t'inquiète pas. Cette intensité ne peut pas juste s'en aller comme ça, quoi qu'espère Thom.

Le professeur entra dans la classe, lui accordant un sursis. Il essaya de prêter attention au cours, mais il ne pouvait penser qu'à Alicia, si oui ou non elle avait raison et à comment il allait expliquer le fait de sauter le déjeuner aujourd'hui.

Commencer à travailler plus tôt au centre lui donnerait d'autres sujets auxquels penser.

LA SUEUR dégoulinait du corps d'Ivan alors qu'il s'effondrait contre la porte. La journée avait été foutrement chaude et les deux wagons de métro dans lesquels il était monté avaient une climatisation défectueuse. Il pensait également que quelqu'un l'avait suivi, donc il était descendu avant son arrêt et avait marché… En fait, cela n'aurait été qu'une douzaine de blocs s'il avait été capable de prendre une route directe, mais il avait serpenté sans but, essayant d'identifier qui, si quelqu'un il y avait, le suivait.

Il poussa un soupir de soulagement en quelques respirations haletantes. Courir pour l'exercice ne l'avait pas réellement préparé à ce niveau de vigilance et de paranoïa. Il aurait préféré courir un marathon ou deux plutôt que de sentir constamment ces yeux invisibles derrière lui.

Après avoir déboulé au sous-sol pour mettre sa lessive dans le sèche-linge – et aussi pour vérifier qu'il n'y avait personne en bas – Ivan fit un tour rapide de la maison. Comme il le soupçonnait, il n'y avait personne. Tant que Neil ne déciderait pas de débarquer à nouveau à l'improviste, il devrait disposer d'une heure au moins pour finir ses recherches dans le placard de Parker.

Il changea de tee-shirt et utilisa une serviette pour se sécher ; il n'y avait aucune raison d'alerter Parker en transpirant partout sur ses affaires.

Plus ou moins propre et sec, il entra dans la chambre de Parker et se dirigea droit vers le placard, malgré le grand lit qui se cachait derrière lui. Le regret de ne pas avoir partagé ce lit avec Parker était ridicule et si Ivan ne découvrait pas comment le détourner de sa voie vers la délinquance, et bien, le mec devait pouvoir passer ses nuits dans un lit aussi confortable que possible. Les lits en prison n'étaient pas fournis équipés d'un surmatelas.

Avec précaution, il souleva et posa la boîte dans laquelle il avait trouvé l'argent. Un rapide coup d'œil lui confirma qu'il était toujours là. Découvrir d'où il pouvait bien venir était la mission d'un autre jour. Il passa rapidement les dossiers de la boîte en revue. Parker n'avait pas vraiment de système de classement. Les avoirs, les factures et les notes d'électricité pour deux propriétés différentes étaient mélangées ensemble et non triées par date. Cela paraissait étrange pour un étudiant qui était toujours à jour dans son travail, mais là encore, il était en charge de toutes les factures depuis une période de temps relativement courte.

Ivan trouva des documents relatifs à un fonds de placement qui payait les frais de Parker, ce qui expliquait beaucoup de choses, mais qui n'expliquait pas les dépenses énormes pour ce qu'il présumait être une fermette à Muskoka que Parker avait mentionnée. Il parcourut les papiers de ses acquisitions et un puits de désespoir s'ouvrit dans son estomac. Celles-ci faisaient mention de dépenses liées à la culture de marijuana à grande échelle. La maison à Muskoka devait se trouver sur une large parcelle de terrain. Merde. L'argent devait provenir de Razhin, finançant la conversion. Il avait moins de temps qu'il ne le pensait pour sortir Parker de cette situation. Il était peut-être déjà trop impliqué pour que Razhin le laisse filer, si le gros paquet de cash était une quelconque indication.

Il fourra tout à nouveau dans la boîte et la remit en place. Merde, merde, merde. Il y avait une autre boîte sur l'étagère dans le fond du placard. On aurait dit une petite malle de voyage. Il ne pouvait imaginer quelque chose de plus incriminant que ce qu'il avait trouvé jusqu'ici, mais il pouvait aussi bien vérifier pendant qu'il était là.

Les charnières rigides lui indiquèrent qu'elle ne devait pas être ouverte très souvent. À l'intérieur se trouvait un désordre épars de photos. Tant qu'il n'y avait pas de photos de Parker posant à côté d'un plant de marijuana, il n'y avait probablement rien d'intéressant là-dedans, mais cela ne l'empêcha pas d'en fouiller le contenu. Il vit quelques clichés de la mère de Parker, qu'il reconnut grâce aux quelques photos posées sur le manteau de cheminée en bas.

Il parcourut les autres, cherchant des photos de Parker, mais ce n'est pas avant d'en voir une avec sa mère, les bras enroulés autour d'un jeune adolescent, qu'Ivan réalisa avoir manqué… une tripotée de photos de Parker.

Sortant une poignée de photos de la boîte, il s'éloigna du placard pour se diriger dans la chambre de Parker afin de regarder les clichés à la lumière du soleil qui ruisselait à travers les fenêtres. Au moins Parker avait assez de bon sens pour garder les fenêtres fermées les jours de record de chaleur et d'humidité.

Le jeune Parker était adorable. Il y avait des traces de son visage magnifique, mais le garçon était grassouillet, ses pommettes saillantes cachées sous le capitonnage de la graisse de bébé. Il y en avait quelques-unes de Neil également, qui ressemblait beaucoup à ce qu'il était maintenant. Il ne put trouver aucune photo datant des deux dernières années, ce qui vraisemblablement était le moment où la santé de la mère de Parker s'était détériorée au point où elle n'avait plus voulu être prise en photo. Quelque part durant ces deux années, Parker avait probablement perdu plus de vingt kilos pour révéler l'homme magnifique qui se cachait dessous. Le sourire était le même et Ivan toucha une des photos du bout des doigts. L'hésitation et l'incertitude de Parker de même que son manque d'arrogance prenaient maintenant tout leur sens. Il n'avait probablement pas l'habitude d'être l'objet de l'attention de tout le monde.

Du mouvement derrière la fenêtre lui fit lever les yeux. Parker était sur le trottoir, presque devant la maison. Merde. Il avait complètement perdu la notion du temps à regarder ces photos. Rapidement, il fourra les clichés dans la boîte et la replaça sur l'étagère avant de se précipiter hors du placard, refermant soigneusement la porte de la chambre juste au moment où la porte d'entrée s'ouvrait. Son regard vola entre la salle de bain et la chambre. Il avait besoin de quelques minutes pour calmer les battements rapides de son cœur et sa respiration courte, donc il opta pour la chambre et ferma la porte aussi doucement que possible, espérant ainsi indiquer qu'il serait là pour un moment.

Il tendit l'oreille, à l'écoute. Le grincement révélateur lui fit retenir son souffle, attendant que Parker rejoigne sa chambre. Alors, il pourrait se détendre. Penser à des options.

VIII

PARKER RESTA un instant debout sur le palier à regarder fixement la porte fermée d'Ivan. Il était rentré à la maison avant lui, ce qui était inhabituel. Avait-il des difficultés au travail ? Si les agents d'assurance travaillaient à la commission, peut-être avait-il du mal à vendre des polices. Cela pourrait expliquer son comportement légèrement erratique.

Il leva la main dans l'intention de frapper, mais le souvenir de la disparition d'Ivan ce matin ramena à la surface toutes ses angoisses d'insuffisance. S'il pensait qu'ils étaient amis, ou au moins, s'il s'agissait plus que d'un coup d'un soir, il se confierait à Parker. Et alors il saurait où était sa place.

Sa propre chambre était à la fois confortable et réconfortante, mais ce qu'il voulait plus que tout, c'était se blottir avec Ivan sur son lit étroit. Le sexe était facultatif. Ses bras autour de lui l'avaient si bien apaisé, il n'avait pas réalisé à quel point il avait besoin que quelqu'un le touche, le tienne.

Avec un soupir digne de l'adolescent angoissé, hypersensible et torturé qu'il avait été, il poussa la porte de sa chambre et la claqua derrière lui puis se jeta sur son lit. Il regarda la porte ouverte de son placard, les deux chemises froissées qu'il mettait quand il sortait en boîte par terre avec leurs cintres, et fronça les sourcils.

Il fermait habituellement la porte de son placard quand il partait, un tic étrange qu'il n'avait jamais cessé de faire depuis l'enfance. Il avait détesté avoir la porte de son placard ouverte quand il était enfant, les vêtements et les chaussures, si inoffensifs pendant la journée, devenaient l'ombre de monstres qui rôdaient la nuit, dans l'attente qu'il s'endorme. Il avait pris l'habitude de fermer la porte de son placard et de ne jamais le laisser ouvert. Certes, il avait été dans un état d'esprit plutôt instable ce matin après avoir réalisé qu'Ivan était parti, mais il était difficile de croire que cela ait été assez pour perturber une habitude qu'il avait depuis des années.

D'ailleurs, il était également certain de ne pas avoir touché à ses chemises depuis plusieurs semaines. Pas depuis la dernière fois qu'il avait accompagné Neil et avait été presque malmené. Neil semblait penser qu'il avait besoin de s'envoyer en l'air et l'avait présenté à quelqu'un qu'il pensait correspondre au profil. Mais le gars avait était brutal. Parker s'était échappé avant que les choses n'aillent trop loin, un peu meurtri physiquement et moralement à cause des piques de dérision de Neil parce qu'il n'était pas allé jusqu'au bout. Les clubs n'avaient jamais vraiment été son truc – si on ne le regardait pas comme une bête curieuse, on l'ignorait – et il avait réussi à éviter toutes les invitations ultérieures de Neil. Si ce n'était pas pour les rendez-vous d'affaires de son ami, il aurait eu plus de mal à le décourager.

Parker se releva du lit et remit les chemises sur les cintres. Ce qui amena son attention sur la boîte pleine de papiers sur l'étagère juste au-dessus de lui. Le commentaire d'Alicia n'avait pas quitté son esprit durant les jours qui venaient de s'écouler. Aurait-il dû ouvrir la maison cette année ? Il n'était pas trop tard. L'endroit était fortement lié aux souvenirs de sa mère – des bons, pas comme certains déprimants qui subsistaient ici. C'était la raison pour laquelle il avait changé les meubles de la majeure partie du rez-de-chaussée et avait complètement réorganisé la chambre principale : pour que cela ne lui rappelle pas le temps où sa mère avait été en bonne santé, heureuse et vivante dans cette pièce.

Une fois que la santé de sa mère avait commencé à lui faire défaut, ils avaient cessé d'aller à la maison de campagne. Retourner là-bas serait-il mieux ou pire depuis qu'elle était morte ? Peut-être qu'inviter certains de ses nouveaux amis à y aller pourrait aider. Il avait dit à Neil qu'il ne vendrait jamais cet endroit, mais qu'il ne pourrait peut-être jamais y retourner non plus. Il avait peut-être été un peu hâtif, même s'il pouvait être pardonné. Il avait fait cette déclaration quelques semaines seulement après la mort de sa mère, après que Neil lui ait posé des questions sur la fermette.

Il était certain d'avoir le nom d'une société qui pourrait se déplacer et remettre la propriété en état pour la saison d'été, quelque part dans cette boîte. Cela ne pouvait pas faire de mal de leur passer un coup de fil, pour savoir ce que la prestation incluait et combien cela coûterait.

Il prit la boîte et l'amena jusqu'au lit. Il souleva le couvercle, mais il ne reconnut pas – tout de suite – les liasses d'argent. Paniqué, il en sortit quelques-unes et les jeta sur le lit.

De l'index, il en toucha une, doucement, comme si elle pouvait mordre. Qu'est-ce que c'était que ça ? Il n'avait aucune base de référence pour même estimer combien d'argent cela représentait. L'une des liasses avait un papier qui l'enveloppait provenant de la banque, mais les autres étaient un méli-mélo de gros billets de banque.

Bon sang, mais d'où cela venait-il ? Si Neil l'avait su, il aurait demandé s'il pouvait en emprunter pour son fichu club. Il devait y avoir plus qu'assez ici pour financer le risque de se lancer dans l'ouverture d'une boîte de nuit.

Le rire criard d'un des enfants du quartier, assez fort pour être entendu à travers la fenêtre fermée, le fit sursauter. La porte de la chambre d'Ivan s'ouvrit et se ferma, et Parker trembla en remettant à nouveau l'argent dans la boîte. Il replaça le tout dans le placard. Il pourrait rester là pendant quelques jours jusqu'à ce qu'il sache quoi faire. Appeler la police pour leur dire qu'il avait trouvé de l'argent dans son placard n'avait pas exactement l'air de faire très sain d'esprit, mais cela pourrait être son meilleur plan d'action. Dans quelques jours. Une fois qu'il aurait eu le temps d'y penser. Neil l'accuserait de se voiler la face, mais il ne pouvait s'en empêcher. Parfois, prétendre que les choses n'arrivaient pas était la seule façon pour lui de les gérer.

Prenant quelques profondes inspirations, il se regarda dans le miroir. Non, il ne ressemblait pas à un gars qui venait de voir plusieurs milliers de dollars en cash se matérialiser dans son placard.

IVAN avait la tête dans le réfrigérateur quand Parker descendit dans la cuisine. Peut-être qu'il pourrait l'aider à préparer le dîner, en supposant qu'il n'ait pas été complètement rejeté.

— Hé, Ivan, tu es rentré tôt.

Ivan se retourna, se cognant presque la tête sur la poignée de la porte du congélateur.

— Quoi ? Oh, salut, Parker. Je ne t'ai pas entendu.

Parker réussit quelque part à s'abstenir de lever les yeux au ciel. Une façon de souligner l'évidence.

— Comment s'est passé le travail ?

Il devrait probablement juste demander où Ivan était allé, au lieu de lui offrir une sortie facile.

— Le travail ? Oh, c'est vrai, oui, le boulot s'est bien passé. Chargé.

Chargé. C'est pour ça qu'il était à la maison avant Parker. Mmh, mmh. Et son évidente confusion par rapport à la question peina Parker. Ivan pensait-il vraiment qu'il était complètement incapable de reconnaître un mensonge quand il en entendait un ? Il ne voulait pas demander cela, mais la nervosité d'Ivan l'avait rendu nécessaire pour sa tranquillité d'esprit.

— Euh, je peux te poser une question ?

Le petit mouvement d'Ivan aurait pu être un haussement d'épaules, Parker ne sut pas vraiment l'interpréter, mais son attitude d'ennui exagéré lui fit mal.

— C'est... Euh... Es-tu allé dans ma chambre ?

À la seconde où il lâcha les mots, il voulut les reprendre. Ça avait l'air tellement accusateur, mais il n'avait simplement aucune explication pour l'argent et voulait écarter Ivan.

Plus du tout ennuyé, Ivan se redressa et lui jeta un regard noir.

— Ce serait une invasion de ta vie privée. En outre, tu as rendu tout à fait clair que je n'étais pas le bienvenu dans ta chambre.

Tout ça parce qu'il avait dormi dans sa propre chambre la nuit dernière ? Pourquoi Ivan s'en soucierait-il ? Pourtant, si expliquer son état pouvait arranger les choses avec la tentative d'amitié et – oserait-il espérer – de relation qu'ils développaient, Parker l'avouerait et espèrerait qu'Ivan ne s'en aille pas.

— Écoute, à propos de la nuit dernière...

Ivan fit un geste de la main.

— Non. Tu n'as pas besoin de dire quoi que ce soit. C'était une erreur. Cela n'aurait pas dû arriver, et cela ne se reproduira plus. Tout va bien entre nous.

Parker cligna des yeux, mais avant qu'il puisse se défaire du choc, Ivan avait attrapé une pomme et disparu à l'étage comme si les chiens de l'enfer lui mordillaient les talons.

Une erreur. Il était toujours une putain d'erreur. La meilleure nuit de sa vie n'aurait pas dû arriver et ne se reproduirait plus. Parker n'avait même pas eu l'opportunité de demander à Ivan s'il testerait plus de cours à l'université. De toute évidence cela avait été un stratagème pour lui faire baisser sa garde. Le seul réconfort – et c'était si insignifiant qu'il pouvait à peine l'appeler réconfort – était que Parker ait eu deux orgasmes et Ivan un seul. Là encore, c'était peut-être la preuve de son manque d'expérience qui avait calmé l'excitation d'Ivan. 'Mauvais coup' était une étiquette dont il ne se souciait pas vraiment, en particulier avec lui. Au moins Ivan l'avait coupé avant qu'il n'avoue son apnée du sommeil, ce qui aurait rendu son humiliation complète.

Avec des doigts tremblants, il sortit son téléphone portable et appela Alicia.

— Euh, salut, ça t'intéresse de sortir ce soir ?

La dernière chose que Parker voulait, c'était de passer la soirée à essayer d'éviter Ivan.

— Eh bien, j'allais aller voir un film avec Chris et Thom. Tu es le bienvenu si tu veux te joindre à nous.

— Tu es sûre ? Et pour Thom ?

Il ne voulait pas blesser le mec, mais il n'allait certainement pas sauter dans son lit.

— Il ira bien. C'est un chic type, bien qu'il puisse essayer de te faire changer d'avis sur Ivan.

Cela ne fonctionnerait pas. Il lui faudrait du temps pour surmonter son engouement stupide pour Ivan, et une nuit avec un mec sympa n'allait pas y parvenir. Mais cela l'empêcherait de penser à Ivan et à son comportement blessant. Du moins, Parker l'espérait-il.

— À quelle heure ?

— Tu veux qu'on se retrouve chez Lettie dans une heure ? Nous allons manger un morceau d'abord.

— Bien sûr.

Parker raccrocha et fit tambouriner ses doigts sur le comptoir. Une heure. S'il partait maintenant, il pourrait traîner à la librairie ou dans un café jusqu'à l'heure de retrouver ses amis. Il n'avait aucun intérêt à attendre ici. Il considéra brièvement le fait de laisser une note à Ivan, mais de toute évidence l'homme se fichait de ce qu'il faisait, ou de quand et avec qui il le faisait.

Il glissa son téléphone dans sa poche, s'assura d'avoir son portefeuille, et sortit.

IVAN ÉTAIT un con. Il ne pouvait pas gérer cela. Il avait regretté son éclat quelques minutes après l'avoir laissé sortir et était redescendu pour s'excuser, mais Parker était introuvable. Il avait essayé d'attendre, même si cela signifiait le voir avec Neil, rentrer ensemble, même si cela signifiait les regarder monter dans la chambre de Parker ensemble. Mais son sommeil agité, rempli de cauchemars, le laissait seulement de plus en plus fatigué chaque jour, et il s'endormit avant que Parker ne rentre à la maison. Pour changer, cependant, ses rêves furent remplis d'une variété de films érotiques avec Parker et lui dans les rôles principaux.

Il avait accueilli le matin d'une manière pas plus reposée que d'habitude, mais au lieu d'être trempé d'une sueur froide, son pantalon de pyjama était collant de sperme. Après s'être nettoyé, il erra au rez-de-chaussée avec des yeux fatigués et irrités pour découvrir que Parker était déjà parti. Ou peut-être qu'il n'était jamais rentré à la maison. Et cette pensée lui fit mal comme un abcès dentaire toute la journée. Il essaya de ne pas y penser, mais la douleur refusa de partir.

Sa journée avait été assez difficile sans y ajouter l'infinité de saveurs induite par sa culpabilité vis-à-vis de Parker. Il avait dû endurer un autre fichu rendez-vous avec l'UES, avait dû mentir durant une autre séance de thérapie inutile, et puis, sur le chemin détourné qu'il prenait pour rentrer à la maison, il avait été piégé dans les transports en commun quand un accident avait bouché le trafic. Finalement, quand il avait était sur le point de frapper le gars qui n'arrêtait pas de le bousculer alors que la chaleur et l'odeur corporelle augmentaient de minute en minute, Ivan s'était frayé un chemin hors du bus. Il n'avait pas confiance en son humeur face aux banlieusards qui ne pouvaient garder leurs putains de sacs pour eux, donc il avait marché à nouveau. Les nuages intermittents lui donnant un peu de répit dans cette chaleur.

Quand il réalisa que ses pieds l'avaient conduit sur le campus universitaire, et qu'il suivait mentalement un tracé qui l'amènerait au cours du vendredi après-midi de Parker, il grogna et se força à passer devant le stade, puis le Musée de la Chaussure Bata, que ses sœurs aimaient, et entra dans le premier pub qu'il trouva.

L'intérieur sombre et frais calma ses nerfs à vif, et une bière ou deux ne pouvaient qu'aider. Une fois calmé, une fois qu'il aurait laissé assez de temps à Parker pour qu'il rentre à la maison, Ivan suivrait et s'excuserait. Parker avait été infidèle, et il pouvait difficilement le blâmer de ne pas vouloir répéter l'erreur. Être l'autre homme était une position qu'Ivan n'avait jamais pensé prendre un jour, mais quand il s'agissait de Parker, il avait peur de ne pas être capable de refuser si celui-ci lui faisait un geste du doigt.

PARKER S'ASSIT sur le canapé, les bras croisés, durant le quatrième épisode d'un marathon *Docteur Who*. Habituellement, il pouvait se perdre pendant des heures dans ses émissions préférées de science-fiction, mais au lieu de cela, il ne cessait de vérifier l'heure de façon obsessionnelle. Il avait espéré rentrer à la maison vers… un foyer. Depuis qu'Ivan lui avait fait à dîner la première fois, rentrer à la maison, retrouver son colocataire, lui avait semblé juste. Coucher avec lui avait tout changé, et il n'était toujours pas sûr de savoir si le problème venait de lui ou si Ivan n'était rien de plus qu'un connard de gay inavoué. Il était resté dehors tard après les cours, flânant dans un café, espérant le retrouver en train de préparer le dîner quand il passerait la porte, mais la maison était vide. Complètement vide. S'ils ne pouvaient pas passer au-delà de ça, comment pourraient-ils continuer à vivre sous le même toit ? Parker serait prêt à faire comme s'ils n'avaient jamais couché ensemble s'il pouvait faire revenir son nouvel ami. Ivan lui manquait.

Paranoïaque, il avait même vérifié sa chambre quand il était rentré à la maison, pour s'assurer que ses affaires étaient toujours là. Qu'il n'avait pas déménagé sans un mot. La logique lui disait que déménager serait une réaction extrême, parce qu'il n'avait jamais autant voulu que quelqu'un reste.

Comme les ombres s'allongeaient et que l'heure tournait, Parker dut envisager l'idée qu'Ivan pourrait ne pas rentrer. Bon sang, il pourrait même avoir un rencard. Ivan sortirait-il avec un mec ou était-il si profondément dans le placard qu'il essayerait de s'impliquer avec une autre femme ? Il enroula ses bras autour de son ventre et se balança pour conjurer le soudain coup de poignard de douleur causée par cette pensée.

Il aurait dû dire oui à Thom qui l'avait eu pour lui seul au cinéma la nuit dernière – ce qui en fait avait ressemblé de façon alarmante à un double rendez-vous – et lui avait demandé de sortir avec lui ce soir. Parker avait en fait dû utiliser l'expression 'c'est compliqué' pour la première fois de sa vie. Quand sa vie sexuelle avait-elle été compliquée ? Jamais. Même maintenant, seul dans cette maison vide, peut-être que ce n'était pas si compliqué après tout. Ivan n'était pas là. Il ne voulait pas lui, pas pour autre chose que tirer un coup.

Thom avait été très doux concernant le rejet et, si seulement Alicia ou Chris avaient mentionné Thom plus tôt, peut-être qu'il aurait été impliqué dans une relation. Peut-être qu'il n'aurait pas passé d'annonce pour un colocataire, et qu'il n'aurait jamais rencontré Ivan.

Son cœur se serra. N'avoir jamais connu Ivan était... impensable. D'une certaine manière, ses émotions avaient été surimpliquées avec lui, et maintenant il était confronté à son propre rejet. Il devrait peut-être reconsidérer la question. Appeler Thom et voir s'il était encore disponible. Avec lui, peut-être qu'il pourrait simplifier sa vie sexuelle. Remettre Ivan à sa place de colocataire où il appartenait au lieu de le considérer comme taillé pour être un petit ami potentiel.

Un jour, il serait capable d'imaginer vivre ici avec quelqu'un d'autre qu'Ivan, même s'il n'avait pas été tout à fait capable de s'imaginer dormir à ses côtés portant son pitoyable masque de pilote de chasse.

La porte d'entrée s'ouvrit avec fracas, et Parker sauta sur ses pieds, son humeur s'éclairant en un instant.

— Ivan ?

— Oh, putain, non.

Neil se dépêcha de se rendre dans la cuisine, chargés de sacs de courses.

— Comment peux-tu réellement me confondre avec ce vieux con ?

Parker ignora la question clairement rhétorique.

— Que fais-tu ici ?

Neil leva les yeux au ciel, exaspéré.

— Ravi de te voir aussi.

— C'est quoi tout ça ?

Parker recula tandis que Neil vidait un sac après l'autre de diverses collations, en particulier de bières et d'alcools haut de gamme.

— Nous allons avoir des gens ici ce soir. Une fête.

Fermant les yeux, Parker compta jusqu'à dix. Puis vingt.

— Une fête ? Pourquoi ici ?

— Je veux faire bonne impression. Ce sont des investisseurs potentiels dans le métier, et chez moi c'est trop petit.

Un véritable ami ne ferait pas remarquer que Neil pourrait se permettre d'avoir un meilleur appartement s'il ne dépensait pas autant d'argent en fringues, chaussures et joints, donc il resta silencieux.

— Je ne veux personne chez moi.

— Pour l'amour de Dieu, Parker. Tu es encore plus vieux schnoque ennuyeux que ton colocataire.

Vieux schnoque ennuyeux ? Aucun de ces mots ne décrivait Ivan.

— C'est un peu excessif.

— Oh peu importe, Parker. Tu vas finir par t'assécher et ressembler à un de ces vieux cons qui passent leur temps à crier aux autres de dégager de leur pelouse avant même d'avoir vingt-cinq ans. Tu as besoin de t'envoyer en l'air, et j'ai besoin d'investisseurs. Il y a des candidats potentiels pour ces deux choses qui arrivent...

Neil tordit le poignet pour vérifier l'heure sur encore un autre jouet coûteux.

— Dans moins de trente minutes. Alors, aide-moi à préparer cet endroit, d'accord ?

Parker ne bougea pas. Il n'avait jamais vraiment dit non à Neil avant. Reconnaissant envers lui pour son amitié, Parker laissait généralement Neil faire ce qu'il voulait. Autant il ne se sentait pas d'humeur à la socialisation,

147

peut-être que cela ne lui ferait pas de mal de rencontrer quelques-uns des gars avec lesquels Neil pensait qu'il pourrait avoir une touche. Après tout, cela ne lui réussissait pas si bien de choisir ses propres partenaires sexuels. Et il n'avait vraiment rien d'autre à faire que de bouder devant la télévision. Ce qui était du plus haut pathétique.

— Très bien. Donne-moi les chips.

Il les versa dans des bols et les apporta dans le séjour. Neil le suivit avec des plats de cacahuètes.

— Et éteins cette merde de feuilleton de tocard coincé.

Neil n'attendit pas que Parker obéisse, mais prit la télécommande et changea pour une chaîne musicale du câble. Pas la même que celle qu'Ivan aimait, et Parker se pinça presque pour avoir encore une fois pensé à lui.

— Seuls les obèses stupides aiment cette merde futuriste, et tu peux faire mieux que ça.

Parker se mordit la lèvre contre la réponse qu'il était tenté de faire. Il n'y avait pas si longtemps, Parker avait été l'un de ces obèses stupides dont Neil parlait si dédaigneusement, mais cela n'avait rien à voir avec les goûts en matière de divertissement, peu importait à quel point Neil aimait généraliser. Ce soir, il verrait qui Neil avait invité pour lui, et demain il pourrait appeler Thom et organiser un rendez-vous.

UNE BIÈRE avait cédé place à cinq. Ou six ? Peut-être sept, avec une assiette de nachos pour imprégner l'alcool. Ivan mangeait habituellement de la nourriture saine, faible en graisse, mais les chips grasses couvertes de fromage avaient été parfaites. Peut-être que c'était son équivalent de 'noyer son chagrin dans la crème glacée'. Le temps que la nuit tombe, il avait regardé un match entier de baseball. Même s'il n'aurait pas pu se souvenir de l'équipe ou du score si sa vie en avait dépendu, le serveur connaissait son nom, et il était agréablement ivre. Capable de faire face à Parker – et Neil, s'il le devait.

Il retourna chez Parker, la musique d'une fête toute proche frappant ses oreilles. Il semblait être un peu tôt pour ce genre de chahut. Sa montre, cependant, lui disait le contraire. Merde, il était presque onze heures. Pas trop tard, pour une fête, mais il avait définitivement passé plus de temps dans ce pub qu'il l'avait réalisé.

Quand il tourna dans l'allée, il lui fallut quelques instants pour réaliser que la fête venait de la maison de Parker. C'était quoi ces conneries ? Le colocataire ne méritait-il pas au moins un avertissement ? Ou une invitation ?

C'était sûrement la chose polie à faire. Un éclair de tissu blanc dans l'étroit chemin entre la maison de Parker et celle du voisin le retint d'entrer.

Avec quelques restes de furtivité, il se glissa sur le côté de l'habitation. Le spectacle qui l'accueillit le maintint sur place pendant un moment. Neil était à genoux dans la poussière à sucer une queue qui n'était pas celle de Parker. Une joie intense l'envahit, que peut-être Parker pouvait être convaincu de le laisser tomber, mais elle fut talonnée de près par la colère que Neil puisse tromper son petit ami. Puis la confusion, parce que Parker l'avait lui aussi trompé. Seigneur, il était si foutrement confus, et l'alcool nageant dans son cerveau ne l'aidait pas. Dégainant son téléphone, il prit une photo. Juste au cas où Parker aurait besoin d'une preuve, bien qu'avoir une photo soit pathétique et mesquin.

Il recula aussi silencieusement qu'il le put et fit irruption dans la maison. Il se fraya un chemin parmi plusieurs hommes accompagnés de femmes légèrement vêtues et trop maquillées sur des talons de douze centimètres. Aucune de ces personnes ne ressemblait à l'idée qu'il se faisait des amis de Parker, mais qu'en savait-il ? Peut-être que c'étaient des clients.

Cette pensée le dégrisa un peu, et il poussa jusqu'au salon, cherchant. Il trouva finalement Parker, pressé contre le mur par un homme aux cheveux sombres d'à peu près la même taille que lui, mais plus musclé. Ils s'embrassaient, et Parker se tortillait. La colère inonda son esprit, et il arracha le gars de Parker pour l'envoyer balader.

— Bordel, mais qu'est-ce que tu fous ?

Ivan n'était pas sûr de savoir auxquels des deux il s'adressait, mais le grand type répondit.

— Je l'ai vu en premier.

— Et alors ?

— Alors tu peux simplement passer ton chemin avant que je t'éclate la tronche.

Il s'en foutait. Juste parce que ce gars avait gagné quelques bagarres de bar, il imaginait qu'il savait se battre. Mais sa position, intimidante pour un novice, était complètement trompeuse.

— Ce n'est pas parce que tu l'as vu en premier que ça veut dire quelque chose, connard.

Une veine s'imprima sur le front du mec, et il fit craquer les jointures de ses doigts. Dans quelle émission de catch avait-il piqué ça ?

— Comment tu m'as appelé ?

149

— Comme si j'étais la première personne à t'appeler comme ça. Tu en fais des tonnes, arrête ton cinéma.

Il quitta le mec des yeux pendant une seconde pour observer Parker et le type choisit ce moment précis pour porter son coup. Ivan tira avantage de son élan, bloquant son coup de poing et l'envoyant valser dans le mur. Le gars tomba au sol, gémissant et serrant sa tête.

Ivan l'ignora. Le perdant ne serait plus un problème, et il se foutait complètement que la petite fête se soit interrompue pour regarder leur altercation. Aucun d'eux n'importait. Seul Parker comptait, et qui était en train d'embrasser ce trou du cul alors que son *petit ami* suçait un autre mec dehors.

— Qui diable est ce type ? Et que se passe-t-il ici, bordel ?

Parker baissa les yeux sur le grand type pendant un moment avant de l'enjamber, s'approchant d'Ivan.

— Je crois qu'il a dit que son nom était Bran ? Brad ? Pas sûr.

Pas sûr. Il avait embrassé un mec, et il ne connaissait même pas son nom. La colère gronda plus intensément, et il serra les mains en poings. Avec l'alcool engourdissant son esprit, il sentait à peine les jointures qu'il s'était fêlées plus tôt. Frapper quelqu'un du poing, même Brad, n'allait pas améliorer les choses. Parker tendit la main pour toucher son bras, et Ivan recula. Il ne pouvait pas le laisser le toucher. Il ne pouvait pas.

— Neil a invité quelques personnes à venir faire la fête.

— Oh, vraiment ? Et sait-il ce que tu étais en train de manigancer avec Brad ?

Ivan secoua la tête. Il ne pouvait pas entrer dans le sujet pour le moment, pas alors qu'il regardait ses lèvres gonflées par les baisers.

— Peu importe. Mais la prochaine fois, je m'attends à être informé de toute fête potentielle. Je vis ici aussi.

Neil se glissa aux côtés de Parker et passa un bras autour de sa taille. Comment Ivan avait-il pu ne pas le voir entrer dans la pièce ?

— C'est la maison de Parker, il peut faire ce qu'il veut. Il n'a certainement pas besoin de ta permission, Ivan.

Ils se tenaient à côté l'un de l'autre, tous les deux avaient leurs lèvres gonflées, Parker par des baisers et Neil de sa rencontre récente avec le sexe d'un autre type. Ivan trembla sous l'effort qu'il fit pour ne pas faire voler ses poings. Quand Neil lui adressa un petit sourire satisfait et embrassa la joue de Parker avec ces lèvres qui étaient enveloppées sur la queue d'un inconnu quelques minutes plus tôt, la main d'Ivan vola à son côté.

La clarté balaya sa colère en une seconde alors qu'il réalisait à quel point il avait été proche d'étrangler Neil. Parker perturbait complètement ses émotions, et il était foutrement hors de contrôle. S'il avait eu son arme de service sur lui, Neil aurait pris une balle et cela l'effrayait à le rendre complètement dingue.

Il scruta les deux jeunes hommes. Bien que son plus cher désir soit de quitter la maison, il ne pouvait pas être vu en train de battre en retraite aussi loin. Il hocha abruptement la tête vers eux et monta dans sa chambre.

Derrière lui, Neil parla.

— Brad, ça va ? C'est juste le colocataire bizarre de Parker. Les vieux peuvent être de tels emmerdeurs.

Le colocataire bizarre. Également instable, il venait de le prouver sans aucun doute. Cette enquête était pleine de victoires.

PARKER FROTTA ses lèvres avec la manche de sa chemise et essaya de ne pas grimacer quand Neil aida Brad à se relever. Il était comme tous les autres gars que Neil lui avait présentés. Avide, arrogant, et présumant qu'il plierait en deux quiconque proclamerait avoir une plus grosse queue. Contrairement à la plupart des autres, Brad savait embrasser, mais contrairement à sa récente expérience avec Ivan, l'embrasser n'était... pas bon. En plus du baiser baveux, le gars puait. Qu'avaient donc tous ces mecs avec un peu de cash à exhiber ? Jamais ils n'avaient pensé à être prévenants ou même propres ? Merde !

Fixant les escaliers où Ivan s'était échappé, il fallut que Neil lui donne un coup de coude dans les côtes pour attirer son attention.

— Quoi ?

Neil le foudroya du regard.

— Vraiment ? Tu aimes ce vieux schnoque qui n'est pas sorti du placard, hein ?

Parker haussa les épaules. Neil et lui n'avaient jamais eu le même goût en ce qui concernait les mecs, ce pour quoi Parker s'en était pris plein la tête. Même après la façon dont ils avaient laissé traîner les choses, et après l'explosion étrangement violente de son colocataire, il aimait Ivan bien plus que Brad, sans comparaison. Il ne pouvait pas oublier ces nuits où ils dînaient ensemble en regardant des films. Traîner ensemble ou avec des amis. Le sexe canon. C'était le genre de relation que Parker voulait. La relation qu'il avait rêvé d'avoir avec Ivan.

— Essaie de t'arranger pour que rien ne soit cassé, d'accord ? Je vais me coucher.

— Te coucher ? Pas tout seul, je suppose.

Le regard cinglant et méprisant qu'Ivan avait dirigé sur Parker n'était pas de bon augure, mais il voulait clarifier les choses entre eux, s'il pouvait.

Sans un regard en arrière, il monta les marches. En dehors de Neil, il ne connaissait pas une seule personne à la fête, et il se foutait comme de l'an quarante que quiconque puisse penser qu'il était impoli.

À l'étage, Parker se tint entre les deux portes closes. La maison était bien construite – la musique, à fond au rez-de-chaussée, était suffisamment atténuée en haut pour que ni lui ni Ivan n'aient de mal à dormir. Il devrait simplement aller se coucher, mais il n'était pas fatigué, et la tension entre lui et Ivan était si dégradée, en particulier comparée à la façon dont ils s'étaient si bien ajustés tous les deux. L'histoire de sa vie, mais il ne voulait pas qu'il disparaisse comme les autres petits amis potentiels l'avaient fait. Musique ou pas. S'il ne clarifiait pas les choses avec lui, il ne serait pas capable de dormir parce qu'il s'inquiéterait à ce sujet. Et s'il était éveillé et inquiet, il devrait ajouter la pile alarmante de cash qui s'était matérialisée parmi ses papiers. Ce qui fut suffisamment motivant pour faire quelques pas en direction de la porte fermée d'Ivan.

Parker lécha ses lèvres soudain sèches, prit une profonde inspiration, et frappa. Et attendit. Il relâcha son souffle. Attendit un peu plus. Avait-il frappé assez fort ? Ivan l'avait-il entendu ? Il n'avait sûrement pas réussi à s'endormir durant les dix minutes qu'il lui avait fallu pour monter.

Il jeta un œil autour de lui, comme si quelqu'un pouvait le voir se conduire en parfait imbécile, puis colla son oreille contre la porte. Le silence, pas même des voix atténuées de la télévision n'atteignirent ses oreilles.

Il leva la main pour frapper à nouveau, mais fit un bond en arrière lorsqu'Ivan cria :

— Quoi ?

— Puis-je entrer ?

Le ronchonnement atténué aurait très bien pu ne pas être une réponse affirmative, mais Parker choisit de le prendre comme tel et tourna la poignée.

Ivan était assis sur le lit, une serviette enroulée autour de sa main, une bande de gaze sur la table de chevet.

— Je n'avais pas réalisé que tu t'étais blessé.

Bien que, maintenant qu'il y prêtait une attention appropriée, il se souvint d'un éclat de blanc sur la main d'Ivan au cours de son altercation avec Brad.

— Je... Euh, c'est arrivé plus tôt, mais j'ai empiré les choses.

Le regard d'Ivan glissa dans la pièce, cherchant à se poser partout sauf sur lui.

Parker s'assit à côté de lui et posa la main d'Ivan sur ses genoux. Il enleva la serviette humide et fraîche, révélant la bande de gaze d'un précédent travail de bandage. Avec soin, il défit la bande. Les ecchymoses étaient plutôt moches, mais il n'y avait que quelques croûtes.

— Comment t'es-tu fais ça ?

Frapper les gens n'était pas quelque chose que des agents d'assurances faisaient au cours de leur journée. Et pour la énième fois, il se demanda à quel point le travail d'Ivan allait bien. Peut-être qu'ils pourraient réfléchir à quelque chose à propos du loyer pour alléger son fardeau financier.

— Je... Euh, te dois une réparation pour le mur de la cuisine.

Parker serra la main d'Ivan de surprise et ce dernier siffla de douleur.

— Oh, désolé.

Ivan avait frappé le mur ? Quand ? Pourquoi ?

— N'as-tu pas une fête à laquelle assister ?

L'Ivan hargneux s'était soudain transformé en Ivan grognon.

Parker termina rapidement son bandage.

— C'est la fête de Neil. Je ne connais personne. Je préfère rester ici avec toi.

Là. Il s'était dévoilé pour changer, son cœur voltigeant.

— Tu connais au moins Brad... En quelque sorte.

Parker fronça les sourcils et essaya d'attraper le regard d'Ivan, mais échoua. De toute évidence, il se foutait de ce qu'il avait dit.

— Neil essaie toujours de me brancher avec ses amis. Brad était juste un peu plus insistant que la plupart des autres.

Ivan se redressa, puis bondit du lit et domina Parker de sa taille.

— Neil essaie de te brancher ? Pour l'amour de Dieu, Parker ! Pourquoi tolères-tu ça ? Et il te trompe aussi. Tu mérites tellement mieux que ça.

Parker ne sut même pas quoi dire. Ivan était en colère contre lui et en son nom, tout ça en même temps ? Durant une minute entière, il l'observa, essayant de trouver un sens à ses paroles.

— Neil ne me trompe pas. Nous sommes juste amis.

Ivan se figea.

— Ce n'est pas ton petit ami ?

Quelques vrilles de colère se tissèrent dans le cerveau de Parker. Ivan pensait clairement qu'il était infidèle lui aussi.

— Je sais que tout le monde ne pense pas la même chose, mais je ne serais jamais infidèle.

Et il était un peu blessé qu'il puisse penser ça de lui.

Ivan tendit la main pour toucher sa joue.

— Je suis désolé.

— Pour ?

Il en avait assez de cette confusion et il ne voulait plus d'autres malentendus.

— Je... Mon...

Le visage d'Ivan blanchit, et il secoua la tête comme s'il essayait de s'éclaircir l'esprit.

— Désolé. J'ai pété un plomb une fois à cause de quelqu'un qui m'avait trompé.

Pas sa femme en tout cas, ou il lui aurait été impossible de tout lui prendre.

— As-tu... As-tu trompé quelqu'un quand nous...

Il n'était pas complètement impossible qu'Ivan soit déjà en train de voir quelqu'un d'autre. Et s'il avait trompé sa femme avec un homme à qui il tenait ?

— Non. Je ne le ferais jamais. Je veux dire...

Ivan soupira et s'assit à côté de lui.

— Je t'ai voulu à la minute où je t'ai rencontré. J'ai commencé à t'apprécier. Je me détestais pour avoir cédé l'autre soir, parce que je pensais que tu étais pris.

L'amas fragile de tension que Parker ressentait vola en éclats et disparut.

— Et c'est pour ça que tu as dit que c'était une erreur et que cela ne se reproduirait jamais ?

Ce qui voulait dire, juste peut-être, qu'il pouvait avoir Ivan. Pour lui. Le colocataire devenant petit ami – un peu cliché, et peut-être un peu trop tôt, mais il n'objecterait pas. Pas avec Ivan. Parker ressentait déjà de l'affection pour lui, tellement.

— Ouais. Je ne voulais pas de ça, pour aucun de nous deux, mais je n'ai pas pu résister.

Cette fois, quand Ivan prit sa joue en coupe, Parker accentua la caresse. Ivan passa ses doigts le long de sa mâchoire, le léger frottement un peu gênant parce qu'il avait été si pressé de partir ce matin qu'il avait oublié de se raser.

— Pas pu résister ?

D'autres gars avaient dit ça avant, mais il ne les avait jamais crus. Cela avait toujours l'air tellement ringard, mais Ivan était si sincère. Ses lèvres se courbèrent en un petit sourire entendu, et il fit glisser ses doigts sur le long du cou de Parker pour les plonger sous le bord de sa chemise. À la première caresse sur sa clavicule, il laissa échapper un hoquet de surprise, rapidement suivi par une réponse enthousiaste dans son bas ventre.

En quelques secondes, ils furent nus, le poids chaud et rassurant d'Ivan le pressant dans le matelas. Il sourit avant de fondre sur lui, ses lèvres se déplaçant sur celles de Parker.

L'excitation d'Ivan frottait contre la sienne, et sa bouche s'ouvrit sur un gémissement. La langue d'Ivan fouilla profondément, et il la suça lentement.

Ils bougeaient ensemble, la passion de Parker se nourrissant de celle d'Ivan, grandissant et emplissant la chambre. La dernière fois n'avait pas été un coup de chance extraordinaire. C'est ce que le sexe était supposé être : c'était ce dont il avait manqué avec ses ex petits amis et ses aventures sans lendemain. Ivan était si chaud, mais ce n'était pas ça. C'était un mec bien, et il traitait Parker si bien. Le rendait plus sexy que n'importe quelle personne qu'il avait jamais rencontrée.

Ivan fit glisser ses lèvres vers le bas, sa langue se précipitant, goûtant son cou. Il se déplaça, piégeant l'érection de Parker contre les abdos fermes. Il releva la tête, un sourire diabolique à tomber courbant ses lèvres habiles. Avant qu'il puisse demander ce qu'Ivan avait en tête, il se pencha et lécha la clavicule de Parker.

— Ivan, merde !

Parker releva ses hanches, son sexe glissant contre le ventre d'Ivan, le duvet créant une délicate friction le long de la chair sensible.

Ces lèvres démoniaques descendirent et, sans hésitation, Ivan prit Parker dans sa bouche. Tordant les draps dans ses poings, Parker gémit et écarta les jambes. Il y avait si longtemps qu'il n'avait pas été baisé par autre chose que des jouets, mais si Ivan continuait cette délicieuse torture, il serait fait. Et il voulait – avait besoin – de se montrer à la hauteur de ses attentions.

— Arrête, s'il te plaît.

Les sourcils dorés se plissèrent alors qu'Ivan relevait la tête. L'air rafraîchit la peau humide et surchauffée de Parker.

155

— Qu'est-ce qui ne va pas ?

Il se tortilla.

— Rien. Mais je ne suis pas loin, et...

Pouvait-il le dire ? Pouvait-il réellement le dire tout haut ? Mais il n'en eut pas besoin. Les yeux d'Ivan s'obscurcirent et ses hanches ruèrent contre le lit. Ils étaient définitivement sur la même longueur d'onde.

De légères caresses sur la longueur de Parker gardèrent son désir en éveil tandis qu'Ivan allongeait la main vers la table de nuit. Il laissa tomber du lubrifiant et des préservatifs à côté de lui, la bouteille en plastique froide frôlant sa peau.

Ivan donna un coup de langue sur le fluide clair s'écoulant du gland de Parker alors qu'il ouvrait le petit emballage et enfilait le préservatif sur lui-même. Il saisit la bouteille de lubrifiant et en fit sauter le bouchon.

— Est-ce que tu utilises souvent le gode de ton tiroir ? demanda Ivan.

Le désir avait échauffé la peau de Parker, mais il réussit encore à y ajouter un rougissement d'embarras. Le jouet était étonnamment proche des proportions d'Ivan.

— Assez souvent.

Les yeux d'Ivan croisèrent brièvement les siens, et il donna un nouveau coup de hanches, à l'évidence aussi désireux de le prendre que Parker l'était d'être pris.

— Dépêche-toi, s'il te plaît.

Il voulait Ivan si fort qu'il était presque prêt à s'arracher la peau.

Avec un grognement rauque, Ivan ondula jusqu'à aligner leur corps. Une main lubrifia Parker, puis étendit plus de lubrifiant sur le préservatif. S'installant entre ses jambes, il guida son sexe pour pénétrer Parker, la pointe exerçant seulement la plus légère des pressions contre son corps. Cette fois, le sourire d'Ivan était avide de désir, oui, mais également si doux, si plein de tendresse.

— Détends-toi, chuchota-t-il avant de se pencher et de capturer les lèvres de Parker.

Son sexe glissa en lui alors que sa langue baisait sa bouche.

Les poussées fluides des hanches d'Ivan rendaient Parker complètement fou. Il fit de son mieux pour bouger avec lui, mais entre les baisers sensuels et la pression parfaite et en rythme sur sa prostate, il était en train de perdre le contrôle.

Ivan recula, brisant le baiser. La nouvelle position changea l'angle des poussées, forçant des gémissements gutturaux du plus profond de la poitrine de Parker.

— Si foutrement sexy.

Ivan lui sourit et enroula une main autour de son érection.

Parker cambra le dos, ses jambes se raidissant un instant avant qu'il explose, en criant son nom. Son sexe tressauta et il jouit, recouvrant la main d'Ivan. Quelques secondes plus tard, Ivan ferma les yeux et frémit entre ses jambes, trouvant sa propre libération.

Parker resta immobile et rassasié alors qu'Ivan s'occupait du préservatif et le nettoyait gentiment. Il n'avait jamais connu meilleure partie de sexe, mais ce fut le léger baiser et les mots de gratitude murmurés qui lui donnèrent l'espoir d'un futur avec Ivan.

IX

IVAN ÉTAIT tellement baisé, et pas dans le bon sens du terme.

Il attira Parker plus près de lui, profitant de la chaleur de sa peau contre la sienne, et alluma le minuscule téléviseur sur sa commode. Il venait de coucher avec un suspect, encore. Pendant plusieurs heures, il avait oublié qu'il n'était pas Ivan Baker, vendeur d'assurances, vivant une suite de petits drames avec un petit ami potentiel. Il avait oublié la raison principale pour laquelle avoir des relations sexuelles était une erreur, et ce n'était pas à cause du fait de tromper l'autre. Quand Parker lui avait dit qu'il était célibataire, c'était comme si d'épais nuages se déplaçant rapidement avaient brusquement disparu, laissant place au soleil et aux arcs en ciel partout. Il voulait que Parker soit sien plus que tout, mais les preuves de quelques graves délits liés au trafic de drogue s'accumulaient, et ce ne serait pas long avant qu'il lui faille en parler avec Martelli.

Mais s'il devait sauver Parker, il avait besoin que celui-ci lui fasse confiance, et cela signifiait ne pas le repousser. Signifiait passer autant de temps avec lui qu'il le pouvait. Une petite voix dans sa tête – très loin et très faible, lui rappelant un peu celle de Trish – lui disait qu'il rationalisait pour obtenir ce qu'il voulait, mais il la fit taire. Cette opération sous couverture était un véritable enfer, et peut-être que Parker était sa compensation.

Il caressa légèrement la peau nue de Parker alors que la respiration de celui-ci devenait régulière et que son corps se détendait dans cet état qui précédait le sommeil. Cette fois-ci, peut-être que la présence de Parker chasserait les cauchemars. Et sinon, il serait capable de se réveiller et de voir que Parker allait bien, qu'il était vivant et respirait.

Il était trop tôt pour lui pour qu'il puisse s'endormir, il se contenta d'écouter à moitié ce qui se disait à la télé tandis qu'il fixait Parker, essayant de mémoriser cet instant en prévision du moment où il devrait retourner seul dans son appartement.

158

La respiration de Parker se transforma rapidement en ronflements, ce qui le fit sourire. Pour un homme si doux et si mince, il ronflait sacrément fort. Une bonne chose pour lui, qu'il puisse s'endormir à peu près n'importe où, quel que soit son environnement, même si ses récentes habitudes de sommeil le faisaient mentir à ce propos. Pourtant, il avait un bon pressentiment pour ce soir. Une bonne nuit de sommeil et il serait de retour à la normale. Il l'espérait.

Lorsque ses paupières se firent lourdes, il éteignit la télévision et s'installa sur son oreiller, les bras fermement enroulés autour du corps qui était parfaitement taillé pour le sien.

Juste avant qu'Ivan s'endorme, les ronflements de Parker stoppèrent brusquement, devenant presque plus bruyants du fait de leur absence. Quelques secondes plus tard, Parker se raidit et se redressa.

Le mouvement brusque déclencha un sursaut d'adrénaline chez Ivan, et il sauta hors du lit. Allumer la lumière lui permit d'évaluer la chambre à la recherche de menaces, tout en essayant de localiser des armes potentielles en lieu et place de son pistolet.

— Quoi ? Qu'est-ce qui ne va pas ?

Rien ne semblait sortir de l'ordinaire – même le rythme lancinant du la musique d'en bas n'avait pas beaucoup changé.

— Je... Je ne peux pas dormir ici. Je dois retourner dans ma chambre.

Ivan serra les dents, ravalant la réponse sarcastique qui menaçait de lui échapper. Ne pas dormir ensemble les empêcherait de trop s'attacher l'un à l'autre, mais merde ! Il s'était senti plus à l'aise qu'il ne pouvait se souvenir l'avoir été depuis un sacré bout de temps.

Parker sortit du lit avec le même regard honteux sur son visage, un rougissement échauffant ses joues, et il refusa de croiser le regard d'Ivan alors qu'il rassemblait ses vêtements. Cette fois, cependant, il fut capable d'engager quelques circuits logiques. La dernière fois, il avait vu cette réaction comme la réponse coupable au fait de tromper son petit ami, mais si cela n'avait pas été le cas, alors que se passait-il ?

Il prit une profonde inspiration et se força à parler calmement.

— Pourquoi ne peux-tu pas dormir ici ?

— Je ne peux simplement pas.

La rougeur sur le visage de Parker devint plus vive, adoucissant les traits marqués de colère d'Ivan.

— Hé. Tu peux me le dire.

Ivan passa ses bras autour de Parker, indifférent aux vêtements qu'il serrait contre sa poitrine. Il étudia attentivement son visage, attendant que ce dernier veuille bien le regarder.

Quand Parker releva finalement les yeux, l'incertitude qu'Ivan lut en eux lui fit le serrer un peu plus fort dans ses bras. Il pouvait ne pas être capable de protéger Parker de tout, mais de ça ? Quelle que soit la raison qu'il avait de ne pas vouloir dormir ici, Ivan était sûr qu'il pouvait le protéger.

— Qu'est-ce que c'est ?

Sa voix chuta d'un registre, se faisant plus câline.

Parker repoussa les bras d'Ivan et le regarda sombrement.

— Très bien. Si tu veux tellement le savoir, viens.

Ivan attrapa un slip et l'enfila avant de le suivre dans sa chambre. Dans le couloir, la musique enfla ; la fête battait toujours son plein.

Une fois à l'intérieur, Ivan ferma la porte à clef tandis que Parker jetait ses vêtements sur une chaise et se dirigeait vers sa table de nuit.

Ivan rit presque. Cela n'avait certainement rien à voir avec le nombre limité de ses sex-toys, si ?

Parker sortit le masque de pilote de chasse et les tubes noirs, et son envie de rire disparut. Merde. Ce sex-toy pervers complètement bizarroïde ? Non, cela n'expliquerait pas... non.

— Je ne comprends pas.

— C'est une machine de ventilation spontanée en pression positive continue qu'on appelle aussi CPAP, et elle me permet de respirer quand je suis endormi.

— Te permet de respirer ?

Ivan ne comprenait pas pourquoi Parker avait l'air tellement en colère alors qu'à la pensée qu'il ait besoin de quelque chose pour lui permettre de respirer, l'effrayait à un point inimaginable.

Parker haussa une épaule.

— D'accord, très bien. Peut-être que ce n'est pas aussi dramatique que ça.

Il se laissa tomber sur le lit, les épaules affaissées, en signe de défaite.

— Explique-moi, s'il te plaît.

— J'ai une maladie appelée apnée du sommeil. Ça me fait ronfler, et je vais arrêter de respirer pendant quelques secondes, plusieurs fois par nuit. Si je n'utilise pas l'appareil quand je dors, je vais me réveiller avec des migraines, et ça fout en l'air ma pression artérielle.

— Mais ce n'est pas comme si tu allais arrêter de respirer complètement, si ?

Parker entortilla le tube autour de son poing.

— Probablement pas. Ça n'est jamais arrivé pour l'instant, de toute façon.

— Donc, tu as besoin de ça. Quel est le problème ?

Plissant les yeux vers lui comme s'il venait d'une autre planète, Parker attendit simplement. Il attendit assez longtemps pour qu'Ivan fasse enfin la lumière. Était-il vieux avant son âge ? Cela ne semblait pas si bouleversant, mais bon, les choses étaient toujours plus dramatiques et source d'angoisses quand vous étiez jeune. Pourtant, Parker n'avait probablement jamais eu d'aventure d'une nuit, pas ici du moins.

Mais il était bien trop épuisé pour passer plus de temps à aider psychologiquement Parker ce soir, et il ne voulait pas perdre les vestiges de sa lassitude post-orgasmique à parler du sujet.

— Eh bien, sangle-toi ça et dormons un peu.

Dormir. Il pourrait vraiment dormir ce soir s'il parvenait à tenir Parker dans ses bras toute la nuit.

— Je ne peux pas !

— Pourquoi pas, bon sang ?

Ivan enleva son slip et grimpa dans le lit de l'autre côté de Parker.

— Jamais Neil ne passerait la nuit. Parce que c'est trop bruyant.

Ivan se redressa, muscles tendus comme s'il était prêt à se battre.

— Je pensais que vous n'étiez pas ensemble.

Les narines de Parker s'évasèrent.

— Nous ne le sommes pas. Seigneur. Mais c'est mon meilleur ami depuis que nous sommes enfants. Passer la nuit sans avoir de relations sexuelles est possible, tu sais.

Se renfonçant dans les oreillers – maintenant qu'il n'avait pas à aller mettre son poing dans la figure de Neil – il fit un geste vers l'appareil.

— Et rester la nuit, quel que soit ton état de santé, est également possible.

Avant qu'il puisse déterminer si la lueur suspecte dans les yeux d'Ivan n'était rien de plus qu'un jeu de lumière, Parker dirigea son regard vers le masque dans ses mains. Avec des doigts tremblants, il effectua les gestes qui étaient clairement une seconde nature.

— Allez viens.

Ivan tapota le lit, et Parker grimpa à côté de lui.

— Dormons un peu, Darth[7].

Les yeux de Parker s'élargirent par-dessus le masque, et il leva une main pour le retirer.

— Calme-toi. Je plaisante.

Il passa un bras autour de la taille de Parker et l'approcha de lui. Avec les muscles raides et inflexibles de son amant, Ivan avait un peu quelque part l'impression d'essayer d'enlacer une planche de surf, mais il persévéra. Il pressa son nez dans son cou et lui donna un petit baiser. Tout à coup, les muscles de Parker se délièrent, et l'homme dans ses bras devint souple. Ivan se détendit, respirant l'odeur de musc à côté de laquelle il adorerait s'endormir pour le reste de sa vie.

PARKER DANSA autour de la cuisine, la stéréo... n'étant pas à fond, parce qu'Ivan dormait toujours, mais à un volume suffisant qui lui permettait de chanter. Dormir à côté d'Ivan avait été meilleur qu'il ne l'avait imaginé, parce que chaque fois qu'il l'avait fait, il n'avait pas son appareil. D'une certaine manière, il avait eu de la chance en rencontrant un mec génial qui était super au lit et qui ne se souciait pas que Parker n'ait pas d'expérience, pas plus de son état de santé.

Leur sommeil n'avait pas été complètement ininterrompu. Ivan s'était réveillé plusieurs fois durant la nuit avec ce qui semblait être une sorte de cauchemar, mais dès qu'il avait regardé et touché un peu Parker, il s'était rendormi.

Sortant des bols et de quoi préparer des pancakes, Parker se mit à chanter en cœur avec la chanson. Elle était un peu démodée, mais elle lui faisait penser à Ivan – tout le faisait, ces derniers temps – et il connaissait les paroles. Il pouvait ne pas être un très bon cuisinier, mais des pancakes, ça il pouvait faire, et Ivan méritait d'être régalé pour une fois. Peut-être qu'ils pourraient aller au marché aujourd'hui comme Ivan l'avait suggéré plus tôt. Des trucs de petit ami, même s'il ne voulait pas se précipiter à étiqueter leur relation. Après tout, il venait juste de sortir d'un mariage. Pourtant, il ne pouvait pas attendre pour dire à Neil qu'il avait raison. Et il était si heureux maintenant, il pourrait même ne pas lui faire de scène pour le bordel démentiel qu'il avait laissé après la fête. Aujourd'hui, rien ne pouvait gâcher sa bonne humeur.

---

[7] Référence au personnage de Darth Vador dans série de films *la Guerre des Étoiles*.

Des bras chauds s'enroulèrent autour de lui par-derrière. Soupirant, il s'appuya en arrière contre la poitrine d'Ivan. C'était comme ça que c'était censé être. C'était ce dont il avait manqué et qu'il voulait.

— Bonjour.

La voix d'Ivan était rocailleuse de sommeil, et la pression de lèvres contre sa nuque le fit se sentir chez lui. Tant qu'il ne précipitait pas les choses, et attendait qu'Ivan soit prêt pour une autre relation, les choses seraient géniales.

— Que fais-tu ?

— Des pancakes.

— Oh, ouais ? Je devrais te faire dormir avec moi toutes les nuits.

Parker ferma les yeux et retint vaillamment une supplique pour qu'il fasse exactement cela. Ivan s'était moqué de son état, n'avait pas bronché ni paniqué et, si ce matin était un quelconque indicateur, n'avait rien perdu de son attirance pour lui.

— Prêt à manger ?

Ce fut une chose plus sûre à dire.

— Bien sûr.

Parker servit les pancakes qu'il avait faits. Probablement pas assez pour les satisfaire tous les deux, mais il pourrait en faire d'autres plus tard.

Assis en face de lui à table, Parker sourit timidement à Ivan. Il n'avait jamais pris le petit déjeuner avec un homme, après avoir passé la nuit avec lui, mais c'était assez foutrement génial. Était-ce trop tôt pour suggérer qu'ils dorment dans la même chambre tous les soirs ? Ivan pourrait plaisanter là-dessus. Ils n'avaient discuté de rien ; il pourrait ne pas vouloir être exclusif. Mais il était si content de ne pas avoir appelé Thom hier soir. D'une certaine façon, même s'il avait couché avec Thom, il savait qu'il ne se serait pas réveillé aussi heureux que ce matin. Il ne ressentait rien avec lui de ce qu'il avait avec Ivan.

— Les invités de Neil ont laissé un sacré bordel, dit Ivan entre deux bouchées.

— Ouais, je sais. Je nettoierai après le petit déjeuner. Et après peut-être que nous pourrions aller au marché Saint-Lawrence ou faire autre chose si tu veux ?

Il attendit, respirant à peine. Et si, maintenant qu'ils avaient couché ensemble, Ivan ne voulait pas faire des trucs comme sortir ensemble ? Il ne savait même pas vraiment s'il acceptait le fait d'être gay. Et même s'ils sortaient effectivement en 'rendez-vous', il devrait être prudent sur la façon dont il interagissait avec lui en public.

— Pourquoi le laisses-tu faire ça ? Il tire avantage de toi, tu sais.

Parker grimaça. Peu importait ce que les autres pensaient, il n'était pas si naïf.

— Lorsque nous avons emménagé ici après la mort de ma grand-mère, j'ai commencé une nouvelle école où je n'avais pas d'amis. Personne ne voulait être ami avec le petit nouveau, surtout pas...

Il déglutit difficilement. Ivan avait été plus tolérant qu'il ne s'y était attendu sur son apnée du sommeil, mais Parker avait fait l'expérience, de première main, et à plusieurs reprises, des préjugés que les gays avaient contre les mecs en surpoids. Il avait perdu la plus grande partie de son excès de poids, mais il pouvait facilement en reprendre un peu, et il n'était certainement pas aussi tonique que l'était Ivan.

Un sourcil se souleva alors que les yeux bleus lumineux d'Ivan le dévisageaient.

— Surtout pas..., l'invita à poursuivre Ivan.

— Surtout pas le nouveau garçon obèse.

Parker murmura les deux derniers mots, mais Ivan l'entendit, parce que ses yeux s'adoucirent, prenant une expression gentille et il espérait que ce ne soit pas de la pitié.

— Est-ce la raison pour laquelle il n'y a pas de photos de toi ici ? Tu devrais en mettre quelques-unes de ta maman et toi.

Ivan toussa comme s'il avait avalé de travers, puis se racla la gorge.

— Je veux dire, tu dois en avoir, non ?

Parker hocha la tête.

— Je parie que tu étais un enfant très mignon.

Il n'y avait aucun doute dans la voix d'Ivan, et Parker fut capable de retrouver le sourire.

— Alors, tu es reconnaissant qu'il ait été sympa avec toi ? C'est pour ça que tu laisses Neil te marcher sur les pieds ?

— Yep. Il a été mon ami et m'a aidé à tout traverser. Il m'a aidé quand ma mère est morte. Je sais qu'il peut être un peu égoïste, mais il est là pour moi. Il est une constante dans ma vie. En plus il est aussi mon premier.

Les yeux d'Ivan s'arrondirent.

— Ton premier quoi ?

Avait-il vraiment besoin de préciser ? Il n'aurait pas dû le mentionner en premier lieu. Parler de sexe, surtout quand il s'agissait de sa propre vie sexuelle, n'était pas quelque chose avec quoi il était à l'aise.

— Tu sais. Mon premier... mec.

Quelque part, il ne s'attendait pas au regard noir.

— Maintenant, je le déteste encore plus.

Quoi ?

— Pourquoi ? Oh !

La lumière se fit et Parker ne put s'empêcher de sourire. Soudain, un grand nombre des actions d'Ivan prirent tout leur sens. Il n'avait jamais connu quelqu'un de jaloux à son propos avant, et il découvrit qu'il aimait ça. Beaucoup.

— Ouais, 'oh'.

Ivan lui sourit en retour.

— Tu aimes ça, n'est-ce pas ? Aucun autre ex-petit ami que je devrais connaître ? D'autres secrets ?

Parker ne comprit pas pourquoi le sourire d'Ivan se transforma en une expression presque effrayée, mais il n'avait aucun souci à se faire.

— Aucun ex-petit ami. Du moins, aucun à qui je parle encore. Mais tu te souviens de Thom à l'université ? Il voulait me demander de sortir avec lui.

— Bien sûr qu'il le voulait. Il ne pouvait détourner les yeux de ton cul.

Incroyable. Tout le monde savait sauf lui. Il avait l'habitude que les gens le regardent, mais généralement parce qu'il était le garçon obèse. À moins que quelqu'un ne vienne à lui et le lui dise, il ne savait jamais quand quelqu'un le désirait, et cela n'arrivait pas très souvent. De ce qu'il en savait.

— Habituellement, les mecs sont intéressés par Neil. Je suppose que je suis juste habitué à ne pas recevoir d'attention.

— Neil ? Tu plaisantes, n'est-ce pas ?

— Non.

Parker n'était pas sûr de savoir pourquoi Ivan était si furieux, mais il aimait en fait le sous-entendu qu'il pense qu'il était plus attirant que Neil.

— Et je déteste Thom, aussi, soit dit en passant, bien que... Attends... Tu n'as pas couché avec lui, dis-moi ?

— Non.

— D'accord, alors, je le déteste un peu moins que Neil.

Le son qui s'échappa des lèvres de Parker fut presque un petit gloussement. Oui, il pouvait s'habituer à cela.

— Tu as bien dit secrets, cependant.

Neil ne serait pas en mesure de l'aider à décider de la bonne ligne de conduite, et il ne savait pas à qui d'autre demander. Il faisait confiance à Ivan pour ne pas l'induire en erreur.

— Euh, oui, je l'ai fait. As-tu autre chose à me dire ?

— Tu te rappelles quand je t'ai demandé si tu étais entré dans ma chambre ?

Ivan pâlit légèrement et eut l'air beaucoup moins heureux que quand il avait admis avoir eu des relations sexuelles avec Neil.

— Oui.

— Je suis vraiment désolé si j'ai eu l'air de ne pas avoir confiance en toi, parce que c'est le cas, j'ai confiance en toi.

Il lui faisait réellement confiance. En fait, il avait davantage confiance en Ivan qu'en Neil pour beaucoup de choses ; l'une d'elles était pour ne pas se moquer de lui.

— D'accord, c'est bon.

La bouche d'Ivan remua légèrement un peu comme s'il voulait en dire plus, mais à la fin il la garda fermée et repoussa son assiette, même s'il y restait encore quelques morceaux de pancake imbibés de sirop.

— Voilà le truc. Je pense que quelqu'un est entré dans ma chambre.

Parker tendit la main et serra celle d'Ivan.

— Je ne pense pas que c'était toi. Tu n'avais aucune raison de le faire, mais j'ai trouvé de l'argent dans mon placard. Beaucoup.

Ivan fronça les sourcils.

— De l'argent ?

— Ouais. Des liasses, comme tu peux en voir dans les films, juste là dans une boîte où je range des papiers. Je n'ai pas l'habitude de passer beaucoup de temps à faire du classement.

Parker regarda d'un air penaud la pile de courrier qui s'entassait dans un panier dans un coin de la cuisine.

— Je ne sais pas comment il est arrivé là, et je ne sais pas quoi faire à ce sujet.

— Tu ne sais pas comment il est arrivé là ?

Qu'est-ce qui n'allait pas avec Ivan ? Répéter ses paroles n'était pas d'une grande aide.

— Bizarre, non ? Je n'ai aucune idée de ce que je dois faire. Dois-je appeler la police ? Bien qu'ils risquent probablement de se moquer de moi.

— Combien d'argent ?

La voix d'Ivan donnait l'impression d'être étranglée.

166

— Je ne sais pas. Je l'ai juste remis là où je l'avais trouvé. Plusieurs milliers, je pense.

Ivan se repoussa de la table et commença à arpenter la cuisine, passant une main sur son visage. Un tremblement froid secoua le ventre de Parker. Il n'était pas sûr d'avoir déjà vu Ivan dans une telle détresse, et cela le faisait légèrement paniquer.

Quand il s'arrêta et se tourna vers lui, le léger doute de peur se transforma en véritables nausées. Le parfum de sirop d'érable devint écœurant.

— Quel est le problème ? Ce n'est pas ton argent, si ?

— Pouvons-nous parler au salon ?

Ces mots ne précédaient jamais rien de bon. Parker pouvait ne pas avoir beaucoup d'expérience dans le domaine des relations, mais il en savait assez pour savoir ça.

— Bien sûr.

Avec des pieds de plomb, il suivit Ivan. Il s'assit à sa place habituelle sur le canapé, mais Ivan le surprit en s'asseyant à côté de lui.

— Écoute, je...

Ivan regarda le plafond, et Parker voulut lui dire de simplement cracher le morceau, mais il ne voulait pas le contrarier davantage.

— Merde, Parker, je ne... Je n'ai jamais eu à...

Le genou d'Ivan commença à bouger rapidement de haut en bas. Parker étouffa un rire nerveux, parce qu'il se souvenait de quelqu'un, au lycée, qui lui disait que cette sorte de tic nerveux était le résultat d'une répression sexuelle. Après la nuit dernière, Ivan ne pouvait souffrir de ça. Chose stupide à laquelle penser, mais il voulait se concentrer sur autre chose que l'agitation d'Ivan. Parce que ces mots ressemblaient à des mots de rupture. Il n'était pas sûr de savoir comment la pile magique d'argent les avait amenés ici.

Non. C'était son insécurité qui parlait. Si cela avait quelque chose à voir avec le sexe fantastique qu'ils avaient eu, alors Ivan était le mec bizarre ici, pas lui.

— Je suis un flic infiltré.

Parker cligna des yeux. Pas un vendeur d'assurances.

— D'accord. J'ai déjà regardé l'émission 'cop show'. Je comprends que tu ne dois probablement pas dire ça à tout le monde.

Il refusait d'être blessé qu'Ivan n'ait pas eu confiance en lui en ce qui concernait cette information. Après tout, ils ne se connaissaient que depuis moins d'un mois.

Une détonation bruyante emplit la pièce alors qu'Ivan faisait craquer les jointures de sa main saine.

— Je suis censé enquêter sur toi.

— Sur moi ?

Parker n'avait rien d'autre à dire. Il se leva et se mit à arpenter la pièce lui aussi.

— Pourquoi moi ?

— Commerce de drogue. Peut-être trafic de drogue. Tu es un collaborateur présumé de Viktor Razhin, chef de la mafia russe.

— Commerce de drogue ? Trafic ?

La voix de Parker grimpa dans le registre du soprano et se fissura, mais il n'avait aucun contrôle là-dessus.

— Je ne suis pas un dealer ! Et je ne connais personne du nom de Viktor Razhin, ou même aucun trafiquant.

Ses yeux se posèrent sur deux livres sur l'étagère, et il dut serrer les poings pour s'empêcher de les jeter à la tête d'Ivan. Il n'avait jamais été quelqu'un de violent, mais ça... Ça le blessait plus que n'importe quoi. Ivan pensait qu'il était un trafiquant de drogue.

— Je sais que tu ne l'es pas. Tu ne peux pas l'être.

Ivan tourna des yeux bleus suppliants vers lui, et il voulut désespérément croire que tout cela n'était pas un mensonge.

L'étau autour de son cœur se desserra légèrement, jusqu'à ce qu'une pensée lui vint.

— Mais tu ne le savais pas jusqu'à ce que je te pose la question à propos de cet argent. Parce que si j'étais un trafiquant de drogue, j'aurais su à quoi servait cet argent.

Il n'y avait aucun moyen de se tromper sur le regard coupable sur le visage d'Ivan. L'étau se resserra comme un boa étranglant son dîner, et Parker déglutit difficilement pour garder son petit déjeuner là où il était.

— Hé, je suis désolé. Je ne sais pas si cela va aider, mais après t'avoir rencontré, je ne voulais pas croire ce que mon patron m'avait dit à ton sujet.

— Tu as couché avec moi en pensant que j'étais un trafiquant de drogue.

Et pas seulement couché. Il avait accepté Parker, lui avait fait penser à l'avenir, avait été tendre avec lui. Et tout cela était faux. Un mirage fabriqué. Mais pourquoi ? Pour l'amener à s'incriminer ? Ses yeux brûlèrent et il se détourna d'Ivan. Il avait pris tellement de Parker. Il n'aurait pas la chance de voir à quel point il l'avait affecté avec cette révélation.

168

Le canapé craqua, et une fraction de seconde plus tard, la chaleur du corps d'Ivan rayonna contre son dos. Il voulait se pencher en arrière, recevoir le réconfort qu'il lui offrait, mais il ne pouvait pas.

— Le sexe ne faisait pas partie de la mission. Je le jure. Je n'ai pas pu te résister.

La main d'Ivan se posa sur son épaule, mais Parker fit un mouvement pour s'en défaire.

Les mots qu'il aurait adoré entendre juste une heure plus tôt, les mots que personne ne lui avait jamais dit avec la profondeur des sentiments qu'Ivan leur insufflait, et les mots qu'il ne pouvait plus prendre pour argent comptant parce qu'il était un menteur de merde et un putain de grand acteur.

— Eh bien, tu aurais dû.

Parker était fier que sa voix n'ait pas vacillé d'un pouce. Il se mordit l'intérieur de sa joue fortement pour retenir ses larmes. Il s'écarta d'Ivan et se retourna.

Rester bien campé sur ses positions face aux yeux suppliants d'Ivan lui prit tout ce qu'il avait.

— Je sais que ce n'est pas une excuse, mais je faisais mon travail. J'ai toujours besoin de le faire.

— Super. Et maintenant que tu sais que je ne suis pas un trafiquant de drogue, tu peux retourner à ta vie, Ivan Baker. Oh, attends. Est-ce que c'est même ton vrai nom ?

Une grimace tordit ses lèvres. Il était sûr d'avoir crié le nom d'Ivan la dernière fois qu'il avait joui. Il lui avait presque dit qu'il l'aimait, même si c'était trop tôt. La pensée que même son nom puisse ne pas être vrai... Sa respiration s'enfonça et s'accéléra, sa vision se brouilla.

— Parker. Reprends-toi, bon sang ! Assieds-toi et respire. Lentement, régulièrement.

Des mains chaudes comme des braises empoignèrent ses épaules et le poussèrent sur le canapé. Parker fit de son mieux pour faire ce qu'Ivan lui disait, parce qu'il ne voulait pas s'évanouir comme un putain de minable.

Après quelques instants à suivre les instructions de respiration, il recentra ses yeux sur Ivan, accroupi entre ses jambes.

— Tu vas bien ? Tu hyper-ventilais.

Parker hocha la tête. Physiquement, oui, il allait bien.

D'une main hésitante, Ivan frotta ses genoux avant de s'asseoir à côté de lui.

— Mon nom est Ivan Bekker.

Au moins, le Ivan n'avait pas changé. Mais Bekker ?

— Hé, c'est comme ça que ton ex-femme t'a appelé. C'est assez proche de Baker, je pensais avoir mal entendu. Comment t'a-t-elle trouvé ?

La tête d'Ivan retomba en arrière contre le canapé.

— Ce n'est pas mon ex-femme, c'est ma partenaire.

— Ta partenaire ? Comme un partenaire de travail ?

— Ouais.

Une brève poussée de plaisir réchauffa son cœur avant qu'il se rappelle que ce n'était pas parce que son ex-femme n'était pas réelle que cela signifiait qu'ils étaient en position d'entamer une relation. Ivan *Bekker* était un sale menteur qui pensait qu'il était un trafiquant de drogue.

— Pourquoi s'est-elle montrée ici, alors ? Est-elle ton renfort pour sauver les apparences ou un truc du genre ?

Parce qu'elle avait joué le rôle d'ex-épouse bafouée à la perfection. Elle et Ivan pourraient être des acteurs hollywoodiens.

— Je n'ai pas de renfort sur cette opération.

La lassitude dans sa voix épuisa Parker rien qu'à l'entendre.

— Mon patron, Sarge, pense qu'il y a une fuite dans notre département. Nous avons organisé un coup monté qui a mal tourné, et il a sauté sur cette occasion de faire tomber Razhin sans l'alerter de nos actions.

— Je déteste être rabat-joie et briser tes illusions, mais je ne connais vraiment pas ce Razhin.

— Peu importe. Il y a suffisamment de preuves dans ta boîte à l'étage pour te connecter à la culture de marijuana, assez pour t'envoyer à l'ombre très longtemps.

La panique explosa dans sa poitrine.

— Culture de marijuana ? Quelle culture de marijuana ?

Impensable ! Ivan allait le mettre en prison ? Il devait y avoir une erreur.

— Combien de parcelles de terre possèdes-tu dans la région où se trouve ta petite ferme ?

La question bizarre passa à travers la panique qui brouillait son cerveau.

— Quelques acres, je pense. Mais c'est seulement à une centaine de mètres de la Georgian Bay elle-même. Pourquoi ?

— À en juger par les factures dans ta boîte de rangement, la plupart de ce terrain est probablement recouvert entièrement de plants de marijuana.

— Les factures ? Qu'est-ce que tu racontes ?

Se pourrait-il qu'il soit un trafiquant de drogue et qu'il ne le sache pas ?

— Les factures. Avec l'argent.

La colère fut plus puissante que son état de panique agitée.

— Tu as fouillé ma chambre. Tu savais à propos de l'argent, et tu sais à propos de factures dont je ne connais même pas l'existence. Est-ce que tu essaies de me piéger ?

Cela avait plus de sens que toutes les autres choses qu'Ivan avait dites.

— Pas du tout. Je le jure. Parker, s'il te plaît. Nous devons nous rendre. Transmettre ça à mes collègues.

— Mais cela ne veut-il pas dire que je vais être blâmé de tout ça ?

Même si sa maison de campagne était couverte d'herbes, il méritait peut-être une partie du blâme. Après tout, il n'avait pas fait grand-chose pour s'assurer d'entretenir la propriété. Il avait passé beaucoup de temps à éviter les souvenirs de cet endroit... Trop de temps, de toute évidence.

— Je vais faire de mon mieux pour que cela n'arrive pas. Il y a quelque chose qui cloche vraiment ici.

Les larmes jaillirent de nouveau, mais cette fois il voulait qu'Ivan le prenne dans ses bras et lui dise que tout irait bien. Peu importait qu'il lui ait menti et l'ait trahi, il se sentait toujours en sécurité avec lui. Parker fut dangereusement près d'ouvrir la bouche et de le supplier de le protéger.

— Que pouvons-nous faire ?

C'était mieux. Beaucoup plus digne et adulte.

— Comment me suis-je retrouvé impliqué dans tout ça ?

— Nous devons nous rendre. Mais si tout ça est lié d'une manière quelconque à Razhin, il pourrait avoir vent du fait que je t'emmène au poste avec moi et penser que tu es une menace. Le problème est que les seules personnes en qui j'ai confiance sont les flics des Homicides.

Oh mon Dieu. Un baron de la drogue pourrait penser que lui, Parker Wakefield, représente une menace. Un maillon faible qui aurait besoin d'être coupé. Que ne donnerait-il pas pour un des joints de Neil, là, maintenant. Merde ! Pour l'instant, il devait faire confiance à Ivan pour le garder en sécurité. Une fois que tout serait fini, il pourrait s'inquiéter de ne plus jamais lui reparler pour toutes les emmerdes dans lesquelles il l'avait entraîné.

— Alors, allons-y.

Il y avait beaucoup de fenêtres chez lui. Et tous ces gars à la fête de la nuit dernière. Et si l'un d'entre eux était Razhin ou un de ses... hommes de main ? Était-ce une expression que les vrais criminels utilisaient ? Et s'ils avaient mis sa maison sur écoute ? Neil traînait avec de vrais voyous. Peut-être que l'un d'eux avait planqué une saloperie dans sa chambre. Il mettait rarement le nez dans cette boîte en particulier.

Ivan mit une main sur son genou.

— Respire. Calme-toi. Je dois d'abord passer un coup de téléphone.

Parker agita sa main, indiquant par là à Ivan qu'il pouvait aller au diable pour ce qu'il avait à faire. Qu'il se calme, disait-il. Pas de problème, putain. Plus tôt ce serait fini, mieux ce serait. Ensuite, il pourrait retourner à son existence dépourvue de petit copain. Se concentrer sur ses études et ses amis. Des choses qui n'allaient pas trancher son cœur en lambeaux... littéralement ou au figuré.

IVAN JETA un regard en arrière et regarda Parker avant de prendre son téléphone et de sortir sur le porche. Seigneur. Il avait presque fait pleurer le mec. Il était un tel moins que rien. Ils avaient passé une nuit fantastique, et il avait dû tout ruiner. Découvrir avec certitude que Parker n'était pas le criminel auquel il s'était attendu avait été un soulagement de courte durée parce qu'immédiatement après, il avait dû écraser son moral. Et il n'était pas plus près de découvrir qui était le responsable.

Il ne s'était pas attendu à utiliser le numéro de téléphone de Kurt, mais il le composa rapidement et attendit qu'il décroche. Il n'eut pas à le faire longtemps.

— Kurt, c'est Ivan. J'ai besoin de m'extraire.

Appeler Kurt en premier et terminer la mission sans en avertir Martelli pouvaient être une décision qui mettrait fin à sa carrière, mais il ne pouvait penser à aucune autre façon de protéger Parker. Pas quand Martelli était si déterminé à faire tomber Razhin à travers lui. Il ne serait jamais capable de vivre avec ça sur la conscience si Parker finissait en dommage collatéral.

— Déjà ? Est-ce que ça va ? Qu'est-il arrivé ?

— J'ai tout dit à Parker.

— Tout ? Ivan, bon sang ?

— Je crois qu'il n'est pas le gars après qui je suis, et je devais juste le faire.

Ivan fit tambouriner les doigts de sa main gauche contre la brique rugueuse, les muscles de sa mâchoire contractés.

— D'accord, d'accord. Nous allons trouver une solution à tout ça. Peux-tu attendre jusqu'à demain ? Simon n'est pas en ville et je suis toujours en arrêt médical.

Le tambourinement s'accéléra, suffisamment pour égratigner le bout de ses doigts.

— Dimanche ?

Il pouvait s'arranger pour qu'ils restent ensemble un jour de plus ; il pouvait endurer les regards alternativement blessés et accusateurs de Parker.

— Tu dois m'aider, Kurt. J'ai trouvé une preuve qui suggère qu'il y a une importante culture de marijuana du côté de Muskoka, mais ce n'est pas Parker. J'en suis sûr. Je ne peux pas le laisser aller en prison.

Sa voix se brisa, et il toussa pour essayer de se couvrir, mais le hoquet de surprise à l'autre bout de la ligne lui indiqua qu'il avait échoué.

— Ne t'inquiète pas. Nous allons trouver une solution, je te le promets.

Ivan grogna. C'était une promesse que personne ne pouvait faire ; il était flic depuis trop longtemps. Mais il en prit bonne note dans un coin de son esprit.

— Je suis désolé, mec. Je déteste te mettre ça sur les épaules.

— Non. Ne sois pas désolé. Nous sommes amis. C'est pour ça que je suis là.

Ivan laissa tomber son front sur le mur de briques, tremblant. Il ne méritait pas un ami comme Kurt, mais il prendrait tout ce qu'il pourrait avoir.

— Merci.

— Accroche-toi. Je vais parler à Simon.

Ivan raccrocha et entra à nouveau chez Parker. Peut-être qu'il pourrait demander à Rick ou à Kurt de l'aider à remballer ses affaires une fois que tout ceci serait terminé.

— Tout va bien ?

Parker était dans la cuisine en train de nettoyer les restes du petit déjeuner. L'un des plus doux matins qu'il avait jamais eus et tout ce qu'il avait maintenant était un souvenir contaminé.

— Ouais. Nous irons au poste demain.

Le problème était que maintenant que tout avait été dévoilé, ils étaient plus exposés que jamais. Peut-être qu'ils ne l'étaient pas vraiment, mais c'est à ça que cela ressemblait. Vulnérables. Comme s'il y avait une enseigne néon dehors proclamant non seulement leur méfiance, mais aussi combien d'argent se trouvait à l'intérieur, protégé par aucune arme traditionnelle. Ils pouvaient aller à l'hôtel, mais il n'y avait aucune garantie qu'il puisse garder Parker en sécurité là-bas, et il pourrait mettre plus d'innocents en danger si les hommes de Razhin venaient chercher l'argent avant qu'il le donne à Simon.

— Un dimanche ?

— Ouais. Ma... liaison sera disponible, et même si le maintien de l'ordre est un travail de tous les jours, les dimanches sont généralement plus lents. Nous aurons une meilleure chance de régler tout ça, de t'obtenir une protection adéquate.

Plus les gens sauraient que Parker était innocent, moins il était probable que la taupe du département soit un danger pour lui.

— Alors, que faisons-nous aujourd'hui ? Je... J'avais suggéré d'aller au marché. Euh, plus tôt. Avant... Tu sais.

Parker regarda vers le plafond et renifla.

Seigneur. Ivan voulait faire ça. Terriblement. Faire des activités normales avec Parker était un baume apaisant pour ses pensées torturées.

— Nous pouvons toujours.

Prétendre que tout allait bien ne serait pas facile, mais cela tuerait quelques heures. Bien que l'exposition au marché puisse augmenter son impression de vulnérabilité, il serait également plus facile d'échapper à un quelconque poursuivant.

— Non, nous ne pouvons pas.

Parker se tourna vers lui, du feu dans les yeux.

— Peut-être que tu es un bon acteur, mais je ne le suis pas. Et en passant, comment je sais que tu es flic ? Tu ne m'as certainement pas montré de plaque. Pour ce que j'en sais, tu es celui qui essaie de me piéger. Ou peut-être es-tu une sorte de harceleur.

Les mots et le ton furent comme un coup de poing. Il s'était attendu à de la colère de la part de Parker, et qu'il le déteste, mais il n'avait pas pensé que cela arriverait si vite.

— Premièrement, si tu es dans une situation où tu penses que tu as un harceleur dingue aux fesses, pour l'amour de Dieu, ne le laisse pas avec toi seul dans une pièce, et ne le confronte pas. Deuxièmement, je peux t'amener à un collègue, si besoin est. Je ne porte pas de pièce d'identité avec moi sous couverture, mais lui en a, et il peut se porter garant pour moi.

Les yeux de Parker s'agrandirent, mais il ne fit aucun mouvement pour s'échapper. Bien. Quelque part au fond de lui, il savait qu'Ivan n'était pas le gars qu'il décrivait.

— Enfin, tu as dit que tu pensais qu'il y avait plusieurs milliers de dollars là-haut, n'est-ce pas ?

Il attendit patiemment, et quand Parker hocha la tête, il continua.

— Alors, si cet argent était le mien, ou si j'étais en train d'essayer de te piéger, il ne serait pas dans mon intérêt de te faire savoir qu'il y a bien plus que ça là-haut.

Un froncement de sourcil plissa le front de Parker avant qu'il demande :

— Combien d'argent y a-t-il ?

— Environ un quart de million.

— Un quart de million ? De dollars ? Pas possible, merde. Je ne te crois pas.

— Tu as une quantité dangereuse d'argent dans cette boîte.

— Non. C'est de la folie.

Parker se leva et courut vers l'escalier, Ivan sur les talons.

Dans la chambre principale, il arracha la boîte de rangement du placard et la jeta sur le lit. Quand il sortit une liasse, Ivan la lui arracha des mains.

— Je vais te prouver combien il y a, mais au cas où les techniciens pourraient tirer des empreintes des billets, je ne veux pas des tiennes partout là-dessus. Ce serait plus difficile de prouver que tu es innocent si tu as touché chaque putain de billet.

Ivan compta le nombre de billets contenu dans une liasse. Un son étouffé en provenance de Parker lui fit lever les yeux. Le visage cendreux et pâle, Parker observait le billet brun de cent dollars qu'Ivan avait séparé du paquet où un billet de vingt se trouvait à chaque extrémité.

— Je pensais qu'ils étaient tous de vingt dollars.

— Tu étais supposé penser ça.

Les couleurs n'étaient pas si différentes et chaque liasse avait été soigneusement arrangée de manière à ce que seuls les billets de vingt encadrent ceux de cent.

— Mais même s'il n'y avait que des billets de vingt, cela représenterait toujours environ quarante mille dollars. N'as-tu pas remarqué à quel point c'était lourd ? Chaque billet pèse environ un gramme. Autant d'argent pèse probablement aux alentours de deux kilos et demi.

— Je... non. Et je n'ai jamais sorti tout l'argent de la boîte. Ça, euh, m'a fait paniquer.

— Bien. Ça doit te faire paniquer. J'ai vu des gens se faire tuer pour quelques centaines de dollars, mais autant d'argent relève considérablement les enchères.

— Merde, Ivan, je…

Quoi que Parker allât dire, il fut interrompu par la sonnerie de son téléphone. Il le tira de sa poche et fixa l'identité de l'appelant. Avec une expression bizarrement penaude, il répondit.

— Salut.

Parker resta silencieux pendant un moment avant de froncer les sourcils.

— Neil, allô ?

Parker écouta, son froncement de sourcils s'accentuant. Jusqu'à ce qu'il laisse tomber le téléphone comme s'il l'avait mordu. Celui-ci glissa sous le lit, et Ivan plongea pour le récupérer. L'appel avait été déconnecté.

— Quoi ? Qu'est-ce qu'il y a ?

— Il savait.

Parker trébucha contre la commode et couvrit ses yeux d'une main tremblante.

— Savait quoi ?

Ivan n'avait pas paniqué jusqu'à ce que Parker montre des signes évidents de peur.

— Parker ?

Ivan attendit pendant que Parker se frottait le visage. Il leva les yeux, ces yeux couleur rivière le suppliant d'arranger les choses. S'il le pouvait, il le ferait.

— Neil m'a appelé sans le savoir, en appuyant par inadvertance sur une touche, son téléphone devait être dans sa poche. Je pense que c'est son argent. Il parlait à quelqu'un d'autre, et il savait au sujet de l'argent, avant même que je ne lui en parle.

— Neil. D'accord, ça a du sens. Il a un accès facile à tes affaires et... Attends. Tu lui as parlé de ça ? Quand ?

Le regard de Parker vola autour de la pièce, et le rose souligna ses pommettes saillantes.

— Pendant que tu étais dehors sous le porche en train de passer ton coup de fil.

— Pourquoi ?

— Putain, pourquoi crois-tu ? Connard. J'étais paniqué, d'accord ? Et en colère contre toi. Neil est mon meilleur ami, et il m'a aidé à traverser les pires moments de ma vie. J'espérais qu'il m'aiderait à traverser ça.

Les yeux de Parker se mirent à briller, et Ivan voulut se frapper.

Ce matin ne s'était définitivement pas déroulé comme chacun d'eux l'aurait voulu. Il ne pouvait pas vraiment reporter la faute sur Parker pour avoir demandé conseil à son plus vieil ami, surtout qu'il ne l'avait pas vraiment mis au parfum du fait que, d'après lui, Neil était le suspect le plus probable. Il n'était pas sûr de savoir si c'était le manque de sommeil ou sa jalousie qui avait embrumé son esprit à propos de ce détail maintenant évident, mais c'était un rappel de plus qu'il avait royalement foiré depuis le premier jour. Parker était furieux contre lui, pouvait ne jamais vouloir lui reparler après que tout soit fini, et Ivan ne pouvait pas lui en vouloir, même si le trou qu'il laisserait dans sa vie serait plus dévastateur que le départ de Colin.

— Tu lui as dit que j'étais flic ?

Avait-il enquêté sur le mauvais gars depuis tout ce temps ?

Les lèvres de Parker devinrent une ligne mince alors qu'il les pressait ensemble, mais il hocha la tête.

Il n'y avait pas de temps à perdre pour reconnaître la peur et l'angoisse que cette simple action causait.

— As-tu un sac de sport ou autre chose ? Un sac à dos ? Nous devons sortir ça de cette maison et trouver un endroit sûr.

Ivan alluma la lumière dans le placard et le balaya rapidement des yeux pour trouver quelque chose qui pourrait convenir. Il ne pouvait pas laisser cette preuve ici.

— Où vas-tu emmener ça ?

— Je ne sais pas encore. Mais c'est peut-être la seule chance de prouver que tu as été piégé. Nous ne pouvons pas laisser Neil mettre la main là-dessus.

— Je suis désolé, mais je ne peux pas... Je ne sais pas comment faire face à ça. Vous m'avez menti tous les deux, et pourtant, quelque part, je te fais confiance, et non au mec que je connais depuis des années.

Seigneur, il ne pouvait pas se permettre que Parker recule maintenant. La prison serait un enfer pour lui, et si Neil avait quoi que ce soit à voir avec les preuves dans cette boîte, il n'y avait aucune chance qu'il se soucie que Parker prenne à sa place.

— Écoute, nous allons amener tout ça à Kurt ou Simon. Quelqu'un qui pourra prouver que je suis un flic. Me croiras-tu alors ?

Parker leva une épaule dans un semblant de haussement.

— Est-ce que tu penses que… Neil vient pour ça ?

Il fit un geste de la main.

— Oui, absolument.

Il était inutile de lui dire qu'il avait commencé un décompte dans sa tête, calculant combien de temps s'était écoulé depuis que Parker l'avait balancé à Neil. Quel flic de merde il faisait, il ne savait même pas où vivait Neil, donc il ne savait pas combien de temps cela lui prendrait d'arriver ici depuis son appartement. Dès que Parker et l'argent seraient quelque part en sécurité, il le découvrirait. Il espérait que l'argent serait suffisant pour relier Neil à quelque chose afin qu'il puisse arrêter ce merdeux. Ou pour demander à quelqu'un qui ne soit pas en arrêt comme lui ou Kurt d'arrêter ce merdeux.

— Je pense que j'ai un sac à dos extra large dans un de ces cartons.

Ivan sentit Parker s'éloigner, mais il continua à fouiller dans le placard à la recherche d'un sac.

— Où est ta voiture ? Près d'ici ?

— Pas vraiment. Je loue un garage, mais c'est à une distance équivalente à, à peu près, deux arrêts de métro.

Merde. Il emporterait la boîte telle quelle, mais un sac serait plus facile à emmener dans les transports en commun.

— Je me demande ce qu'il fait ici ?

À ces mots, Ivan releva les yeux. Parker se tenait près de la fenêtre, regardant dehors. Abandonnant sa recherche d'un sac, Ivan se dirigea vers la fenêtre. Debout sur le trottoir en face de la maison du voisin se trouvait le gars que Neil avait sucé à la fête. Il avait un pote avec lui, et ils se tenaient debout à côté d'un grand SUV noir comme s'ils attendaient quelqu'un, mais leur vigilance accrue était évidente à voir.

— Tu connais ces types ?

— Ce sont des amis de Neil. Ils étaient là hier soir. Mais je ne les connais pas.

Celui qu'Ivan avait reconnu de profil se tourna pour faire face à la maison, et il se rendit compte qu'il le connaissait d'ailleurs, pas seulement de la fois où Neil s'était occupé de lui derrière la maison. Le fils de Razhin.

— Nous devons sortir d'ici.

Ivan retourna deux cartons avant de trouver le sac à dos que Parker avait mentionné.

— Ouais, c'est ce que tu dis.

Ivan renversa le contenu de la boîte de rangement dans le sac à dos, et Parker poussa un cri de protestation.

— Nous devons partir maintenant.

— Pourquoi ? Et ça a pris des heures à classer. Merde qu'est-ce qui ce passe ?

— Ces gars-là dehors... Eh bien, l'un d'eux est Léo, le fils de Razhin, et tous les deux sont armés.

Les renflements distincts sous des vestes trop chaudes pour l'été firent la lumière dans son esprit en un instant.

— Des armes à feu ? Tu es sûr ?

Parker se pencha plus près de la fenêtre, et Ivan le tira en arrière.

— Est-ce que tu essayes de te faire tirer dessus ?

— Je ne peux simplement pas le croire. Peut-être que tu n'es pas un flic. Peut-être que tu es dingue.

— Parker, merde, tu ne peux pas simplement nier l'argent et le fait que Neil le savait. Et il fait bien trop chaud pour porter ce genre de vestes.

La dernière petite étincelle de défiance s'envola, et Ivan fut presque triste de la voir s'en aller. Trahison. Ce n'était pas la même chose que de découvrir Colin au lit avec quelqu'un d'autre, mais cela devait être similaire.

— Regarde.

Ivan garda la tête de Parker près du bord de la fenêtre alors que Léo ouvrait sa veste, révélant la crosse noire d'une arme à feu.

— Est-ce que tu as vu ça ?

— Oh, bordel de merde !

Parker laissa échapper un léger sifflement alors qu'il essayait de contrôler le volume de sa voix.

— N'as-tu pas une arme ?

— Non, je n'ai pas d'arme. Ce n'est pas du cinéma. Je suis en congé administratif, et je suis infiltré en tant que vendeur d'assurances. Même si j'en avais eu une je ne peux pas créer une fusillade dans une rue résidentielle.

Son cœur battit plus vite et sa respiration s'accéléra, les scènes de la dernière fusillade devenant aussi vives qu'elles l'étaient seulement dans ses cauchemars. Un rapide coup d'œil par la fenêtre confirma que les deux hommes s'approchaient. Ils ne marchaient pas assez vite pour que quiconque y regarde à deux fois, mais ils se déplaçaient avec un but et Ivan ne pouvait s'y méprendre. Il plia les doigts en un poing serré, espérant cacher son tremblement.

— Que faisons-nous ?

Ivan courut jusqu'à la salle de bain, tourna le robinet de la douche et arrangea la porte pour la fermer derrière lui avant de s'élancer à nouveau vers la chambre et de verrouiller la porte. Il enfila le sac à dos sur ses épaules et pressa Parker contre le mur. Il était peu probable que les hommes, même s'ils devaient lever les yeux, soient capables de les voir à travers la fenêtre, mais il ne voulait prendre aucun risque. Il n'y avait qu'une seule façon d'éviter une balle dans le dos, et cela requérait de la furtivité et un bon timing. Restait à espérer qu'il puisse compenser le manque de ces deux choses chez Parker.

— Tu bouges quand je te le dis compris ?

Parker hocha la tête, mais il avait l'air confus.

— Nous allons sortir par la fenêtre et foutre le camp d'ici.

— Par la fenêtre ?

Parker se tortilla contre lui.

— Je ne peux pas faire ça.

Ivan se pencha en arrière un moment pour regarder directement dans les yeux de Parker.

— Il le faut. C'est le seul moyen.

Ils étaient piégés là-haut comme des chats dans un arbre. Il aurait préféré sortir par l'arrière, mais il n'y avait même pas le toit d'une véranda pour les aider à descendre.

Un autre hochement de tête rapide et un déglutissement difficile lui répondirent. Tendant la main, il enroula les doigts de sa bonne main sous le rebord de la fenêtre et attendit. Aucun coup à la porte ou de sonnette ne précéda le vacarme des hommes essayant d'ouvrir la porte, et Ivan utilisa le bruit pour couvrir celui qu'il fit en ouvrant la fenêtre.

— Dehors, murmura-t-il.

Parker pâlit, mais suivit ses instructions. Ivan passa après lui, le sac à dos le déséquilibrant légèrement. Ils se déplacèrent rapidement jusqu'au coin de la maison parce qu'il espérait utiliser le grillage et l'absence de fenêtres de ce côté pour masquer leur fuite. Parker pâlit davantage alors qu'il regardait par-dessus le bord du toit du porche. Ivan calcula le risque. Le bruit des hommes négligents dans la maison s'amplifia. Il n'avait que quelques minutes pour disparaître hors de leur vue. Ivan jeta le sac dans les buissons pour amortir sa chute et se contorsionna pour descendre sur le support du porche.

— Allez viens. Je te rattraperai si tu tombes.

Ivan parla aussi fort qu'il l'osa, espérant par tout ce qui était saint qu'il n'allait pas se prendre une balle dans la poitrine alors qu'il regardait vers le haut, attendant Parker.

Il n'eut pas à attendre aussi longtemps qu'il s'y était attendu ; le long corps de Parker descendit rapidement le grillage avec un minimum de bruit. Plus tard, il lui faudrait le féliciter pour sa capacité à garder la tête froide sous la pression. Merde, il faisait probablement mieux que lui parce qu'il ne savait pas à quel point un corps était fragile. Il ne savait pas quelle quantité de sang un corps pouvait contenir. Les dommages qu'une balle pouvait infliger.

Le bruit sourd des pieds de Parker dans la boue du jardin le secoua de sa transe.

— Par où ?

— Suis-moi. Vite.

Ivan attrapa le sac à dos et courut, restant à proximité des maisons. Tant qu'ils pouvaient rejoindre l'endroit d'où il avait observé Parker, il pourrait les semer, définitivement. Mais les prochaines quelques minutes seraient critiques. Si les hommes de Razhin comprenaient ce qui s'était passé et sortaient trop tôt, ils étaient morts.

X

TRENTE MINUTES plus tard, transpirant et haletant, Parker se tenait à côté d'Ivan face à une pittoresque petite maison d'un étage beaucoup plus proche de sa propre maison qu'il ne l'aurait cru. Était-ce une maison sûre ? Parker n'avait vu personne les suivre, mais Ivan avait été plus occupé à esquiver les éventuels poursuivants que de lui parler. Des doutes quant à le suivre aveuglément étaient venus et repartis. Maintenant, il en était à sa quarantième ou cinquantième pensée, mais au moins ce n'était pas aussi effrayant que certains endroits auxquels Parker pouvait imaginer... Si Ivan était un genre de harceleur fou au lieu d'un flic. Il n'était pas sûr à cet instant même lequel était le plus crédible, mais lui faire confiance semblait juste et naturel.

Parker toucha le téléphone dans sa poche. À quel point était-il facile de suivre les gens grâce à leurs téléphones portables ? Peut-être que c'était seulement facile si c'était le gouvernement qui était après vous.

Ivan pressa la sonnette, restant appuyé sur elle. Dans des circonstances normales, une telle impolitesse lui aurait fait frapper son bras pour l'éloigner, mais la tension avait transformé Ivan en une masse grouillante de nerfs, et cette anxiété s'était plus que transmise à Parker. Quand il n'était pas en train de demander à Ivan de lui parler, il continuait de courir à cause de ce qu'il avait vu à travers les fenêtres de sa maison. Des hommes avec des armes à feu, probablement envoyés par Neil, étaient venus chez lui. Peut-être pas pour lui, mais pour les preuves qui se trouvaient chez lui. Preuves qui le désignaient comme une sorte de trafiquant de drogue. Peut-être pire. Baron de la drogue ? Comment appeliez-vous quelqu'un qui dirigeait une énorme plantation de marijuana ? Il voulait tellement qu'Ivan ait tort à propos de tout cela. Il voulait revenir au moment où il tombait amoureux d'un vendeur d'assurances récemment divorcé, pas courir à travers la ville avec un inspecteur infiltré paranoïaque qui était un parfait inconnu, bien qu'ayant vécu avec lui pendant deux semaines.

Un homme aux cheveux bruns ébouriffés, qui était encore plus musclé qu'Ivan, ouvrit la porte en grand avec un regard mauvais. Il avait à peine craché un 'Quoi ?' furieux lorsqu'il reconnut Ivan, et le souci remplaça la colère.

— Ivan ? Que fais-tu ici ?

Ses yeux bougèrent.

— Est-ce que c'est Parker ?

L'incrédulité dans la voix de l'homme fit fléchir ses épaules, se retrouvant sur la défensive. Qui était-ce, et comment connaissait-il le nom de Parker ?

— C'est parti en sucette, Kurt.

Ivan regarda derrière eux pour la millionième fois.

— On ne peut pas parler ici.

Kurt n'avait pas l'air heureux, mais au moins maintenant Parker savait qu'il était l'un des amis flics d'Ivan.

— Entrez dans ce cas. Je pensais que vous vous rendiez demain.

Quand Kurt s'écarta de la porte, Ivan poussa Parker dans la maison, devant lui. Avec Ivan refermant la marche, il suivit Kurt jusqu'à un salon entièrement blanc. Joliment meublé, avec quelques oreillers et couvertures colorés jetés çà et là, mais tout de même plutôt austère. Parker n'était pas un maniaque concernant les standards de qui que ce soit, mais il n'aurait jamais choisi blanc comme jeu de couleurs pour autre chose qu'une cuisine. Trop dur à garder sans tache ni trace.

— Asseyez-vous.

Kurt n'avait pas l'air très accueillant, mais il ne semblait pas non plus énervé.

Parker s'assit sur une des chaises. Kurt s'assit prudemment sur le canapé, laissant échapper un grognement tranquille.

— Est-ce que ça va ? demanda-t-il.

Kurt lui adressa un sourire, un qui envoya une vague de désir inattendue en lui. Il n'était pas aussi sexy qu'Ivan, mais c'était un homme très séduisant. Parker sourit timidement en réponse, espérant qu'il ne remarque pas l'afflux soudain de sang à ses joues.

Le bruit du sac d'Ivan touchant le sol le fit sursauter. Ivan le foudroya du regard avant de s'asseoir dans l'autre chaise.

— Il va bien.

— Je vais bien, répéta Kurt sans rancune. J'ai subi une opération il y a deux semaines, et je récupère moins vite que je le croyais. Qu'est-il arrivé ?

183

Ivan pointa le pouce en direction de Parker.

— J'aurais dû enquêter sur son ami Neil. D'une certaine manière, il est en train de le piéger. Seulement, Je ne sais pas encore comment.

— D'accord. Mais pourquoi toute cette urgence ?

Au moins, Kurt n'avait pas demandé si Ivan était sûr de lui. Après avoir vu tout cet argent et les factures, Parker était presque sûr d'avoir acheté toute cette merde lui-même.

— Ma couverture a sauté, et Neil a découvert que nous savions pour l'argent. Il n'a pas fallu longtemps avant que Léo Razhin et un de ses potes ne débarquent à la maison, armés.

La vérité était que Parker avait foiré. C'était sympa de la part d'Ivan de le couvrir, mais cela ne compensait pas pour tous les mensonges. Pour avoir couché avec lui sous de faux prétextes, comme à peu près tous les autres gars – certes très peu – qui s'étaient glissés dans ses draps.

Les yeux de Kurt s'étrécirent alors qu'il regardait Ivan.

— Et vous êtes venu directement ici ? As-tu appelé quelqu'un d'autre ?

— Non.

Fermant les yeux, Kurt laissa retomber sa tête sur le dossier du canapé. L'exaspération semblait une réaction étrange de sa part qui, autant que Parker puisse en juger, n'était que marginalement impliqué.

— Tu as toujours le téléphone que Martelli t'a donné ?

Ivan ne répondit pas, il sortit juste le téléphone en question et le laissa tomber sur la table du salon.

— Appelle la police. Signale ça anonymement.

Ces mots eurent l'effet d'une gifle en plein visage, et Parker se leva.

— Je pensais que vous, les mecs, étiez la police. Pourquoi auriez-vous besoin d'appeler la police ?

Parce qu'ils auraient pu le faire de sa chambre au lieu de s'échapper comme des fugitifs. Tout cet épisode terrifiant pourrait déjà être terminé.

Ivan se leva et lui fit face, ses sourcils froncés se rejoignant entre ses yeux.

— Tu doutes encore de moi ? Je ne suis pas le méchant dans cette histoire.

— Tu ne l'es pas ? Mis à part un appel étrange de Neil, toute cette merde a commencé dès que tu es arrivé dans ma maison ! Comment puis-je savoir que ce n'est pas un petit jeu subtil ? Peut-être que vous êtes dedans tous les deux.

Les yeux qui se levèrent au ciel lui donnèrent envie de mettre son poing dans la figure d'Ivan, mais le gars avait déjà traversé beaucoup de choses, même s'il était complètement dingue. Être en colère et dans le déni était plus facile à gérer que la douleur déchirante de perdre le 'ce qui aurait pu être'. Il n'avait pas réalisé à quel point la profondeur de ses sentiments pour Ivan s'était développée jusqu'à ce qu'il ait découvert que celui qu'il connaissait n'existait pas et que le 'heureux pour toujours' qu'il avait envisagé ne pourrait jamais arriver. La colère était facile en comparaison.

— Dans quoi, tous les deux ? Quelle raison aurais-je de monter une imposture aussi élaborée ?

Parker haussa les épaules, et Ivan se mit en colère. Bel et bien en colère. Du genre de celle qui, s'il était flic, obtenait probablement des aveux immédiats. Il leva ses poings, l'un d'eux toujours soigneusement enveloppé par son bandage et Parker fit un pas en arrière.

L'horreur remplaça rapidement la fureur d'Ivan.

— Je n'allais pas te frapper.

— Je sais.

Mais il mentait peut-être. Ivan sentit son incertitude, parce que ses narines s'évasèrent et que ses yeux s'emplirent de larmes.

— Jamais. Je le jure. Je ne te ferai jamais de mal.

Mais il l'avait déjà fait. Simplement, pas physiquement.

Ivan se retourna et sortit de la pièce en claquant la porte sur ce qui était vraisemblablement la salle de bain, mais Parker n'en était pas sûr. Il se tourna vers Kurt, qui se redressa sur le canapé, bouche bée.

— Merde. Je n'avais aucune idée que c'était à ce point-là.

— Quoi ?

Parker n'avait aucune foutue idée de ce qui venait de se passer. Il se laissa retomber sur la chaise.

— Je vais t'expliquer ça dans une minute. Quelle est ton adresse ?

Il avait perdu toute énergie pour se battre. Quoi qu'il se passait n'allait pas le mettre en danger à la minute, et c'est à peu près tout ce qu'il était en mesure de traiter comme information. Il la donna à Kurt, qui prit immédiatement le téléphone qu'Ivan avait laissé derrière lui.

— Bonjour ? Oui, je voudrais signaler un cambriolage. La maison de mon voisin. Deux hommes que je n'ai pas reconnus, et ils étaient armés.

Il y eut une pause pendant que Kurt écoutait. Il donna l'adresse de Parker et une description réaliste de l'ami de Neil, bien qu'il se trouvât loin de l'autre gars.

— Mon nom ? Non, je préfère ne pas le dire. Mais s'il vous plaît, dépêchez-vous. Ils ont l'air plutôt hargneux.

Kurt raccrocha le téléphone et le jeta sur la table.

— Qu'est-ce qui se passe, bon sang ? Pourquoi avez-vous fait ça ?

— S'ils sont toujours là, ce dont je doute, cela pourrait les tenir occupés un petit moment. Les faire arrêter et ne plus les avoir dans nos pattes le temps de tirer tout ça au clair. Une demi-heure, c'est long, mais peut-être qu'ils n'auront pas eu la chance de retourner complètement ta maison.

— Retourner ma maison ?

— Je suppose que l'argent est là.

Kurt montra le sac du doigt. Parker avait presque oublié l'argent. Non, pas presque, il avait juste essayé désespérément de l'oublier. Il inclina la tête et évalua Kurt. Était-ce après cela qu'il en avait ? Peut-être qu'ils mentaient à propos d'être flics et qu'ils en avaient seulement après l'argent de Neil. Peut-être que Neil ne voulait pas le piéger, mais essayait de garder l'argent en sécurité en le cachant chez lui.

Kurt grogna et secoua la tête.

— Reste ici. Je reviens tout de suite.

La gêne dans les mouvements de Kurt était évidente, et Parker aurait dû reconnaître avec quelles précautions il bougeait. Il avait vu plus qu'assez de patients traumatisés se déplacer de la même façon.

Il eut suffisamment de temps pour s'interroger sur la disparition d'Ivan avant le retour de Kurt.

— Là. Mon badge et ma pièce d'identité.

Touchant les objets qu'il lui tendait, Parker ne put voir aucune raison de ne pas le croire.

— S'il vous plaît. Aidez-moi à comprendre.

Kurt saisit son épaule pour tenter de le réconforter avant de se rasseoir sur le canapé.

— D'abord, l'appel téléphonique. Appeler anonymement signifie qu'Ivan ne sera pas exposé et que personne ne s'attendra à ce que tu sois là pour répondre aux questions. Les questions viendront, mais cela nous donne un peu de marge de manœuvre.

— Et que se passe-t-il avec Ivan ?

Il devrait davantage s'inquiéter à propos des problèmes dans lesquels Neil l'avait fourré, et il était toujours sacrément en colère après Ivan pour l'avoir traité comme de la merde, mais sa peine le blessait plus profondément

186

que sa trahison. Au fond de lui, Parker savait qu'Ivan ne le blesserait pas physiquement, mais il ne l'avait également jamais vu aussi furieux avant.

Après un regard vers le couloir, duquel émanait le faible son de l'eau qui coulait, Kurt reporta son attention vers Parker.

— Qu'est-ce qu'il t'a dit ? À propos de sa vie réelle, je veux dire. À propos de la façon dont il en est venu à travailler sur cette enquête.

Enquêter sur lui. Une éruption de colère brûla une partie de la confusion.

— Pas grand-chose.

Parker exposa ce qui lui avait été dit. Après s'être entendu à nouveau, il fut surpris d'être tombé là-dedans. Même si Ivan avait apparemment dit la vérité – cette fois – il devait avoir une formidable capacité pour faire en sorte que les gens l'aiment, et le croient. Ce qui rendait la décision de Parker de coucher avec lui encore plus suspecte. Avait-il été manipulé depuis le début ? Ivan avait-il eu des arrière-pensées, comme d'essayer d'obtenir une confession ?

Kurt se pencha en avant et baissa la voix.

— J'avais peur de ça. Je suis inquiet pour lui. C'est tellement...

Kurt s'arrêta et scruta les yeux de Parker.

— Quoi ?

— Écoute, je te connais à peine, et si tu cherches à créer des problèmes à Ivan, je nierai avoir dit quoi que ce soit.

Créer des ennuis à Ivan ? Parker n'allait jamais chercher à le revoir après que tout soit fini. Il ne devrait pas se préoccuper de ce qui se passait avec Ivan, précisément pour cette raison, mais il voulait – avait besoin de – savoir.

— Je ne le ferai pas. Je le promets.

— Cette enquête était totalement officieuse, suffisamment pour qu'il puisse se faire virer à cause d'elle, même si ce n'est pas de sa faute. Mais ce n'est pas le pire de tout.

Virer ? Et ce n'était pas le pire ? Parker fit signe à Kurt de continuer. Si Ivan revenait de la salle de bain, il n'aurait sans doute jamais l'occasion d'entendre la suite.

— As-tu entendu parler de cette saisie de drogue il y a deux semaines ? Ça a fini en fusillade. La presse a crucifié la police

— Oui, bien sûr.

Il ne regardait pas beaucoup les informations, mais cela n'avait pas échappé à son attention. Cela était arrivé le jour avant l'emménagement d'Ivan.

Kurt lui tapota l'épaule.

— C'est à ce moment-là que je me suis fait tirer dessus. C'est à ce moment-là qu'Ivan a tué son premier homme.

Parker en eut le souffle coupé.

— Tué ?

— Ouais, un des jeunes hommes de main, peut-être un an ou deux plus jeune que toi. C'était une question de vie ou de mort, et je sais qu'il a essayé de sauver le gamin, mais il n'a pas pu. Son patron l'a attrapé avant même qu'il puisse se laver du sang qui le couvrait et l'a envoyé après toi, en utilisant son congé administratif pour couvrir le fait que ce n'était pas une enquête officielle.

— Mais qu'en est-il... des Affaires Internes ? Ne devrait-il pas leur parler ?

— L'Unité des Enquêtes Spéciales. Oui, il l'a fait. Il a été blanchi assez vite, en fait.

— Alors, comment est-il... Attendez. Il aurait également dû recevoir une assistance psychologique, non ?

Kurt hocha la tête.

— Mais il a dû mentir effrontément à son thérapeute parce qu'il ne sait pas d'où vient la fuite dans le département. Son patron est en train d'utiliser ses séances comme une excuse pour prolonger son congé, mais il n'ira pas mieux tant qu'il ne pourra pas faire le ménage avec son psy.

Ivan avait tué un homme. Dans l'exercice de ses fonctions. Parker s'affala dans le fauteuil. Pas étonnant qu'il ait été si nerveux à la maison. Beaucoup de choses devenaient claires. Puis, comme s'il avait été électrocuté, Parker se redressa.

— Oh mon Dieu. Il se dirige vers un cas de trouble de stress post-traumatique[8] à part entière.

— Oui, je le pense aussi.

Kurt se tourna vers le couloir à nouveau.

— Et ça ne s'améliorera pas après l'avoir mis dans cette situation.

---

[8] PTSD : Post Traumatic Stress Disorder. SSPT ou ESPT en français 'Syndrome ou État de Stress Post traumatique'. Désigne un type de trouble anxieux sévère qui se manifeste à la suite d'une expérience vécue comme traumatisante.

Parker aurait dû le voir. Il n'était pas psy ni quoi que ce soit, mais il avait vu les ravages causés par de graves traumatismes à chaque fois qu'il avait été bénévole au centre de traumatologie. Un peu de sa colère et de sa douleur s'évaporèrent. Pas complètement, mais il ne pensait pas qu'Ivan avait eu l'intention de le faire tomber amoureux. C'était de sa propre stupide faute.

— Que pouvons-nous faire ?

Sans l'existence de l'argent, il aurait pu attribuer tout ce gâchis au SSPT, mais cet argent était douloureusement réel.

— Découvrir ce qui se passe et apporter à Ivan l'aide dont il a besoin. C'est un bon inspecteur et un homme bien qui tire le meilleur parti d'une situation foireuse. Je ne veux pas que cela le marque à vie.

Impulsivement, Parker tendit la main et tapota le genou de Kurt.

— Vous êtes un bon ami. Peu de gens prendraient des risques comme ça.

Et il devrait le savoir. Même sans cela, il savait que Neil ne se sacrifierait jamais pour lui.

Kurt sourit, un sourire triste qui dit à Parker qu'il avait une longue histoire derrière lui.

— J'ai touché le fond, il n'y a pas si longtemps. Il m'a fallu l'aide de mes amis et de ma famille pour m'en sortir. Comment pourrais-je ne pas faire la même chose ?

— Qu'en est-il de la famille d'Ivan ?

— Ils sont proches, mais je pense qu'il ne leur a pas donné la chance de voir qu'il est en train de s'autodétruire.

Ses sœurs et ses parents étaient-ils un mensonge, un maillon de sa couverture ? Parker ouvrit la bouche pour poser la question, mais le bruit de la porte de la salle de bain s'ouvrant amena leur discussion à une fin abrupte et inconfortable. Quand Ivan revint dans la pièce, il ne regarda pas Parker dans les yeux, mais à part ça, il avait l'air recomposé.

— Et maintenant ? demanda Kurt quand Ivan ramassa son téléphone.

— Nous devons étudier les papiers dans le sac, découvrir ce qui se passe. Cela pourrait être tout ce que nous avons. Si Neil prend peur, il démantèlera l'opération de la fermette de Parker.

Maintenant qu'il l'observait de plus près, la tension due au fait de continuer à vivre comme si de rien n'était était évidente. Ivan avait besoin d'aide, et vite.

— Ta plantation de marijuana présumée, tu veux dire ?

189

— Ouais. Je suis en train de penser que je devrais simplement aller faire un tour là-bas, passer l'endroit en revue.

— Non. Bon sang, Ivan. Je ne fais peut-être pas partie de la Brigade des Stupéfiants, mais je sais très bien quelle est la puissance de feu des gens qui protègent ce genre de choses. Tu n'y vas pas. Donne-moi l'adresse, et j'appellerai Simon. Il a toujours un tas d'amis dans la Police Montée Royale Canadienne, et ils seront mieux préparés pour y aller.

Parker frissonna. Ses précédentes expériences avec la culture de marijuana venaient des films, mais si ceux-ci étaient même seulement vaguement proches de la réalité, il ne voulait pas non plus qu'Ivan y aille seul. Il espérait juste qu'aucune personne innocente qui ne se méfierait pas, n'essaierait de faire de la randonnée sur ses terres. Pour l'amour de Dieu. Pourquoi n'y avait-il pas porté plus d'intérêt ? Pourquoi avait-il laissé Neil se charger de tout ? Il avait permis que cela se produise.

— Qui est Simon ?

Kurt interrompit ce qu'il allait dire.

— Mon partenaire dans la police. Il travaillait avec la PMRC avant d'être transféré dans les services de police de Toronto.

La Police Montée Royale Canadienne. C'étaient des policiers fédéraux, mais Parker se fit une image dans la tête d'un groupe d'hommes dans ces uniformes rouges traditionnels essayant de monter furtivement à cheval à travers un champ de marijuana.

Dommage que Simon ne soit pas le compagnon de vie de Kurt. Parker était à peu près certain qu'il était gay, et étant donné combien lui et Ivan semblaient avoir en commun, même leur âge, il serait beaucoup plus heureux si l'autre homme séduisant était pris.

— C'est effectivement une bonne idée.

Ivan se détendit un peu.

— Êtes-vous prêts à passer au crible les trucs que j'ai apportés ?

— Oui, bien sûr. Étalons ça sur la table de la cuisine, et nous pourrons les étudier.

Parker n'était pas sûr que Kurt soit d'attaque. Il bougea avec raideur et était peut-être un peu plus pâle que quand ils étaient arrivés. Il aiderait s'il le pouvait, mais il ne ferait probablement que les gêner. Non pas qu'il sache même ce qu'il fallait chercher.

Dès que Kurt eut raccroché avec Simon, les deux inspecteurs enfilèrent des gants en latex et commencèrent à éparpiller les documents, laissant l'argent dans le sac par terre.

Quelques instants après avoir commencé à fouiller dans les preuves, Kurt et Ivan semblèrent oublier Parker. Ils lui posèrent quand même quelques questions en route, qui ne servirent qu'à l'alarmer sur l'état de sa participation apparente dans… quoi que ce soit que Neil et ses potes aient monté.

Parker repoussa sa chaise loin de la table, loin des piles de documents incriminants.

Ivan et Kurt mélangèrent et organisèrent le pêle-mêle qu'était devenue sa vie, les vieux papiers poussés de côté avec à peine un regard, les nouveaux inspectés avec soin.

Un homme mince aux cheveux sombres, magnifique, et à peu près du même âge qu'Ivan et Kurt, apparut dans l'embrasure de la porte.

— Eh bien, bonjour. Kurt, je ne savais pas que nous allions avoir des invités. Es-tu sûr d'être en forme pour ça ?

Kurt leva les yeux, et la joie dans son expression donna l'impression à Parker d'observer quelque chose de privé. De beau, mais privé. Son estomac se serra un peu d'envie.

— Je vais bien. Fort comme un bœuf.

Kurt il lui adressa un clin d'œil, et le bel homme leva les yeux au ciel.

— Davy, c'est Ivan. Tu te souviens que je t'ai parlé de lui ?

Davy sourit à Ivan et lui serra la main avant de se pencher pour embrasser Kurt sur les lèvres. Le petit tiraillement de jalousie devint un énorme tourbillon. Il voulait ça, tellement, mais au moins il n'avait pas à s'inquiéter à propos d'Ivan et Kurt. Celui-ci ne l'avait pas regardé de la façon dont il regardait Davy, comme si le soleil, la lune et le monde entier étaient enveloppés dans un emballage aux cheveux bruns.

— Kurt m'a tellement parlé de toi. C'est bon de te rencontrer enfin.

Davy se tourna vers Parker et sourit.

— Mais celui-là ne peut pas être un autre de tes copains flics, n'est-ce pas ?

Parker secoua la tête alors que Kurt et Ivan répondaient tous les deux par la négative.

Davy s'approcha, les mains tendues.

— Ça va ? Tu as l'air un peu éreinté.

— C'est une longue histoire, Davy. En ce moment, nous essayons d'empêcher Parker de se faire arrêter pour quelque chose qu'il n'a pas fait.

— Oh non.

Davy lui tapota amicalement la tête.

191

— Ils vont arranger les choses pour toi. Mais je peux voir que tu ne fais que te tracasser. Laisse-moi nous préparer quelque chose à boire et nous irons regarder un film ou quelque chose dans l'autre pièce. Quelque chose pour t'occuper l'esprit et t'éloigner de ça.

Davy trébucha sur le sac alors qu'il se dirigeait vers le réfrigérateur.

— Euh, Kurt, est-ce que c'est un sac plein d'argent ?

— Ouais. Environ deux cent mille.

Kurt tendit à Ivan une autre feuille de papier.

— Dollars ?

Le mot fut étranglé alors que Davy blanchissait.

— Ooookay. Parker ?

Il se leva. Il ferait n'importe quoi pour sortir de cette… situation irréelle.

— Hé, ça va aller.

Davy lui donna une étreinte bien trop rapide. Le réconfort des bras d'une autre personne était un luxe dont il n'avait pas réalisé avoir autant manqué. Mais Davy était un étranger. Qu'est-ce que Parker ne donnerait pas pour se trouver à nouveau dans son lit, avec les bras d'Ivan serrés autour de lui.

Parker hocha la tête.

— Merci.

Avant qu'ils aient une chance de partir, quelqu'un frappa à la porte d'entrée. Lui et Davy s'immobilisèrent tandis que Kurt et Ivan se rassemblaient à leurs côtés. Parker avait vu Ivan faire le même geste plusieurs fois, et avec une soudaine clairvoyance réalisa qu'ils cherchaient à s'emparer d'armes qui n'étaient pas là. Sa bouche se dessécha de peur et il trébucha contre le comptoir.

— Ivan Bekker. Si tu es là, ouvre-moi cette fichue porte.

Ivan se détendit.

— C'est Trish.

— Ta partenaire ? demandèrent Parker et Kurt en même temps.

— Ouaip.

Il fit un mouvement vers la porte, mais le bras de Kurt s'interposa pour l'arrêter.

— Tu es sûr de pouvoir lui faire confiance ? Et pour la taupe ?

— Kurt, mec, je ne sais pas. Mais Sarge avait tort à propos de Parker. Peut-être qu'il se trompe aussi à propos de la fuite. Je ne peux pas croire que Trish me… Nous… Trahirait comme ça.

Les yeux de Kurt s'assombrirent.

— Je suis le premier à te dire que ton partenaire peut te cacher des choses, mais si tu penses que nous pouvons lui faire confiance, je te croirai sur parole.

Le martèlement et les cris continuèrent.

Ivan laissa échapper un petit rire.

— Si nous ne la laissons pas entrer, elle enfoncera la porte.

Kurt hocha la tête.

— Très bien. Laisse-la entrer.

Tous les trois suivirent Ivan jusqu'à la porte. Parker était certain qu'aucun d'eux ne respirait jusqu'à ce que la porte s'ouvre pour laisser apparaître Trish sans aucune sorte d'arme ou de mauvais compagnon.

— Bordel, qu'est-ce qui se passe ?

Trish poussa Ivan à deux mains, et il tomba en arrière contre le mur.

— Trish, Trish, c'est bon. Allez.

Elle adressa un regard noir à chacun d'eux, mais laissa Ivan l'emmener dans le salon.

— Parle-moi, Bekker. Tu vas me dire la vérité tout de suite, ou je demande un transfert.

— Comment m'as-tu trouvé ?

C'était également la première question de Parker.

— J'ai entendu l'appel à propos du cambriolage dans ta... maison ? Sa maison.

Trish pointa Parker.

— Je suis allée là-bas. L'endroit était un putain de désastre, et Léo Razhin et l'un de ses partisans ont été emmenés en détention. Ils étaient furieux, et ils l'ont fait sentir à cette maison. Personne n'avait vu aucun de vous, cependant.

La vision de Parker s'obscurcit. Sa maison était saccagée ? Qu'auraient-ils fait s'ils avaient trouvé Ivan ou lui dans la maison ? Il n'osa pas y penser, et il chancela sur place. Ivan recula d'un pas et passa un bras autour de lui.

Il permit l'étreinte pendant un instant avant de repousser son bras. Autant qu'il veuille son réconfort, comment pourrait-il l'accepter ?

— J'ai vérifié à ton appartement et chez tes parents. Je savais que tu étais ami avec Kurt, alors j'ai essayé ici ensuite.

Elle hocha la tête vers Kurt.

— Bonjour, soit dit en passant. Contente de vous voir debout et en forme.

— Merci.

— Qui est-ce ? demanda Trish d'un geste du menton vers Davy.

Kurt répondit.

— C'est Davy, mon compagnon.

Les yeux de Trish s'adoucirent.

— Ravie de vous rencontrer, Davy. Désolée de faire irruption comme ça.

Davy écarta ses excuses d'un geste de la main.

— Ravi de vous rencontrer aussi.

Elle se tourna à nouveau vers Ivan.

— Sérieusement, est-ce que ça va ? Bon Dieu, dis-moi ce qui se passe.

Parker ne pouvait pas voir le visage d'Ivan, mais ce qu'y vit Trish lui fit écarquiller les yeux, et elle jeta ses bras autour Ivan, l'étreignant. Il lui rendit son étreinte, et une jalousie irraisonnée jaillit en lui. Elle faisait partie de la vraie vie d'Ivan, une vie dont Parker ne pouvait faire partie.

Rapidement, ils lui exposèrent la situation, et elle mit un coup de poing dans l'épaule d'Ivan pour avoir pensé, même un instant, qu'elle était la taupe.

— Alors, quel est le plan ?

Trish avait patiemment attendu d'entendre toute l'histoire, mais maintenant, elle était prête à entrer dans l'action. Parker pensa que cela devait être épuisant de travailler avec elle, mais cela pouvait expliquer pourquoi Ivan avait une attitude si décontractée. Sauf, bien sûr, si cela n'avait pas été vrai non plus. Il détestait, absolument détestait, ne pas savoir quelles parts d'Ivan étaient vraies, ou même si toutes l'étaient.

Ivan les ramena dans la cuisine et fit un geste vers les piles de papiers sur la table de la cuisine.

— Simon va nous faire savoir ce qui s'est passé dans la maison de campagne de Parker. Comme il n'est pas en arrêt, dès qu'il reviendra en ville il soumettra les documents en tant que preuves et fera une vérification des antécédents de Parker, pour voir exactement dans quoi il est impliqué.

— Eh bien, je peux le faire. Mettre les choses en route. Tirer avantage de l'arrestation de Léo.

— Quelque part là-dedans, nous espérons pouvoir être en mesure de prouver que Neil a dérobé son identité et fait les achats pour la plantation de marijuana, mais même avec Léo en garde à vue, nous n'avons rien qui relie Neil à Razhin.

Kurt passa un bras autour de Davy, et Parker ne put s'empêcher de remarquer à quel point il se penchait lourdement sur lui. Les cernes sous ses yeux attestaient de son récent passage en chirurgie. Soit il souffrait, soit il était fatigué, ou les deux. Ils devaient partir avant de retarder davantage le rétablissement de Kurt.

— Attends, j'ai quelque chose.

Ivan tira son téléphone et navigua dans ses photos.

Jetant un coup d'œil par-dessus les épaules de tout le monde, Parker vit Neil en train de tailler une pipe à Léo. À l'extérieur de sa putain de maison.

— Bon dieu, quand as-tu pris cette photo ? Et pourquoi ?

Tout le monde se tourna vers lui. Merde. Il n'avait pas voulu parler du tout, mais penser à Ivan en train d'espionner Neil comme ça le rendait fou.

Les joues d'Ivan rougirent, et il ne voulait toujours pas rencontrer les yeux de Parker. Il ne l'avait pas fait depuis leur épisode un peu plus tôt, ce qui le rendait malade.

— Je l'ai prise quand je pensais qu'il te trompait, marmonna Ivan.

Trish plissa les yeux alors qu'elle l'examinait, mais elle ne dit rien avant de regarder à nouveau la vie de Parker exposée sur la table de la cuisine de Kurt.

— Ce n'est pas grand-chose, mais ça pourrait fonctionner. Qu'est-ce que c'est ? dit-elle en prenant un petit lambeau de papier.

Le certificat de naissance de Parker.

— Ce sont les vieux documents de Parker. Rien de pertinent à ce qu'a fait Neil, déclara Ivan.

— Je ne suis pas si sûre de ça.

Le regard attentif de Trish fit se tortiller Parker. Qu'est-ce qui était donc si intéressant à propos de son certificat de naissance ?

Elle agita le certificat devant Ivan.

— Sais-tu qui est son père ?

— Non. Parker m'a dit que son père n'était jamais là.

— C'est vrai, gamin ?

Trish tourna ses yeux bruns déterminés vers lui.

Parker haussa les épaules.

— Ouais. Il était infidèle à sa femme. Quand ma mère est tombée enceinte, il lui a donné de l'argent pour qu'elle se tienne à l'écart. Elle l'a bien investi, et entre ça et ce dont elle a hérité de ses propres parents, nous n'avons jamais eu besoin de lui.

— N'as-tu jamais essayé de le retrouver ?

Il avait travaillé sur ses sentiments là-dessus longtemps auparavant.

195

— Non. Il ne voulait pas de nous, et je me foutais de qui il pouvait être. Pourquoi est-ce qu'on parle même de ça ?

Une pensée le frappa.

— Attendez. Il ne fait pas partie de l'organisation de Razhin, n'est-ce pas ?

S'il était le fils d'un criminel, cela expliquerait plus facilement pourquoi il avait éveillé les soupçons des flics.

Ivan saisit le certificat que tenait Trish. Le sang se répandit sur son visage, et il eut l'air encore plus en colère qu'il ne l'était un peu plus tôt.

— Bordel, j'y crois pas, grogna Ivan. C'est impossible.

— Hé, du calme.

Trish posa une main sur l'avant-bras d'Ivan pour le retenir, mais il la repoussa et fourra le certificat de naissance de Parker dans sa poche de chemise.

Composant un numéro sur son téléphone, Ivan se dirigea vers la porte d'entrée.

— Sarge, c'est Bekker, grogna-t-il dans l'appareil. Rencontrez-moi au quartier général. Maintenant. C'est urgent.

Ivan attrapa un jeu de clés sur un crochet à côté de la porte, sortit en courant de la maison, et monta dans l'une des voitures dehors. Les pneus crissèrent alors qu'il s'éloignait.

— Vient-il juste de voler ma voiture ? demanda Davy.

— Qu'est-ce que c'était que ça ? asséna Kurt d'un ton cassant. Quel nom figurait sur ce certificat ?

— Sergio Martelli.

Trish sortit ses clés de voiture.

— Je ferais mieux de le suivre. Parker, avec moi. Tu ne restes pas hors de ma vue.

— Prends ça avec toi, lança Kurt. Plus tôt nous le consignerons, mieux ce sera.

Kurt commença à se baisser pour attraper le sac, mais Davy l'arrêta d'un hochement de tête.

— Interdiction de soulever des objets lourds. Laisse-moi faire.

Davy enfila une paire de gants en latex et poussa tous les papiers dans le sac à dos.

Il ne comprenait toujours pas.

— Qui est Sergio Martelli ?

Outre le bon à rien qui avait eu une liaison avec sa mère et l'avait abandonnée dès qu'elle avait découvert qu'elle était enceinte.

— Le patron d'Ivan. Autrement connu sous le nom de Sarge, soupira Kurt.

— Oh !

Parker y réfléchit un instant. Il n'était pas sûr de saisir toutes les implications, ni pourquoi exactement cela importait, mais rien n'allait l'empêcher d'accompagner Trish et de découvrir ce qui se passait, merde. Sa vie avait été mise sens dessus dessous par un homme qu'il pensait aimer et un autre qui ne l'avait jamais aimé du tout.

À CHAQUE minute qui passait alors qu'Ivan attendait, sa colère augmentait. Il s'assit derrière le bureau de Martelli, patientant. Il voulait voir la tête de son patron quand il entrerait. Ivan mit le bazar dans ses papiers, déplaça son agrafeuse. Il étudia la possibilité de le rappeler, mais décida de ne pas le faire. Bien sûr, il était furieux comme un beau diable, mais c'était un week-end, et cela pourrait prendre quelques minutes à Martelli pour se dégager de toute obligation familiale ou tournée électorale dans lesquelles il pouvait être engagé. Enfoiré.

La porte du bureau s'ouvrit plus tôt qu'Ivan ne l'avait prévu et il se leva, même s'il resta derrière le bureau.

— Ivan. Qu'y a-t-il de si urgent ? Avez-vous quelque chose ?

— Oui, j'ai un connard pour patron.

Les yeux de Martelli s'agrandirent.

— Qu'est-ce qui ne va pas chez vous ?

— Qu'est-ce qui ne va pas chez moi ?

Ivan balaya les fichiers sur le bureau et le retourna.

— Putain, pourquoi ne me l'avez-vous pas dit ?

— Vous dire quoi ?

Martelli poussa une chaise de côté au lieu de s'asseoir.

Ivan poussa un cri muet de frustration. Ses mots suivants ne furent pas du tout calmes eux non plus.

— Pourquoi ne m'avez-vous pas dit que le suspect, Parker était votre fils ?

Martelli pâlit et lui cria en pleine figure.

— Bordel, fermez-la, Bekker. Ça n'a rien à voir avec l'enquête.

— Ah non ? Qu'est-ce que vous ne me dites pas d'autre ? Y a-t-il vraiment une fuite dans le département ?

— Ce n'est pas impossible, mais je ne pense pas. Ce coup de filet tournant à l'aigre était probablement une coïncidence. Vous savez qu'ils ne se déroulent pas toujours sans heurt.

Les doigts d'Ivan se contractèrent, cherchant désespérément à s'enrouler autour du cou de Martelli. Il l'avait transformé en monstre paranoïaque, sursautant à la moindre ombre, sur la base d'un mensonge.

— Pourquoi diable m'avez-vous envoyé après votre fils ?

Ivan cracha les mots, tellement furieux qu'il en tremblait. Il était fier d'avoir réussi à prononcer ces phrases de façon cohérente.

— Baissez la voix, bon sang. Écoutez, j'avais besoin de votre aide. Je suis désolé que cela ait tourné de cette façon, mais j'ai entendu des rumeurs selon lesquels ce garçon était impliqué avec Razhin. S'il était arrêté, ma liaison avec sa mère sortirait au grand jour. Ma femme demanderait le divorce, et il n'y aurait aucune chance que je sois élu.

Soudain, tout devint clair. Ironique, vraiment. Coucher avec Parker lui avait permis de profiter de la meilleure nuit de repos qu'il avait eu depuis la fusillade, bien que son esprit ne soit toujours pas remis, il était plus lucide qu'il ne l'avait été depuis des jours.

— Vous m'avez utilisé.

Son patron avait profité de son état de choc après la fusillade pour lui faire accepter une enquête qu'il n'aurait jamais dû commencer en premier lieu.

— Qu'alliez-vous faire si je vous avais apporté la preuve de la culpabilité de Parker ? Alliez-vous l'enterrer ?

— M'avez-vous apporté la preuve de sa culpabilité ?

— C'est votre fils. Cela ne vous fait-il rien qu'il ait presque été tué aujourd'hui ? N'êtes-vous pas concerné qu'il ait été seul depuis la mort de sa mère, et que le gars qu'il pensait être son meilleur ami l'ait piégé ? Ait usurpé son identité ?

Martelli haussa les épaules.

— Je n'ai rien à faire de l'enfant. Ma femme a menacé de me quitter si je ne mettais pas un terme à notre liaison et ne payais pas la mère de Parker. D'ailleurs, j'ai déjà quatre enfants. Je n'en ai pas besoin d'un autre.

— Espèce de connard.

Ivan balança un poing, la douleur explosa alors que ses jointures meurtries rencontraient une mâchoire solide. Satisfait, il attendit tandis que Martelli chancelait légèrement. Une fois que l'homme eut retrouvé son équilibre, il utilisa son autre main pour frapper son patron à l'estomac, puis le poussa contre le mur.

Le bureau trembla, les photos et les décorations officielles glissant le long du mur pour se briser en éclats de verre. Du sang coula de la lèvre fendue de Martelli alors qu'il se recroquevillait au sol, les bras autour du ventre.

Deux policiers en uniforme jaillirent par la porte ouverte, précédant le chef des Homicides, l'inspecteur Nadar. Juste derrière lui, Kurt, Davy, Trish et Parker étaient visibles. Parker avait le même regard stupéfait et incrédule qu'il lui avait porté depuis qu'Ivan avait avoué être inspecteur de police. Il détestait cela, détestait qu'il ne lui fasse plus confiance, mais il n'avait aucun droit à cette confiance. Il avait trahi Parker, presque aussi terriblement que son père l'avait fait – envers chacun d'eux.

— Assez, tonna Nadar.

— Arrêtez-le, souffla Martelli depuis le sol. Il est viré.

Nadar haussa un sourcil.

— Je ne pense pas. Pas avant que nous allions au fond de cette affaire. Escortez-les dans des salles d'interrogatoire séparées.

Ivan quitta le bureau, ignorant les pleurnicheries de Martelli.

— Je suis désolé, Ivan. Je devais appeler quelqu'un.

Le visage de Kurt était livide.

— C'est bon.

Il ne faisait aucun doute que Kurt avait agi avec les meilleures intentions. Il s'était déjà résigné à perdre son travail. Quand il avait accepté cette mission, il avait su que c'était une possibilité, mais il n'avait pas réalisé que ce serait parce que son patron était un connard égoïste. Néanmoins, il aurait préféré ne pas partir en disgrâce alors que Parker était là pour en être témoin.

Sans lui jeter un autre coup d'œil, parce qu'il ne pouvait plus supporter de voir ce regard blessé dans ses yeux, Ivan suivit le policier en uniforme vers une salle d'interrogation. Il s'effondra dans une chaise en plastique inconfortable et reposa ses jointures palpitantes contre le métal froid de la table. Demander de la glace était hors de question ; il ne voulait pas admettre une faiblesse de plus. Pas devant ses très bientôt ex-collègues.

XI

PARKER SE mit une nouvelle fois à faire les cent pas. Pas lentement. Tournant en rond. Il avait été escorté jusqu'à une salle d'interrogation des heures plus tôt. Kurt – et non Ivan, bon sang – lui avait assuré qu'il n'était pas en difficulté et n'avait pas besoin d'un avocat, mais le patron de Kurt l'avait passé au grill. Lui avait arraché chaque détail, y compris sa relation personnelle avec Ivan. L'inspecteur Nadar avait su qu'ils avaient eu des rapports sexuels ; Ivan l'avait confessé presque immédiatement. Parker avait essayé de le protéger du mieux qu'il avait pu, mais apparemment celui-ci n'était pas intéressé par la protection qu'il pouvait lui offrir.

Avec une expression sinistre, Nadar était parti. Trish s'était brièvement arrêtée et lui avait apporté quelque chose à boire. En dépit d'être à peu près de l'âge d'Ivan, elle avait une vraie aura de matrone qui l'enveloppait, tout un changement par rapport à ce qu'il avait vu de leur altercation enflammée.

Maintenant, cependant, il voulait juste rentrer chez lui. En fait, il voulait que quelqu'un lui amène Ivan pour qu'il lui explique ce qui se passait. Pour savoir si tout ce qu'ils avaient connu ensemble n'était qu'un foutu mensonge, ou, mieux dit, si tout n'avait été que pour la mission.

La porte s'ouvrit, et Parker se tourna vers le nouvel inquisiteur. Mais ce n'était que Kurt. Il avait l'air fatigué et à bout.

— Asseyez-vous, Kurt. Est-ce que vous êtes resté ici tout ce temps ? demanda-t-il.

Parker n'avait pas oublié que l'homme se remettait d'une blessure par balle et d'une chirurgie.

— Ouais, dit-il en haussant les épaules et en faisant la grimace.

Il frotta son épaule blessée pendant un moment.

— Est-ce que je peux y aller ? Ou quelqu'un va-t-il me dire ce qui se passe ?

Un soupir profond et audible fut la première réponse de Kurt.

200

— Désolé. Nadar a bossé comme un dingue, et cette histoire s'est résolue plus vite que je le pensais.

Il se laissa tomber dans une des chaises en plastique incroyablement inconfortable et fit signe à Parker de le rejoindre.

Cela avait été rapide ? Avec un grincement strident du pied métallique sur le linoléum, Parker tira une chaise et s'assit sur le bord. Attendant. À l'expression de Kurt, ce qui allait suivre pourrait ne pas être bon.

— Nadar met un coup d'accélérateur parce que cela implique les nôtres, mais tu devrais être libre de t'en aller bientôt.

— D'accord. Quoi d'autre ?

Parce que cela ne lui apprenait absolument rien du tout.

— Nous avons arrêté Neil sur plusieurs accusations liées à la drogue.

Okay, d'accord. Cela avait du sens. Pour une raison quelconque, les flics pensaient que Parker était responsable des crimes de Neil.

— Pourquoi moi ? Pourquoi Ivan n'enquêtait-il pas sur Neil ?

Kurt baissa les yeux, et un poids noir et lourd se forma dans le ventre de Parker.

— Je suis désolé, Parker. Il a également été accusé de vol d'identité et de fraude. Quand nous avons vérifié tes antécédents, nous avons été capables de comprendre d'où provenait tout l'argent. Il a pris une énorme hypothèque sur ta propriété de Muskoka. Il a utilisé l'argent pour mettre en place cette culture de marijuana, et nous suspectons qu'il a remboursé ses dettes de jeu auprès des Russes.

Toutes les paroles de Kurt avaient un sens, mais n'étaient pas en relation avec sa vie ennuyeuse et calme. Sauf pour les dettes de jeu. Neil avait toujours été super sérieux à propos de son poker. Parker lécha ses lèvres sèches et déglutit.

— Vous avez dit hypothèque ?

— À hauteur de cinq cent mille.

— Un demi-million de dollars ?

Des taches se formèrent devant ses yeux, et il oublia comment respirer.

— Hé. Hé. Inspire et expire. Inspire et expire.

Kurt saisit ses mains, brûlant presque ses doigts soudain exsangues. Parker suivit les instructions de Kurt jusqu'à ce qu'il n'y ait plus aucun danger qu'il s'évanouisse.

Comment pouvait-il être aussi stupide ? Pourquoi n'avait-il pas vu ce que Neil faisait ?

— Qu'est-ce que je vais faire ? Comment... Puis-je même me tirer de ça ?

— Il y a un groupe de soutien qui peut te donner quelques conseils.

Kurt glissa une carte de visite vers lui.

— Si tu peux te permettre de prendre un avocat, fais-le.

— J'ai déjà un avocat.

Dieu merci.

— Bien. Avec Neil en garde à vue, tu as d'excellentes chances de voir tout ça se résoudre au mieux de tes intérêts, mais ton crédit immobilier va en prendre un coup pendant plusieurs mois, au moins. Probablement jusqu'à ce que le procès soit fini. Sois juste heureux qu'il n'ait pas eu l'opportunité de prendre un emprunt sur ta maison.

Heureux. Non, non, heureux n'était pas le mot qu'il aurait choisi pour décrire son humeur. En moins de vingt-quatre heures, la vie de Parker avait été complètement retournée. Son meilleur ami était en prison pour avoir volé son identité, son amant était un parfait inconnu, et son père...

— Et Martelli ?

Il allait sûrement payer pour ce qu'il avait fait.

Kurt le regarda sombrement, les sourcils froncés.

— Alors, tu ne savais vraiment pas qui il était ? Tu n'as jamais essayé de le trouver ?

— Pourquoi l'aurais-je fait ? Ma mère et moi nous en sommes très bien sortis sans lui, et s'il n'a jamais voulu de moi, pourquoi m'en soucierais-je ?

Abandonner sa mère quand il avait découvert qu'elle était enceinte avait en fait été une bonne chose. Ce qu'il avait fait à Ivan était totalement impardonnable ; cela ne serait pas évident pour lui pendant quelque temps si l'égoïsme de son père avait détruit la santé mentale d'Ivan en même temps que sa carrière.

— Il prend sa retraite.

Kurt renifla de dégoût.

— Nadar a pensé qu'un départ en retraite tranquille en échange de la conservation du poste d'Ivan en valait la peine.

Kurt continua d'expliquer. Quand son père avait pensé qu'il était impliqué avec Razhin, il avait pris avantage de la désorientation d'Ivan pour enquêter en douce. Personne n'avait aucune idée de ce qu'il avait l'intention de faire si Parker était coupable, mais il avait été terrifié que leur lien de parenté devienne publique s'il finissait par se faire arrêter et passait en justice. Cela aurait détruit ses chances d'être élu et probablement lui aurait coûté sa riche épouse qu'il avait essayé de garder quand il avait laissé tomber sa mère en premier lieu. Ironie du sort, ses actions pouvaient toujours avoir le même effet, et Parker ne pouvait dénicher en lui aucune once de compassion. Tellement stupide.

— Et pour… Euh... Suis-je en sécurité ? Ils savent où j'habite.

— Tu devrais l'être. Pour autant que nous le sachions, Léo savait à ton sujet, mais Neil ne faisait pas partie du groupe Razhin. Pas encore. Il avait déjà remboursé ses dettes de jeu et travaillait sur la culture de marijuana pour les impressionner. Ils devraient se foutre que tu témoignes contre lui. Mais la Brigade des Stupéfiants à quelques informateurs utiles dans ses rangs. Nous allons faire passer le mot que tu n'as rien à voir avec les faits et gestes de Neil. Jusque-là, une voiture de patrouille fera des passages réguliers devant chez toi. Je vais te laisser mon numéro de téléphone et je prendrai des nouvelles moi aussi.

Cela le fit se sentir un peu plus en sécurité, mais pourquoi Kurt prendrait-il de ces nouvelles ?

— Où est Ivan ?

Le regard de Kurt glissa au loin.

— Il a dit que c'était mieux de cette façon. Une rupture nette.

Il toussa.

— Est-ce tout ce qu'il a dit ?

Kurt tapota sa main, comme si cela allait, en quelque sorte, rendre la douleur supportable.

— Il a dit que tout ça faisait partie de son boulot.

Parker glissa au fond de la chaise comme si Kurt l'avait frappé en pleine poitrine. La douleur éclata dans son cœur, tranchante et brûlante. Il avait eu peur qu'Ivan le rejette, mais la vraie raison était presque aussi douloureuse que de perdre sa mère. Et cet enfoiré n'avait même pas eu la décence de le faire lui-même.

— Je ne sais pas si ça aide, mais vous n'auriez pas pu vous voir tous les deux de toute façon. Une relation compromettrait l'affaire.

— Oh, c'est pratique.

Rien de tel que de se faire larguer par le collègue de votre amant dans un putain de poste de police après que votre vie vienne juste de vous exploser à la figure. Il était un plus gros raté maintenant que lorsqu'il était le gamin obèse sans amis.

— Vous êtes tous les deux témoins, et un avocat de la défense s'en donnerait à cœur joie avec tes... euh... interactions avec Ivan.

À force de volonté, il réussit à empêcher son visage de trahir son état de choc. Combien de détails Ivan avait-il donnés à ses collègues ? L'humiliation fut la seule chose qui contint son cri d'agonie.

— Je suis désolé, mon garçon. Je peux... Y a-t-il quelque chose que je puisse faire ?

Parker secoua la tête. S'il ouvrait sa bouche maintenant, les larmes tomberaient, et c'était inacceptable.

— T'appeler un taxi pour rentrer ?

Il hocha la tête si fort que son cou se contracta. Sortir d'ici était impératif. Laisser ce cauchemar derrière lui. Essayer de rafistoler les restes déchiquetés de sa vie.

IVAN SE tenait à la fenêtre et regardait Parker marcher vers un taxi. Les réverbères brillaient sur le trottoir, humides d'un orage qui avait éclaté peu après qu'il soit arrivé au poste. Parker se traînait comme un vieil homme battu en lieu et place du jeune étudiant dynamique qu'il était. Ce n'était pas entièrement de la faute d'Ivan, mais la culpabilité lui pesait. De toutes les personnes qui l'avaient trahi aujourd'hui, il était le seul qui le regrettait.

Le reflet de Kurt, brouillé par la pluie, se matérialisa sur la vitre à sa droite.

— Il ira bien, n'est-ce pas ?

Il ne pourrait pas le supporter si ses actions mettaient Parker en plus grand danger que celui auquel ils venaient d'échapper.

— Il devrait. Aucune raison pour que Parker soit plus qu'un faible signal sur le radar de Razhin.

Kurt ne lui mentirait pas, et à cet instant, il ne pouvait pas faire confiance à son propre raisonnement.

— J'étais...

Ivan toussa inconfortablement. Comment admettiez-vous à vos amis que vous étiez en train de perdre l'esprit ?

— Il n'y avait pas de complot. Personne n'était suspect. Personne ne surveillait la maison, pas vrai ?

— Non. Personne. Neil essayait de les intéresser, mais il n'était pas allé très loin avec ce plan.

Parker jeta un coup d'œil furtif par-dessus son épaule, vers le haut du bâtiment, avant de monter dans le taxi.

— Je pense que tu aurais dû lui parler.

La main de Kurt était chaude sur son épaule.

— Je ne pouvais pas.

Ivan toucha la vitre froide du doigt.

— Il aurait pu vouloir attendre.

— Ça n'a pas d'importance. Je suis trop foutu, et même s'il avait été prêt à attendre, nous n'aurions pas pu avoir de contact avant la fin du procès. Je ne pouvais pas lui demander d'attendre des années. Pas pour moi. Nous ne nous connaissons que depuis deux semaines. Il va survivre.

Kurt lui donna une légère pression avant de retirer sa main.

— Mais, et toi ?

Seigneur. N'était-ce pas *la* question ? C'était stupide de tomber aussi profondément amoureux aussi vite, mais peut-être que cela témoignait de l'état de dépression dans lequel il était tombé. Il appuya son front contre la vitre froide alors que ses yeux le brûlaient. Il refusa de les cligner jusqu'à ce que le taxi disparaisse de sa vue. La douleur de perdre Parker avait déjà commencé, mais il pouvait dès maintenant s'habituer à elle. Il allait devoir apprendre à vivre avec cette brûlure pour le reste de sa vie.

— Où est Nadar ?

Répondre à la question rhétorique de Kurt aurait été inutile.

— Dans son bureau.

Ivan hocha la tête. Il avait eu des heures pour réfléchir à son prochain plan d'action, et tout ce que cela lui avait demandé était quelques instants à son bureau pour l'accomplir.

— Merci.

Il se tourna vers Kurt et le regarda droit dans les yeux. Les remerciements n'étaient pas seulement destinés à sa simple réponse. Sans son aide, il serait en état d'arrestation à l'heure actuelle, et définitivement viré. De cette manière, il pouvait partir à ses propres conditions.

— Quand tu veux, Ivan.

À L'EXTÉRIEUR du bureau de Nadar, Ivan s'arrêta et frappa à la porte.

— Entrez.

Le ton de l'inspecteur était brusque, mais pas inamical, même si l'homme avait tous les droits d'être furieux contre Ivan là, tout de suite. Non seulement son drame l'avait fait se déplacer durant le week-end, mais il avait également eu à s'impliquer dans une affaire très désagréable.

Ivan évita la chaise, mais ce qu'il avait à faire ne prendrait pas très longtemps. Pas la peine de se mettre à l'aise.

— Pouvez-vous s'il vous plaît faire passer ça aux personnes concernées ?

Ivan déposa une enveloppe non scellée sur le bureau.

Nadar fronça les sourcils et pointa la chaise.

— Asseyez-vous.

Il ramassa l'enveloppe et en tira la lettre, le froncement de sourcils s'amplifiant au fil de sa lecture.

Ivan préférait ne pas le faire, mais il était redevable envers lui pour s'être dressé en faveur de Parker et de lui-même. Pour le moment, il était son officier supérieur. Il s'assit.

— Non, dit Nadar.

— Que voulez-vous dire par non ?

De toutes les réponses, il ne s'était pas attendu à celle-là.

— Je veux dire, non.

Nadar glissa l'enveloppe dans un tiroir de son bureau.

— Vous n'êtes aucunement en condition de prendre ce genre de décision. Vous avez été mis à rude épreuve, et vous n'avez pas été en mesure de bénéficier des avantages de la thérapie prescrite à cause de la situation dans laquelle vous avez été mise de force. Si vous démissionnez, la ville perdra un bon élément, et je veux que vous soyez en mesure d'évaluer toutes vos options. Aller en thérapie. Prenez du temps pour vous reposer, vraiment cette fois. Ensuite, nous verrons.

Ivan secoua la tête.

— Vous ne comprenez pas. J'y pensais déjà avant ça. Les missions sous couverture pèsent sur mes épaules, et je ne peux plus le supporter davantage. Par ailleurs, revenir sous les ordres d'un nouveau supérieur, après ce qui s'est passé... Ça ne sera pas très long avant que tout le monde réalise que je suis celui à blâmer.

Martelli avait été un officier populaire, en dépit de ses pensées constantes sur la façon dont ses actions affecteraient ses chances aux élections.

— Ce n'est pas votre faute. Pas du tout. Mais je comprends vos préoccupations. Vous et votre partenaire, si elle souhaite être transférée, serez les bienvenus dans mon département. Les Homicides n'ont que très peu besoin de faire appel à des missions d'infiltration, et le changement pourrait vous faire du bien. Un mois. Revoyons-nous dans un mois, et nous verrons où vous en êtes et si vous ressentez toujours le besoin de nous quitter.

Était-ce un répit bien nécessaire ou étaient-ils simplement en train de prolonger son agonie ? Pourtant, cela ne pouvait pas lui faire de mal de suivre les directives de Nadar. Les changements d'humeur, le tempérament à fleur de peau, et les cauchemars devaient être traités. Il préférait de loin avoir une couverture médicale avec laquelle le faire.

— Un mois.

Ce n'était pas trop accordé à Nadar, même s'il n'avait pas beaucoup d'espoir de changer d'avis.

IVAN GISAIT sur son lit, les yeux fixés au plafond. Il ne se rappelait pas vraiment quand il s'était douché pour la dernière fois, avait mangé ou fait quoi que ce soit d'autre. Hier avait été un flou d'interrogations et de douleur. Hier, il avait dit adieu à Parker, et déjà les jours s'allongeaient devant lui, une éternité de solitude. La dernière fois qu'il s'était douché, c'était chez Parker, une vie plus tôt.

Chaque pensée de Parker faisait bouillir son estomac de regrets. Manger était complètement hors de sa portée, et jusqu'à présent la seule chose qui l'aidait était de fixer le plafond blanc, repoussant toute autre pensée de son esprit. Malheureusement, il ne pouvait rester ici pour toujours. Sanchez l'attendait plus tard dans l'après-midi pour une session d'urgence.

Tordant la tête, il vérifia le réveil sur sa table de chevet puis s'assit dans le lit. Il n'y avait aucune bonne raison pour que tous ses muscles lui fassent mal comme s'il couvait la grippe. S'il ne se levait pas maintenant, il n'aurait pas le temps d'aller chercher son téléphone chez Rick avant son rendez-vous, et il était peu probable qu'il ait envie de parler avec quelqu'un après ce rendez-vous.

S'il avait encore eu une ligne fixe, il aurait appelé Rick pour lui demander de le lui déposer, mais il ne pouvait vraiment pas rester sans téléphone.

Après avoir étiré ses vieux muscles, Ivan attrapa quelques vêtements et se mit en route vers le parking de son appartement.

— IVAN, QU'EST-CE que tu fais ici ?

Les cheveux blond clair de Rick étaient ébouriffés et il semblait avoir enfilé un jean à la hâte

— Désolé, est-ce que je tombe à un mauvais moment ?

Bien sûr, il était deux heures un lundi après-midi, mais les horaires de travail de Rick étaient fluides, ce qui avait facilité les choses pour Ivan pour traîner avec lui plus d'une fois. En mission, les horaires d'Ivan étaient sérieusement perturbés.

— Non, c'est bon. Viens, entre.

Rick le fit entrer, un froncement de sourcils sur le visage.

— J'ai juste besoin de mon téléphone.

Il ne gagnerait pas le prix de la conversation amicale aujourd'hui.

— Bien sûr, chéri. Tu as reçu beaucoup d'appels, mais à part ça, rien d'inhabituel. Je ne crois pas. Dois-je toujours rester à l'affût ? Que s'est-il passé ?

Ivan le suivit jusqu'à la cuisine où Rick tira son téléphone et son chargeur du comptoir.

— C'est une longue histoire.

Une dont il ne pouvait supporter de parler pour l'instant.

— Tout va bien, maintenant.

— Bien ?

Rick ramena le téléphone d'Ivan vers son corps.

— Chéri, tu n'as pas l'air bien du tout. Où est cette petite chose avec laquelle tu as emménagé ? Ne devrait-il pas prendre soin de toi ?

Ivan se retint de soupirer. Penser à Parker était comme un mal de dents. À chaque fois qu'il y touchait, la douleur explosait, aiguisée et chaude, puis s'estompait en une douleur sourde qu'il ne pouvait pas complètement ignorer.

Les yeux de Rick s'emplirent de sympathie. L'homme essayait de ne pas se soucier des gens, mais quelque part, Ivan s'était infiltré derrière ses défenses.

— Oh, mon grand. Je n'aurais pas dû en parler. Où vas-tu maintenant ?

— Un rendez-vous chez le docteur.

Un sourcil long s'éleva.

— D'accord, bien. Parce que, chéri, tu as une mine détestable.

Ivan laissa échapper un petit rire fatigué. La plupart des gens auraient pu penser que les paroles de Rick étaient dures, mais il sentit de la préoccupation dans son ton. Rick faisait de son mieux pour garder leurs interactions sur une note légère et faisait un effort particulier pour ne pas s'attacher de façon romantique. Quelque chose à propos de cela l'effrayait totalement. Si Rick avait un jour traversé ce par quoi Ivan passait maintenant, il ne lui reprochait pas une seconde sa réticence.

— Je vais bien.

Ou ce serait le cas s'il continuait de répéter ce mantra.

— Je vais te croire sur parole. Pour l'instant.

Rick se plaça à côté de lui, apparemment incapable d'éteindre le mode flirt.

— Mais fais-moi savoir si je peux te remonter le moral. Quand tu veux, mon grand, quand tu veux.

Les lèvres d'Ivan se courbèrent en ce qu'il espéra être un sourire, mais qui probablement ne dépassa pas le stade de la grimace.

— Merci, Rick, mais...

Le flirt s'évanouit, et Rick l'étreignit.

— Fais-le-moi savoir. On dit que la meilleure façon de surmonter la perte d'un mec est d'en prendre un nouveau. Ou quelque chose comme ça.

Un autre petit rire fatigué lui échappa, et Rick sourit.

— Je te laisserai t'accrocher à moi n'importe quand.

— Merci, Rick.

Ivan fourra son téléphone et le chargeur dans ses poches.

Il était temps de faire face au psy. Sanchez n'accepterait pas ses affirmations disant qu'il allait bien cette fois. Pas après que Nadar l'ait complètement informé de son cas. Il demanda presque à Rick de lui servir un shot de tequila, mais l'alcool ne ferait qu'empirer sa situation. Avec un soupir, il s'en alla. Dans des circonstances normales, il aurait accepté l'offre de Rick en une minute, mais c'était avant qu'il rencontre Parker.

S'il ne pouvait pas avoir Parker, son esprit et sa libido avaient décidé qu'il ne pouvait baiser personne d'autre pour essayer d'oublier. L'exact opposé de sa réaction après que Colin l'ait quitté, et c'était nul à chier.

PARKER S'ASSIT sur le sol de son salon saccagé. Étonnant de voir tout ce qui pouvait être détruit en moins d'une heure. Son avocat et son assureur lui avaient tous deux assurés qu'il était chanceux. Que cela aurait pu être pire. Après tout, ils n'avaient pas brûlé la maison. Léo et son pote auraient pu vandaliser l'endroit tout entier, mais à la place ils s'étaient engagés dans une recherche destructive et approfondie de l'argent. Peut-être que s'ils étaient restés dans la maison plus longtemps – et il serait éternellement reconnaissant à Kurt qu'ils ne l'aient pas été – ils auraient pu passer à la destruction de sa propre demeure. Structurellement, l'endroit était sain. Les murs, les portes et les fenêtres étaient intacts. Cependant, ils avaient éventré chaque matelas, oreiller, et coussin. Brisé la plupart de ses appareils électroniques. Vidé le contenu de chaque tiroir et placard au sol. Cela n'avait pas beaucoup affecté ses vêtements, mais il ne lui restait plus aucune assiette ni aucun verre.

Il avait laissé passer un certain nombre de choses à Neil au fil des années, mais savoir que celui-ci était responsable rendait facile à Parker d'endurcir son cœur contre son ami de longue date. Neil avait peut-être été son ami à un certain point, mais quand les dettes de jeu l'avaient acculé à la mafia russe, il n'avait eu aucun scrupule à les rembourser et à monter une petite entreprise à ses dépens. Si seulement Neil lui avait demandé. Parker l'aurait aidé, mais il était évident que son ami avait prévu qu'il tombe à sa place en dernier ressort.

La dette de Neil avait détruit son taux de crédit, et Parker allait peut-être devoir finir par le rembourser, mais avec Neil en prison, il y avait une forte possibilité qu'il s'en sorte financièrement indemne. Finalement. Sans Ivan pour se porter garant pour lui, Parker aurait très bien pu finir en bouc émissaire, ce que son ex-ami avait eu l'intention de faire de lui.

Plus seul qu'il ne l'avait jamais été, il voulait haïr Ivan pour tout le mal qu'il avait causé, mais à côté de la perfidie de Neil, il ne pouvait pas. Ivan n'avait rien fait de tout ça méchamment, pas comme Neil. Plus que tout, Parker voulait qu'il revienne dans sa vie, mais Ivan ne voulait pas de lui. Leur relation – si on pouvait l'appeler comme telle – était terminée. Son avocat avait même applaudi la décision d'Ivan, ce qui fit étrangement s'adoucir Parker envers Ivan et détester son avocat, juste un peu.

La sonnette retentit, brisant la contemplation déprimante de sa maison. Il se hissa sur ses pieds. Probablement l'expert en assurance.

Parker tira sur la porte gonflée d'humidité pour révéler Alicia.

— Parker.

Elle le prit dans ses bras.

— Tu m'as manqué en classe aujourd'hui. J'ai une faveur à te demander, alors j'ai pensé à passer te voir puisque tu n'as pas répondu à mon message.

Hein ? Il avait dû éteindre accidentellement son téléphone.

— Désolé. J'ai passé un week-end de fou.

— Ah oui ?

Alicia agita ses sourcils, et Parker grogna.

— Pas dans ce genre-là.

Ou du moins pas samedi, ni dimanche. Il recula et lui fit signe d'entrer.

— Par l'enfer, Parker. Merde, qu'est-ce qui s'est passé ?

— C'est une longue histoire.

Une qu'il n'était pas prêt à raconter encore, bien que la raconter à quelqu'un pourrait la rendre un peu plus crédible. Un jour, il lui dirait, mais pas aujourd'hui, la blessure était trop vive. Il avait trop perdu.

— En gros, ma maison a été cambriolée, et on a saccagé la place.

— Oh non ! Est-ce que tu vas bien ? Ont-ils attrapé les gars qui ont fait ça ?

— Je vais bien.

Presque.

— Et oui, ils ont arrêté les mecs.

En temps normal, il lui aurait offert un siège, mais il n'y avait aucun endroit où s'asseoir. Alicia enjamba les débris, évaluant les dégâts.

— Quelle était cette faveur ?

Alicia leva les yeux vers lui.

— Oh, eh bien, Chris et moi avons décidé d'emménager ensemble, mais mon bail se termine bientôt et lui en a encore pour quelques mois avec le sien. J'allais te demander si je pouvais louer ta chambre supplémentaire jusqu'à ce que son bail soit levé. Je ne peux pas emménager dans cet endroit minuscule avec lui et Thom – la salle de bain peut engendrer toute seule une toute nouvelle forme de vie – mais je vais trouver quelque chose d'autre.

Le monde, qui lui avait semblé si sombre il y a un instant, devint un peu plus convivial et chaleureux.

— Non, pourquoi ? Tu peux toujours emménager. Mais au lieu d'un loyer, peux-tu m'aider à remettre cet endroit en ordre ?

— Tu es sûr ?

Alicia regarda autour d'elle comme si elle avait perdu quelque chose.

— Hé, où est Ivan ?

Son petit sourire s'estompa.

— Cela fait partie de la longue histoire. Ivan a déménagé.

Parker eut un hoquet. Les larmes avaient lutté pour se libérer pendant des heures, mais sa dernière déclaration les laissa s'échapper. Alicia laissa entendre un petit cri de détresse et l'attira dans une étreinte.

— S'il te plaît, dis-moi qu'Ivan n'a pas fait ça.

— Non.

Le mot sortit plus sanglotant qu'il l'aurait souhaité, mais il n'avait jamais été bon pour se comporter en mec macho dépourvu d'émotion.

— Oh, bien.

Alicia soupira.

— Je l'aimais bien.

— Moi aussi. Mais c'est fini.

Parker était toujours en colère. Ivan l'avait fait tomber amoureux. Il ne s'était jamais rendu compte que cela puisse arriver si vite, mais c'était le cas ; puis il avait disparu de sa vie. D'une certaine manière, il était presque reconnaissant de la distraction qu'offraient les réparations de sa maison.

— Tu vas emménager ? M'aider ?

— Bien sûr, je vais t'aider. Chris et Thom aideront aussi, je le sais.

Ce qui signifiait qu'il devrait parler à Thom, lui faire savoir qu'il n'était pas prêt pour sortir, ni s'engager dans une relation. Au moins, aucun des amis de Chris ne serait un total connard à ce sujet, pas ceux de Neil.

Alicia embrassa sa tempe et recula, essuyant les larmes du visage de Parker avec ses mains comme sa mère avait l'habitude de le faire.

— Commençons tout de suite. Qu'est-ce qui est le plus urgent ?

Curieusement, l'appareil qui lui servait à respirer la nuit avait survécu.

— La vaisselle. J'ai besoin de vaisselle.

— Va te laver le visage et nous irons faire un saut chez Honest Ed's. Ils doivent avoir des trucs bon marché.

Un autre rayon de soleil perça la noirceur de son existence. D'une certaine manière, il survivrait.

XII

IVAN FIXA la porte, le cœur battant dans sa poitrine. Il s'était fait une règle de ne jamais passer devant la maison de Parker jusqu'à maintenant. Il savait qu'il n'aurait pas la volonté de ne pas entrer et supplier Parker de lui pardonner. Cela avait été la bonne décision. Une rupture franche était le seul moyen pour lui d'être capable de renoncer complètement à Parker.

Il n'avait pas encore repris le travail. La fin du mois sur lequel il s'était mis d'accord avec Nadar approchait rapidement. Avec une thérapie appropriée et le fait de ne pas s'inquiéter à propos de chaque mot qu'il prononçait, lui avait fait faire beaucoup de progrès avec son SSPT. L'opération non autorisée l'avait mis en retrait, mais il était à un point où il était presque prêt à retourner travailler, prêt à être transféré aux Homicides.

Un coup de klaxon dans la rue le fit tressaillir, mais au moins il ne cherchait plus à esquiver les tirs chaque fois qu'il entendait un bruit inattendu. Kurt avait raison ; ce travail inachevé le harcèlerait jusqu'à ce qu'il voie Parker une dernière fois. Une dernière fois pour tuer l'espoir persistant qu'il n'avait pas été en mesure d'étouffer.

Il avait toujours la clé de la maison de Parker – qu'il conservait précieusement dans le tiroir de sa table de chevet de son appartement à demi vivant – mais ce ne serait pas bien de l'utiliser. Les affaires qu'il avait emmenées chez Parker avaient été mises dans des carton et livrées chez Kurt quelques jours après que toute cette mauvaise histoire soit retombée, une considération inattendue de la part de Parker ; les envoyer à son travail aurait informé tout le monde qu'Ivan était un raté.

Une respiration profonde et il frappa à la porte. Des bruits de pas se firent entendre dans l'escalier et il connut un moment de peur en se demandant ce qu'il ferait si Parker avait un petit ami avant que la porte s'ouvre en grand.

Parker était là, grand, magnifique et stupéfait. Mais son choc passa rapidement, et il fronça les sourcils.

213

— Ivan. Que fais-tu ici ?

— Salut. Parker.

Merde, il aurait dû répéter ce qu'il allait dire, mais bon sang, il n'avait même pas été sûr d'avoir les couilles de vraiment frapper.

— J'ai envoyé tes affaires à Kurt. Je n'avais pas ton adresse.

La critique dans ses paroles mesurées le mit presque à genoux.

— Je sais. Merci.

Inutile de dire qu'il n'avait pas ouvert les cartons, il les avait seulement poussés dans un placard où ils ne seraient pas un rappel constant de son ex-colocataire.

Parker croisa les bras et le regarda fixement, attendant.

Il se racla la gorge.

— Puis-je entrer ?

Faisant un pas de côté, Parker lui fit signe d'entrer. Que faudrait-il pour le faire sourire ? Ivan avait-il toujours la capacité de le faire sourire ? C'était la seule qu'il voulait. Il entra jusqu'au salon et s'arrêta net.

— Tu as tout redécoré.

— Je devais le faire. L'endroit a été détruit.

Ivan ferma les yeux. Seigneur. Il n'avait même pas pensé à ça.

— Je suis tellement désolé, Parker. Tellement désolé.

Il aurait dû être là pour aider.

— Pourquoi es-tu là, Ivan ?

Ouvrant les yeux, l'intérieur était assez similaire pour créer de la chaleur au creux de son ventre. Malgré tout, il avait été heureux ici, heureux avec Parker.

Il se retourna vers lui. Ses yeux n'étaient pas froids – Parker n'était pas capable d'être froid – mais il était distant. Lointain. Aussi fort qu'il veuille l'attirer dans ses bras et l'embrasser, il n'en avait plus le droit. Plus maintenant et peut-être jamais plus.

— Il y a eu un développement dans cette affaire. Neil a plaidé coupable à une accusation mineure et il va témoigner contre Léo. Je ne sais pas si nous pourrons faire tomber Razhin, mais de cette façon, nous n'avons pas besoin d'aller jusqu'à un procès.

Pourrait-il sauver ce qu'ils avaient eu ?

— Est-ce la seule raison pour laquelle tu es ici ?

— Non.

Il s'approcha, entrant dans l'espace personnel de Parker et le saisit par les épaules. C'était tout ce qu'il pouvait faire pour s'empêcher d'embrasser l'homme, mais c'était trop tôt.

— Je suis ici parce que tu m'as manqué. J'ai été un connard total, mais la seule chose sur laquelle j'ai menti était mon travail. Je le jure. Je pense... Je pense que nous pouvons faire quelque chose pour que ça marche. Je t'...

Les yeux de Parker s'agrandirent, mais Ivan ne sut dire si c'était parce qu'il avait presque avoué être amoureux ou si c'était pour autre chose. Il ne s'était jamais senti comme ça avant, pas même avec Colin. Ça avait été un véritable combat de passer à travers chaque journée sans le voir. Il aimait Parker, mais il le détestait peut-être ; il devrait attendre et repousser sa confession pour plus tard.

— Et, euh... Es-tu retourné travailler ?

Les mains d'Ivan glissèrent de ses épaules. Il devrait être heureux que Parker ne le jette pas dehors, même s'il avait espéré qu'il tomberait simplement dans ses bras.

Il avança dans le salon et s'arrêta, pas très sûr de savoir s'il devait s'asseoir ou non.

— Bientôt. Je pense. Nadar m'a offert un transfert aux Homicides. En ce moment, je travaille sur mon SSPT.

— Vraiment ? Oh, je suis si heureux.

Le contact de la main de Parker sur son dos était léger, comme une plume, mais lui donna la chair de poule sur la nuque.

— Est-ce que tu vas mieux ?

Ivan se retourna brusquement, Parker était si proche, son souffle réchauffant sa joue.

— Mieux, oui, mais tu me manques toujours. Pouvons-nous... euh… sortir ensemble ? Commencer peut-être par des rendez-vous ?

— Rendez-vous ?

La voix de Parker était incrédule et de façon peu flatteuse.

— Non.

Trois petites lettres, une syllabe lui arracha les tripes, le laissant dans l'incapacité de respirer.

— Je veux que tu reviennes emménager ici.

Le manque d'air le faisait-il halluciner ?

— Revenir ?

Parker se lécha les lèvres, et Ivan se força à ne pas se laisser distraire par ses paroles.

— Je pense que nous avons dépassé le stade des rendez-vous, tu ne crois pas ?

— Cela fait moins de deux mois que nous nous connaissons, et j'étais au fond du trou. Pourquoi veux-tu que j'emménage ? Ne le demande pas parce que tu es seul.

Ces mots étaient une erreur. Les yeux de Parker flashèrent, et il recula.

— Je suis plus jeune que toi, et je n'ai pas la même expérience que toi, mais je ne suis pas désespéré d'avoir de la compagnie. Alicia a emménagé avec moi tout de suite après cette affaire. J'aime l'avoir ici, mais tu me manques. Ce que nous avions me manque. Et ce n'était pas un mensonge, je veux que cela revienne. Une fois que Kurt m'a ouvert les yeux, j'aurais dû savoir que tu avais un SSPT. Si tu es aidé, je pense que nous pouvons… Recommencer, oui, mais commencer en tant que couple.

Il voulait y croire. Il voulait que cela ne soit pas une sorte de plaisanterie cruelle, mais comment Parker pouvait-il être aussi sûr ?

— Comment... Pourquoi ?

Il prit du recul ; la proximité de Parker affectait la logique de ses pensées.

— J'ai eu un mois pour décider de ce que je voulais si jamais tu te montrais, ou si Kurt finissait par me dire où tu vivais.

— Tu... es resté en contact avec Kurt ?

Parker haussa une épaule négligemment.

— Je voulais savoir comment tu allais.

Cela ne pouvait pas être aussi facile, si ? Il serra les poings pour contrôler son tremblement.

— Et si nous avions dû aller jusqu'au procès ? Cela aurait pu prendre des années.

— J'aurais attendu. Quand c'est juste, tu le sais simplement.

Parker fit un pas en avant.

— Qu'en dis-tu ? Nous pouvons attendre jusqu'à ce que ton bail se termine, si tu veux.

Ivan inspira une profonde goulée d'air. Pouvait-il faire ça ? Pouvait-il parier sur ses sentiments, sur eux ? Mais alors il regarda au plus profond des yeux de Parker. Il voulait chaque opportunité de voir ces yeux, de se réveiller aux côtés de Parker. Sortir ensemble serait ridicule, parce qu'il voulait rentrer à la maison.

Ses yeux brillaient, et sa bouche était sèche, mais il hocha la tête.

— Je peux me permettre de casser mon bail.

Parker le dévisagea un instant, la tête penchée sur le côté, le jaugeant. Puis il sauta sur Ivan, ses lèvres trouvant les siennes comme si elles appartenaient à cet endroit. Ce qui était le cas.

Quelqu'un gémit – peut-être lui – alors que leurs langues luttaient, frénétiques et désespérées. Ivan glissa ses mains sous la chemise de Parker, le serrant plus près de lui. Il l'étreignit aussi fermement, pressant leurs corps immédiatement excités ensemble.

— Oh, mon Dieu. Hum.

Une voix de femme s'infiltra dans leur moment de passion. Si elle avait attendu plus longtemps pour parler, l'un d'eux ou tous les deux auraient été nus.

Ivan recula sa tête, les yeux dilatés couleur rivière de Parker le tentant de ne pas se préoccuper d'avoir une audience. Ayant l'air presque drogué, Parker se tourna vers celle qui les avait interrompus.

— Salut, Alicia. Ivan est à la maison.

À la maison. Il donna une petite pression à Parker.

— C'est ce que je vois.

— Bonjour, Alicia.

Il sourit timidement, cherchant la désapprobation dans son expression. Même si Parker lui pardonnait, ses amis pouvaient ne pas le faire.

— Salut, Ivan. Emménages-tu à nouveau ?

Il hocha la tête.

— Est-ce que c'est un problème ?

— Pas si Parker est d'accord avec ça.

— Oh, c'est bon pour moi.

La raucité sensuelle dans les mots de Parker échauffa les joues d'Ivan. Lui donna envie de courir jusqu'à leur chambre.

— Ce ne sera pas bizarre de vivre ici avec nous ? demanda-t-il à Alicia.

Cela faisait longtemps qu'il n'avait pas eu de colocataires. Au moins, de ceux avec qui il ne couchait pas avec.

— Oh, je ne suis ici que temporairement. Mon bail finissait avant celui de Chris, c'est pour ça que j'ai emménagé jusqu'à ce qu'on puisse trouver un endroit ensemble.

Ivan se détendit. Il préférait ne pas mettre Alicia dehors, mais il voulait construire un foyer avec Parker plus que tout.

— Alors... va chercher tes affaires. Maintenant.

Parker le poussa amicalement de côté. Ivan se mit à rire. La dernière fois qu'il avait ri, c'était dans cette maison, avec cet homme. Il n'était pas prêt d'oublier ce que cela faisait.

Alicia leur sourit, l'approbation écrite sur son visage. Bien.

— Eh bien ?

Parker le poussa à nouveau.

— Ça va me prendre un certain temps d'emballer mes affaires. Tu es sûr ?

Parker se raidit dans ses bras.

— Pas toi ?

Rapide. Tellement rapidement. Mais il ne pouvait s'en soucier moins. Il voulait chaque moment qu'il pouvait avoir avec Parker. La vie était fragile et éphémère, et il n'allait pas foirer cette relation. Parker représentait trop pour lui.

— Je suis sûr.

Ivan jeta un coup d'œil vers Alicia.

— Non, dit-elle avec emphase.

— Quoi ? demanda Parker.

Parker était confus, mais Ivan savait très bien sur quoi elle mettait son veto.

— Pas de réconciliation sur l'oreiller jusqu'à ce que je sois loin, très loin. Pigé ?

Le sang inonda le visage de Parker, et Ivan ne put s'empêcher de rire à nouveau. Son petit ami était encore si innocent.

— Mieux vaut acheter des bouchons d'oreilles pour ce soir.

Ivan pinça les fesses de Parker et, chose incroyable, son visage rougit davantage.

— Eh bien, dit Parker, si nous ne sommes pas en passe de coucher ensemble, tu ferais mieux d'aller emballer ton appartement.

Parker leur jeta un regard noir à tous les deux.

— Je vais étudier à l'étage, déclara Alicia. Pas d'entourloupes. Aucune. En particulier sur le canapé, parce que je dois m'asseoir dessus moi aussi de temps en temps.

Ivan tira son petit ami – il faudrait longtemps avant qu'il se lasse de ce mot – sur le nouveau canapé. Dès qu'Alicia aurait déménagé, il baiserait Parker dans chaque position possible là-dessus. Mais il y avait quelques petites choses qu'il avait besoin d'éclaircir avant de s'éclipser au plus vite pour emballer ses affaires.

— N'as-tu pas d'autres questions au sujet de Neil ou de ce qui va lui arriver ?

Ivan ne lui avait donné que la plus brève des explications.

— Non, Kurt m'a déjà tout dit à ce sujet.

Oh, ce salaud sournois. Jouer sur les deux tableaux, en veillant à ce que Parker sache ce qui se passait et en aiguillonnant Ivan pour qu'il revienne.

— C'est une bonne chose.

Parker se pelotonna contre Ivan et frotta son nez dans son cou, le faisant se tortiller.

— Apparemment, il y a eu aussi beaucoup de dégâts dans ma maison de campagne. Dès qu'ils auront fini de démanteler et de retirer tous les plants et le matériel de traitement de la drogue, nous devrons aller là-bas et évaluer les dégâts, pour savoir tout ce qui nous faudra réparer.

— Je suis tellement désolé. J'aurais dû me douter qu'il y aurait beaucoup de retombées. J'ai un peu d'argent à la banque.

Il l'avait épargné dans le but acheter un appartement, mais il n'en avait plus besoin maintenant. Et il avait déjà la voiture qu'il désirait, l'attendant dans le parking de son appartement actuel.

— Non. Tu n'as pas besoin de faire ça. Je ne peux pas souscrire de prêts bancaires ni quoi que ce soit d'autre jusqu'à ce que tout soit effacé de mon rapport de crédit, mais je peux prendre un prêt sur mon fonds en fiducie. J'ai dû le faire pour arranger les choses ici, et je devrais être capable de le faire pour réparer la maison de campagne.

Ivan se rapprocha pour mettre quelques centimètres entre eux et prit le visage de Parker en coupe dans ses mains.

— Le penserais-tu, alors que nous sommes ensemble dans cette histoire ? Que nous sommes un vrai couple, partageant une maison ?

Parker hocha la tête autant qu'il le put avec les mains d'Ivan le retenant.

— Je veux tout partager avec toi. Je veux que tout ceci soit à nous.

— Alors, laisse-moi investir dans notre fermette. Laisse-moi payer pour les réparations.

Un minuscule sourire heureux ourla les coins de la bouche de Parker. Parfait pour un baiser.

— Merci.

Ces lèvres étaient irrésistibles, et Ivan lui vola un rapide baiser avant de parler.

— Alors, était-ce la seule fois où tu as parlé à Kurt ?

Un soupçon de rose ombra les pommettes de Parker.

— Non. Il a été assez gentil pour me tenir au courant. À propos de l'affaire et... euh... de toi.

— Moi ? C'est vraiment un salaud sournois.

Mais il ne pouvait s'arrêter de sourire. Le fait que Parker se soit suffisamment soucié de lui pour demander de ses nouvelles le réchauffa.

— Ça ne t'ennuie pas ?

Ivan laissa un autre baiser approfondi répondre pour lui.

— Donc, si tu as été en contact avec Kurt, t'a-t-il invité à sa pendaison de crémaillère demain ?

— Oui. Mais je n'allais pas y aller. Principalement parce que mon avocat m'a dit que tu avais raison à propos de rester sans contact.

— Si tu n'as pas de plans, veux-tu y aller ? Avec moi ?

Il n'avait pas participé à la partie de peinture organisée par Kurt, surtout parce qu'il n'avait pas été d'humeur à entretenir des relations sociales deux semaines plus tôt. Jusqu'à cet instant précis, il n'avait pas été sûr de vouloir aller à la pendaison de crémaillère non plus et faire semblant d'être heureux. Maintenant qu'il était réellement heureux, il voulait présenter Parker.

— Oui, je le veux.

Parker pressa son corps tout contre celui d'Ivan, se tortillant presque dans son besoin de se rapprocher. Le contact de ses lèvres sur le dessous de sa mâchoire le fit lui-même se tortiller légèrement.

Ivan tourna la tête pour enfouir lui aussi son nez dans son cou.

— Si nous montons, tu penses que tu peux rester silencieux ?

— Peut-être, répondit Parker en souriant.

Saisissant la main de Parker, Ivan le hissa du canapé.

— Elle ne s'attendait pas vraiment à ce qu'on se réconcilie *sans* passer par la case chambre à coucher, n'est-ce pas ? Elle a de la chance que nous ne nous déshabillions pas ici.

Parker étouffa un petit rire et hocha la tête, le regard brûlant alors qu'il balayait Ivan de haut en bas.

Oui. Alicia avait de la chance qu'il ait assez de retenue pour attendre d'être l'étage, mais c'est tout ce qu'on pouvait attendre d'un homme qui avait été à moitié mort au cours du mois dernier.

— IVAN ! ET Parker ? Je suis tellement content de vous voir.

Davy leur donna chacun une accolade et les fit entrer dans la maison.

Kurt était dans le séjour avec plusieurs personnes, dont deux seulement qu'Ivan connaissait. Parker en connaîtrait encore moins, mais ce n'était pas grave. Ils ne s'étaient pas remis ensemble depuis 48 heures. Pas question qu'Ivan laisse son délectable petit ami errer dans une maison pleine d'hommes gay. Eh bien. Tout le monde ici n'était pas gay, mais une bonne partie l'était. Aucun d'eux n'aurait d'illusions à propos de savoir avec qui sortait Parker.

— Tu connais tout le monde ? demanda Davy.

Ivan secoua la tête.

— Non, mais ce n'est pas grave. Nous gèrerons.

Parker se rapprocha et Ivan enlaça leurs doigts. Bien que Parker n'ait jamais parlé de son homosexualité, Ivan suspectait qu'il était nerveux en présence de groupes de personnes qu'il ne connaissait pas.

Kurt les aperçut et s'excusa après du groupe d'hommes et de femmes avec lequel il était en train de parler. Alors qu'il approchait, son regard prit note de leurs mains enlacées et il sourit.

— J'en déduis que les choses ont fonctionné ?

— Il emménage, répondit Parker en se détendant légèrement.

— Ouais ? Eh bien, tu as déjà une certaine expérience dans ce domaine, n'est-ce pas ? Ivan connaît mon partenaire, Simon, mais je ne crois pas qu'aucun de vous n'ait rencontré sa femme ou mes frères.

Kurt les conduisit vers le centre de la pièce. Parker sourit tandis qu'il était présenté à Simon, son partenaire aux Homicides, et sa femme, Jen, ainsi qu'à deux de ses frères.

Leur acceptation facile de la présence de Parker à ses côtés lui permit de se détendre davantage. Pendant quelques minutes, la conversation tourbillonna autour d'eux, les laissant dans leur propre oasis, juste lui et Parker.

— Tu sais, Kurt a six frères et sœurs.

Les yeux de Parker s'agrandirent.

— Ils ne sont pas tous là, si ? Cet endroit serait plein à craquer.

— Je ne sais pas s'ils se montreront tous ce soir ou pas. D'après ce que j'ai compris, la famille se fait un devoir de toujours se rendre disponible pour les anniversaires, les mariages et les naissances, mais d'autres événements n'embarquent pas tout le monde.

Ivan sourit.

— Ma famille aime la tradition du dîner du dimanche.

Parker pâlit.

— Ta famille.

Ivan sourit et donna une petite pression sur son bras.

— Ne t'inquiète pas. Ils t'aimeront. Si tu es d'attaque, je t'emmène les rencontrer demain.

— Demain ?

— Fais-moi confiance. Ils savent à quel point j'étais misérable sans toi. Mes sœurs tout particulièrement vont t'adorer.

Parker serra les lèvres et hocha la tête.

— Ivan, je ne savais pas que tu serais là !

Ivan s'écarta de Parker pour accueillir le nouveau venu.

— Rick ? Comment vas-tu ?

Le blond souple l'étreignit fortement et garda ses bras drapés autour du cou d'Ivan. Parker n'était pas enchanté, mais il ne dit rien. Pas maintenant. Ivan recula de l'étreinte de Rick, mais ne parvint pas à s'en échapper complètement.

— Je suppose que tu connais Kurt, n'est-ce pas ? demanda-t-il.

— Oui, je connais Kurt. Nous allons nous retrouver dans le même département, quand je retournerai travailler.

Rick savait qu'il avait été mis en congé imposé et qu'il avait travaillé pour la Brigade Anti-Drogue. Heureusement, il n'avait pas insisté pour avoir une explication sur le comportement erratique et mystérieux d'Ivan quand il avait emménagé avec Parker.

— Comment connais-tu Kurt ?

— Davy est l'un de mes meilleurs amis.

Merde, le monde était vraiment petit.

— Alors, mon grand et fort flic, est-ce que tu te sens mieux ?

Les paroles de Rick firent froncer les sourcils de Parker.

Il fit un pas en avant.

— C'est *mon* grand et fort flic.

— Oh, oh, le garçon a des dents.

— Rick, ça suffit.

Ivan connaissait Rick suffisamment bien pour savoir qu'en fait il n'était pas en train d'essayer de prétendre à quoi que ce soit, mais qu'il était juste en train de tester Parker. Parfois, il foutait la merde juste pour provoquer une réaction chez les autres, mais c'était un bon ami, l'un des rares qu'Ivan avait ; il ne voulait pas que Rick et Parker soient en conflit.

— Je ne suis pas un garçon, et il est à moi.

Une fois encore, Ivan pourrait s'habituer à un Parker possessif.

— Vraiment, Rick ? N'es-tu pas un peu vieux pour t'engager dans un combat de coqs avec un minet ?

Ils se tournèrent tous vers la nouvelle voix.

— Ian ?

Ivan toussa, mal à l'aise. Il ne s'était pas attendu à être entouré par trois hommes avec lesquels il avait couché, même si Ian n'avait été qu'un coup d'un soir. Plus qu'un coup vite fait et anonyme dans un club, mais cela ne s'était pas développé en rencontres semi-régulières comme ça avait été le cas avec Rick.

— Ivan ?

L'emprise de Rick autour de son cou se resserra, et Parker les toisa sombrement tous les trois.

— Ivan.

Parker n'était pas stupide, et il commençait à être en colère.

— As-tu couché avec ces deux mecs ?

Ni Rick ni Ian ne furent heureux de cette révélation. Ivan se débarrassa finalement de Rick et enroula ses bras autour de Parker.

— Je t'ai parlé de cette mauvaise rupture, tu te souviens ?

Parker hocha la tête avec raideur, les yeux brillants. Il devait régler ça.

— Je suis devenu un peu dingue par la suite. J'ai couché avec un tas de gars. Mais Rick et moi sommes devenus amis.

Un reniflement irrité arriva de derrière, mais à l'instant, personne ne comptait plus que Parker.

— Mais pas depuis ? Attends.

Parker ferma les yeux et prit une profonde inspiration.

— Je n'ai pas le droit de te poser cette question. Mais jamais plus, d'accord ?

Ivan effleura ses lèvres sur celles de Parker.

— Pas depuis que je t'ai rencontré. Je ne pouvais pas.

En voyant son sourire aveuglant, Ivan se demanda combien de temps ils devaient rester dans les parages pour être polis. Avec un bras niché autour de la taille de Parker, ils se retournèrent vers Rick et Ian, qui se tenaient face à face, en train de se fusiller l'un l'autre des yeux. Kurt les rejoignit, apparemment inconscient des sous-courants antagonistes.

— Hé, je vois que vous avez rencontré mon autre frère, Ian, dit Kurt.

— Ian est ton frère ? répondit Parker d'une voix choquée.

Kurt haussa un sourcil.

— Oh. Je vois. Lequel d'entre vous était membre du club des conquêtes d'Ian ?

Parker pointa un doigt vers Ivan, tandis que son visage s'échauffait. Peut-être que Kurt n'était pas insensible aux courants sous-jacents, mais plutôt habitué à eux. Apparemment, depuis la rencontre d'Ivan avec le frère de Kurt, le gars était sorti du placard. Tant mieux pour lui.

— Et Ivan a couché avec Rick aussi.

Super. Parker avait-il besoin de déballer tous ses secrets ?

Kurt hocha la tête.

— Eh bien, ça explique les regards noirs.

— Tu... tu n'es pas contrarié ? demanda Ivan à Kurt.

Ivan n'avait jamais été en position de devoir être protecteur envers ses frères et sœurs à cause de leurs amants ; ses sœurs avaient toutes les deux trouvé leur partenaire quand Ivan était encore adolescent, mais Kurt pouvait le prendre différemment.

— Non. Pourquoi le serais-je ? J'ai toujours su qu'il était du genre débauché, mais je n'ai découvert que récemment que c'était des mecs qu'il se tapait.

Kurt se retourna, une expression taquine sur le visage, mais de toute façon, Rick et Ian avaient tous les deux disparus sans que personne ne s'en aperçoive.

Kurt secoua la tête.

— Davy va les tuer s'ils sont encore une fois partis sans nous le dire.

Encore une fois ? Les paroles vaches d'Ian à propos du combat de coqs prenaient beaucoup plus de sens.

— Hé, en parlant de partir, ça te dérange si nous faisons pareil ? Salue Davy de notre part ?

Kurt rit et attrapa Ivan à l'épaule.

— Ouais, pas de problème.

Sur leur chemin vers la sortie, ils firent signe à quelques personnes, mais ne s'arrêtèrent pas. Dehors sur le porche, Parker le tira pour qu'il s'arrête.

— Vraiment ? Personne pendant que nous étions séparés ?

— Vraiment. Personne depuis que je t'ai rencontré. Je...

Il était encore trop tôt pour parler du mot commençant par *A*, non ? Parker l'était envers lui, cependant.

Les yeux de Parker s'adoucirent, comme s'il avait su ce qu'Ivan était sur le point de dire.

— Je sais. Moi non plus. Jamais plus personne d'autre.

— Personne d'autre. Je te le promets. Tu es tout ce que je veux. Pour toujours.

Parker passa un doigt sur ses lèvres.

— Pour toujours.

Pour autant qu'elle s'en souvienne, KC BURN a toujours écrit et elle craque complètement pour les histoires aux fins heureuses – de toutes sortes.

Après avoir quitté Toronto pour s'installer en Floride où son mari accepte qu'elle fasse le travail de ses rêves, elle se découvre une passion pour les romans d'amour gay et réalise un rêve qui lui est propre – être publiée. Le jour, elle édite des contenus pour le web, et la nuit elle néglige un mari compréhensif qui la soutient, ainsi qu'un chat en manque d'affection, pour écrire des histoires se déroulant dans le passé, le présent ou le futur, sur des hommes qui aiment des hommes.

Pour elle, écrire est toujours amusant et gratifiant, mais écrire les histoires de *ses* hommes est le travail le plus amusant qu'elle ait fait depuis longtemps, et elle espère que vous les apprécierez autant qu'elle.

Retrouvez KC sur son site web :

http://www.kcburn.com

Ou sur Twitter : http://twitter.com/authorkcburn

Ne manquez pas le début de l'histoire :

KC Burn

LE CHEMIN DE L'ACCEPTATION

http://www.dreamspinnerpress.com

Romance et Suspens à DREAMSPINNER PRESS